Vom gleichen Autor erschienen außerdem
als Heyne-Taschenbücher

Die Rollbahn · Band 01/497
Das Herz der 6. Armee · Band 01/564
Sie fielen vom Himmel · Band 01/582
Der Himmel über Kasakstan ·
Band 01/600
Natascha · Band 01/615
Strafbataillon 999 · Band 01/633
Dr. med. Erika Werner · Band 01/667
Liebe auf heißem Sand · Band 01/717
Liebesnächte in der Taiga · Band 01/729
Der rostende Ruhm · Band 01/740
Entmündigt · Band 01/776
Zum Nachtisch wilde Früchte ·
Band 01/788
Der letzte Karpatenwolf · Band 01/807
Die Tochter des Teufels · Band 01/827
Der Arzt von Stalingrad · Band 01/847
Das geschenkte Gesicht · Band 01/851
Privatklinik · Band 01/914
Ich beantrage Todesstrafe · Band 01/927
Auf nassen Straßen · Band 01/938
Agenten lieben gefährlich · Band 01/962
Zerstörter Traum vom Ruhm ·
Band 01/987
Agenten kennen kein Pardon · Band 01/999
Der Mann, der sein Leben vergaß ·
Band 01/5020
Fronttheater · Band 01/5030
Der Wüstendoktor · Band 01/5048
Ein toter Taucher nimmt kein Gold ·
Band 01/5053
Die Drohung · Band 01/5069
Eine Urwaldgöttin darf nicht weinen ·
Band 01/5080
Viele Mütter heißen Anita · Band 01/5086
Wen die schwarze Göttin ruft ·
Band 01/5105

Ein Komet fällt vom Himmel ·
Band 01/5119
Straße in die Hölle · Band 01/5145
Ein Mann wie ein Erdbeben · Band 01/5154
Diagnose · Band 01/5155
Ein Sommer mit Danica · Band 01/5168
Aus dem Nichts ein neues Leben ·
Band 01/5186
Des Sieges bittere Tränen · Band 01/5210
Die Nacht des schwarzen Zaubers ·
Band 01/5229
Alarm! – Das Weiberschiff · Band 01/5231
Bittersüßes 7. Jahr · Band 01/5240
Engel der Vergessenen · Band 01/5251
Die Verdammten der Taiga · Band 01/5304
Das Teufelsweib · Band 01/5350
Im Tal der bittersüßen Träume ·
Band 01/5388
Liebe ist stärker als der Tod · Band 01/5436
Haie an Bord · Band 01/5490
Das Doppelspiel · Band 01/5621
Die dunkle Seite des Ruhms ·
Band 01/5702
Das unanständige Foto · Band 01/5751
Der Gentleman · Band 01/5796
Konsalik – der Autor und sein Werk ·
Band 01/5848
Der pfeifende Mörder / Der gläserne Sarg ·
Band 01/5858
Die Erbin · Band 01/5919
Die Fahrt nach Feuerland · Band 01/5992
Der verhängnisvolle Urlaub / Frauen
verstehen mehr von Liebe · Band 01/6054
Glück muß man haben · Band 01/6110
Der Dschunkendoktor · Band 01/6213
Das Gift der alten Heimat · Band 01/6294
Das Mädchen und der Zauberer ·
Band 01/6426

HEINZ G. KONSALIK

NIEMAND LEBT VON SEINEN TRÄUMEN

Roman

Originalausgabe

WILHELM HEYNE VERLAG
MÜNCHEN

HEYNE-BUCH Nr. 01/5561
im Wilhelm Heyne Verlag, München

10. Auflage

ISBN 3-453-00972-X

1

»Nö – unser Pott macht doch keine Hafenrundfahrten. So wat machen die lütten Barkassen, die Sie da drüben sehn. Wir fahren rüber – rüber über'n großen Teich.«

Susanne sah den großen, baumlangen, schlaksig wirkenden Matrosen mit ihren großen braunen Augen von unten herauf kritisch an und zuckte mit den Schultern. Sie stellte ihr kleines, schon etwas abgewetztes Pappköfferchen neben sich auf das Kopfsteinpflaster, schlug den Mantelkragen hoch und steckte ihre Hände tief in die seitlich angebrachten Taschen. Vom Meer her wehte eine steife Brise über die Mole. Es war immerhin schon Oktober, und wenn auch heute zeitweise die Sonne schien, so hatten ihre Strahlen doch weitgehend ihre wärmende Kraft verloren.

Wegen so einer könnte man direkt zur Landratte werden, dachte Pit für sich, während er seine Blicke wohlgefällig über die Figur des vor ihm stehenden Mädchens, das ihn so selbstbewußt angesprochen hatte, wandern ließ. Von der christlichen Seefahrt scheint sie allerdings nichts zu verstehen. Hält unseren Überseedampfer für ein kleines Ausflugsbötchen. Weiß anscheinend auch nichts davon, daß unsere ›Giesela Russ‹ überhaupt der erste Dampfer ist, der nach dem Krieg wieder unter deutscher Flagge nach Amerika fährt. Und die frische Seeluft scheint ihr auch nicht besonders zu gefallen.

So jedenfalls stand Susanne jetzt vor ihm: die Schultern fröstelnd nach oben gezogen und den leichten grauen Mantel bis zum Halskragen zugeknöpft.

»Heißt das, daß Sie nach Amerika fahren?«

»'türlich«, brummte Pit und spuckte auf die Straße. Seine alte Pfeife, die ihn schon zu lange auf so vielen Fahrten begleitet hatte, näßte verteufelt. »Als hätt' man 'nen Prim im Maul«, sprach er zu sich selbst.

»Nord, Mittel oder Süd?« fragte das Mädchen weiter.

»Was? Nord?« Der Matrose sah verständnislos auf Susanne hinunter.

»Nord-, Mittel- oder Südamerika?«

»Nordamerika – direkt nach New York«, antwortete Pit; nun schon etwas unwilliger. Ist doch nichts mit den Weibern. Was die immer alles wissen wollen. Kommt da so 'ne Puppe und fragt einem Löcher in die Hose. Ist einer denn ein Auskunftsbüro, nur weil er eine Matrosenuniform trägt? Dafür sind doch die geschniegelten Bürschchen in den Büros der Reederei da.

Pit spuckte wieder auf das Pflaster und steckte dann seinen Pfeifenkolben in die Tasche. Ekelhafte Pfeife. Von der nächsten Heuer gibt es eine neue. Vielleicht in New York oder in Bridgeport. Natürlich aus Geschäften, von deren Existenz in verwinkelten Hafengassen nur die erfahrenen Seeleute wissen. Von der Stecknadel bis zur kompletten Seemannsausrüstung bekommt man dort weit unter Preis alles, was das Herz begehrt, solange man bar bezahlt und nicht fragt, wo die Ware her ist. Wen interessiert letzteres auch schon?

Mit diesen Überlegungen beschäftigt, drehte sich Pit um, schlenderte auf einen der großen Lagerschuppen zu und verschwand in einer Seitentür, die groß die Aufschrift ›Interfracht‹ trug. Er hatte sich nicht einmal mehr umgesehen.

Wie konnte er auch ahnen, daß er soeben Schicksal gespielt hatte? Gerade er, der am wenigsten dazu geeignet war. Der selbst nie Glück im Spiel hatte, und bei dem es nie zu einer großen Liebe gereicht hatte. Aber so ist es nun einmal im Leben – ehe man sich versieht, muß man ungefragt eine neue Rolle spielen. Wenn Pit in diesem Moment gewußt hätte, daß das Stück, in dem er einen Part zugeteilt bekommen hatte, gerade erst begann . . .

Susanne sah dem Matrosen nach und schüttelte lächelnd den Kopf. Na, dann eben nicht, dachte sie und nahm ihr Pappköfferchen wieder auf. Wenn ein Mädchen allein in Bremerhaven im Hafenviertel steht und sich scheinbar unverbindlich nach einem Schiff erkundigt, so mußte das doch ungewöhnlich sein. Aber dafür hatte dieser einsilbige Matrose wohl kein Gefühl. Nicht einmal von dem Koffer hatte er Notiz genommen.

Ehe Susanne weiterging, blickte sie noch einmal hinüber zur Mole und musterte die ›Giesela Russ‹. Ist das der Dampfer, der mich hinüberträgt? fragte sie sich. Habe ich diesmal mehr Glück als bisher?

Abrupt wandte sie sich ab. Nicht mehr an das Zurückliegende denken. An die vielen Tage der Hoffnung, an die vielen Nächte der Sehnsucht. An die gescheiterten Pläne. Bloß nicht bange machen lassen. Wenn jemand so viel wagen will, darf er nicht die Nerven verlieren. Nur wenn ein Mensch unbeirrt auf sein Ziel zusteuert, erreicht er es.

Den Koffer, der nicht sonderlich schwer zu sein schien, mit ihrer rechten Hand hin und her schwenkend, verließ Susanne die ›Kolumbuskaje‹ und fand sich bald darauf in den engen, verwahrlosten Straßen, die zu den einzelnen Hafenbecken führten, wieder. Alles trug noch den Stempel der furchtbaren Bombardierungen. Sie wand sich zwischen Lagerschuppen und Vorratshäusern, Heuerbüros und Umladekränen, kleinen Bootswerften und einem Gewirr von Kleinbahnschienen hindurch. Am Rande des Hafengebietes entdeckte sie ein kleines Café, dessen fast blinde Scheiben schon von außen dokumentierten, daß hier nicht unbedingt die bessere Gesellschaft verkehrte. Trotzdem konnte Susanne ihrem Verlangen nach einer Tasse Kaffee nicht widerstehen. Zwar war es nun schon über zwei Jahre her, seit mit Einführung der D-Mark fast über Nacht auch dieses Genußmittel wieder überall im freien Handel zu kaufen gewesen war, aber es blieb ein teures Vergnügen, vor allem für eine Studentin, die sich selbst durchs Leben schlagen mußte.

Stickige, verbrauchte Luft schlug Susanne entgegen, als sie das Café betrat. Der Geruch von kaltem Rauch und billigem Fusel ließ eine leichte Übelkeit in ihr aufsteigen. Es war nicht zu übersehen, daß das Café zur Matrosenkneipe heruntergekommen war. Drei Männer, die augenscheinlich den Rausch der vergangenen Nacht mit Kaffee zu dämpfen versuchten, waren die einzigen Gäste. Susanne kämpfte einen Moment mit sich, ob sie nicht sofort umkehren sollte. Dann siegte ihre Begierde nach der Tasse Kaffee, und sie setzte sich an einen Ecktisch, von dem aus sie das Lokal überblicken konnte. Als sie sich bei der Bedienung, die schnell erschienen war, eine Portion Kaffee bestellt hatte, nahm sie die Tageszeitung vom Wandhaken und blätterte gedankenverloren in ihr herum.

Ich muß nachdenken, sagte sie zu sich selbst. Es wird allerhöchste Zeit, daß ich endlich einen Weg finde, wie ich wirklich nach Amerika kommen kann. Eigentlich ist es verrückt – da packt man die allernötigsten Sachen in einen kleinen Koffer, setzt sich in Köln in den Zug, fährt nach Bremerhaven und will einfach nach Amerika. Nicht, weil man plötzlich Fernweh hat, sondern weil Frank seit einem Jahr dort drüben ist – Frank Barron, der Ingenieur, den sie liebte, von dem sie sich wiedergeliebt wußte – Frank, der vor fast einem Jahr eine Stelle in Ohio bei der Ohio Steel Company angetreten hatte. Man hatte von dort dem Experten für ein neues Stahlveredelungsverfahren ein glänzendes Angebot gemacht, und Frank war hinübergefahren mit dem festen Vorsatz, Susanne bald nachzuholen.

Bald würde sich der Tag, an dem er in Hamburg auf das Schiff gegangen war, jähren. Und noch immer schrieben sie sich Briefe. Briefe, in denen aus jeder Zeile die Erwartung sprach, bald wieder vereint zu sein. Sie hatten doch so wenig voneinander gehabt. Denn kaum hatten sie sich kennengelernt, erreichte Frank der Ruf nach Amerika. Susanne würde den Tag, an dem sie mit Frank im wahrsten Sinne des Wortes zusammengestoßen war, nie vergessen. Es war der 16. Mai 1949 gewesen, ein strahlender Frühlingsmontag.

2

Susanne war damals als Kunststudentin im vierten Semester mit einer großen Seminararbeit über die Frauenbildnisse Rembrandts beschäftigt und hatte beschlossen, den Lockungen der Sonne zu folgen und eine Stunde im Volksgarten spazierenzugehen. Es würde wohl nicht schaden, nach den anstrengenden Schreibarbeiten in ihrer Bude den Geist etwas zu lüften.

Als sie, überwältigt von der Schönheit der Natur, unachtsam um eine blühende Ginsterhecke bog, stieß sie fast mit einem großen, schlanken Herrn zusammen, der es offenbar sehr eilig hatte.

»Nanu«, sagte der große Herr, wobei die Ironie in seiner Stimme nicht zu überhören war. »Ihre Nachdenklichkeit ist schon ein großes Verkehrshindernis, mein Fräulein.«

»Ich bin nicht Ihr Fräulein«, gab Susanne schnippisch zurück. Es mißfiel ihr, daß sich ihr Gegenüber nicht entschuldigte. Natürlich war ihr klar, daß er an dem Zusammenstoß unschuldig war. Aber ein Herr hat sich bei einer Dame immer zu entschuldigen – auch wenn er im Recht ist!

»Was nicht ist, kann ja noch werden!« Der Herr lachte und verbeugte sich korrekt. »Sie gestatten, mein Fräulein: Frank Barron! Ingenieur.«

»Interessiert mich nicht im geringsten!«

Susanne wollte sich abwenden, aber der unverschämte Kerl hielt sie einfach am Ärmel ihres Kleides fest. Es war ihr erstes Chiffonkleid, das sie sich über Monate hinweg vom Munde abgespart hatte; Susanne trug es heute zum ersten Mal, um mit ihm dem warmen Frühlingstag Reverenz zu erweisen. Schon um das Kleid nicht zu Schaden kommen zu lassen, mußte Susanne stehen bleiben. Aber sie setzte eine solch abweisende Miene auf, daß der Herr sofort ihren Arm freigab.

»Warum sind Sie eigentlich so böse?« fragte er leise. Zum ersten Male nahm Susanne Notiz von seiner angenehmen, dunklen Stimme. Sie sah zu ihm auf und bemerkte seine sympathischen blauen Augen und das gewinnende Lächeln um seine Lippen.

»Habe ich Ihnen bei dem Zusammenprall weh getan? Das würde ich sehr, sehr bedauern. Ich könnte es wohl nur gutmachen, wenn Sie mir erlauben, ein paar Schritte mit Ihnen durch diesen herrlichen Park zu gehen, in dem man glücklicherweise so wenig von den Trümmern sieht, die uns der Krieg hinterlassen hat.«

Susanne fand plötzlich, daß er ausgesprochen nett plaudern konnte, und sah ihn sofort etwas freundlicher an.

»Sie sind wie ein Rennauto um die Ecke gebraust«, sagte sie unlogisch und bemühte sich auch noch, einen zwar leichten, aber unüberhörbaren Tadel in ihre Stimme zu legen. »Und entschuldigt haben Sie sich auch nicht.«

Frank Barron schüttelte den Kopf, als wäre er selbst entsetzt über das, was er verbrochen hatte. Auf seinem Gesicht zeigte sich gut gespielte Zerknirschtheit. Es wirkte so lustig, daß Susanne wohl oder übel lachen mußte.

»Wirklich, ich bin ein Flegel, mein Fräulein, bitte . . .« Er hielt ihr seine Wange hin. »Ich gestatte Ihnen, mir eine Ohrfeige zu geben.«

Susanne nahm amüsiert an. »Das ist eine einmalige Gelegenheit«, sagte sie fröhlich, hob ihre rechte Hand und schlug ganz leicht auf seine Backe. Doch im gleichen Augenblick fühlte sie sich von seinen starken Armen umfaßt, und ehe sie sich wehren konnte, hatte er sie schon geküßt. Sie schüttelte die braunen Locken aus ihrem Gesicht und blitzte ihn gewollt wütend an.

»Frechheit«, sagte sie laut und stampfte mit dem rechten Fuß auf.

»Schmerzensgeld«, stellte der Sünder lakonisch fest.

»Nun sind wir quitt. Aber jetzt gehen wir zur Versöhnung eine Tasse Kaffee trinken.«

»Ach wirklich? Und wenn ich mich weigere?«

»Das können Sie gar nicht mehr! Nachdem Sie mich geschlagen haben, besitze ich ein Anrecht darauf, mich intensiv mit Ihnen zu beschäftigen.«

»Und Sie haben mich geküßt!«

»Das ist doch ein weiterer Grund, der dafür spricht, daß wir diesen schönen Tag gemeinsam ausklingen lassen sollten. Solch einen Sympathiebeweis dürfen Sie nicht auf die leichte Schulter nehmen. Bedenken Sie, daß heute auf einen Mann 23 Mädchen kommen. Wir vom starken Geschlecht sind Mangelware. In ein paar Jahren besitzen wir vielleicht Seltenheitswert! Deshalb ist ein Kuß fast ein Rettungsring, der vor drohender lebenslanger Jungfernschaft bewahrt.«

Susanne sah Frank Barron mit ihren großen braunen Augen an und nickte dann, als wäre sie überzeugt worden. »Sie sind unverbesserlich! Wenn alle Männer so wären wie Sie, Sie Ekel, dann wäre es wirklich gut, wenn sie auf dieser Erde nicht weiter ihr Unwesen treiben könnten. Vielen unschuldigen, ahnungslosen Mädchen bliebe dann eine Menge erspart.«

Frank hakte sie unter und lachte. »Also gehen wir?« fragte er, und es klang wie ein Liebesruf.

Susanne tat, als würde sie sich widerwillig in ein unabänderliches Schicksal fügen.

»Meinetwegen. Sonst werde ich Sie überhaupt nicht wieder los!«

Es blieb dann natürlich nicht nur bei einer flüchtigen Einkehr. Mehrere Stunden saßen sie in eifriger Unterhaltung in dem kleinen Café am See des Parks. Denn Frank wollte alles über Susanne erfahren, und auch er selbst hielt mit seinem Lebenslauf nicht hinter dem Berg.

So hörte Susanne, daß er als Ingenieur bei Krupp in Essen tätig sei und nach Köln gekommen war, um eine geschäftliche Verhandlung zu führen. Diese aber habe unerwarteterweise nur den Vormittag beansprucht, und er habe die freien Stunden nutzen wollen, um sich anzusehen, welche Fortschritte das während des Krieges in so starkem Maße zerstörte Köln beim Wiederaufbau bisher gemacht habe. Und da sei ihm Susanne in die Arme gelaufen.

Susanne hingegen erzählte von ihrem Studium, das sie sich verdiene, indem sie wöchentlich mehrmals einem Antiquar in dessen Laden helfe. Dieser sei auf Militaria spezialisiert und mache, da die Engländer auf alle ›Andenken‹ aus dem Zweiten Weltkrieg scharf seien, ein glänzendes Geschäft. Ohne diese Arbeit hätte sie niemals studieren können, denn ihr Haus in Bonn sei 1944 völlig ausgebombt worden. Dabei sei auch ihre Mutter ums Leben gekommen. Der Vater war gleich in den ersten Kriegstagen gefallen.

1944 sei auch für ihn ein Schicksalsjahr gewesen, meinte daraufhin Frank, denn da sei im Verlauf der Invasion sein Vater von einer Granate zerrissen worden.

Susanne erfuhr, daß sich Franks Eltern 1934 hatten scheiden lassen. Seine Mutter, die nicht arisch war, ahnte wohl das grausame Schicksal voraus, das den Juden durch die ein Jahr zuvor an die Macht gekommenen Nationalsozialisten widerfahren sollte. Doch sein Vater glaubte an die neue Zeit. So blieb nur die endgültige Trennung.

Die Mutter ging nach Amerika und heiratete dort zum zweiten Mal. Vor drei Jahren war sie in Ohio gestorben. Ihr zweiter Mann hatte Frank nach langem Suchen gefunden und ihm die traurige Nachricht mitgeteilt. Mit ihm stehe er in regem Briefverkehr.

Über all diesen Eröffnungen war es dunkel geworden. Und das Café hatte sich geleert. Susanne und Frank waren die einzigen Gäste, die das Personal von dem wohlverdienten Feierabend abhielten.

»Ich glaube, wir sind hier nicht mehr länger gerne gesehen«, drängte er plötzlich zum Aufbruch. »Aber das heißt nicht, daß ich Ihnen den Abend freigebe.«

«Ich werde wohl überhaupt nicht mehr gefragt?«

»Sie werden mich doch nicht allein in Köln umherirren lassen! Bedenken Sie, welchen Gefahren ein unverheirateter Mann ausgesetzt ist. Mein Zug geht erst nach 22 Uhr. Wie wäre es denn mit einem Kinobesuch? Ich wollte mir schon lange einmal die ›Berliner Ballade‹ ansehen. In den Bahnhofslichtspielen läuft sie. Haben Sie keine Lust?«

»Neben Ihnen im Dunkeln zu sitzen? Ob ich das wagen kann?«

»Gert Fröbe wird Sie für Ihren Mut belohnen. Er soll als ›Otto Normalverbraucher‹ großartig sein.«

Und Susanne bereute nie, daß sie Franks Vorschlag gefolgt war.

Nicht nur Gert Fröbes wegen.

So endete dieser Frühlingstag, wie er begonnen hatte: sonnig und heiter.

Als die Stunde des Abschieds gekommen war, wußten beide, daß ihr Leben eine neue, schicksalhafte Wendung erfahren hatte.

Denn es blieb natürlich nicht bei diesem einen Tag. Es wurden viele Tage daraus. Mancher Besuch eines Cafés, mancher Spaziergang in den neu erwachenden Parks von Köln und – einmal ein Ausflug auf dem Rhein.

Es war inzwischen Oktober geworden. Doch die Herbstsonne wurde an diesem Tag auch nicht von einer einzigen Wolke gehindert, ihre wärmenden Strahlen auszusenden. So hatte Susanne ihr Chiffonkleid anziehen können. Sie wußte, wie gerne Frank sie darin sah. Und auch für sie war es immer wieder eine schöne Erinnerung an den Tag des Kennenlernens.

Das Schiff zog träge den Rhein hinauf, dem Drachenfels entgegen. Als sie hinter Bonn das Siebengebirge sahen, saßen Frank und Susanne auf dem Oberdeck und hielten sich umschlungen.

»Das Leben ist so schön«, sagte sie ein wenig schwärmerisch und streichelte seine Hand. »Wenn ich bedenke, wie einsam der Sommer vor einem Jahr war. Damals saß ich am Rhein, sah in das grüngelbe Wasser und wünschte mir so vieles, was nie in Erfüllung gehen konnte. Und heute bist du bei mir . . .«

Er nickte und biß dabei doch die Lippen ein wenig zu fest aufeinander, wie es bei glücklichen Liebhabern sonst nicht der Fall ist. Er sah hinauf auf den Drachenfels und die verfallene Burg, auf die grünen Weinhänge und die schönen Häuser, die an die Steilhänge geklebt zu sein schienen.

»Wann heiraten wir, Susanne?« fragte er plötzlich.

Sie zuckte zusammen und sah erstaunt zu ihm auf.

»Darüber habe ich noch nie nachgedacht, Frank . . .«

»Aber du solltest es tun, Susanne.«

»Hast du es so eilig? Ich dachte, daß ich erst mein Examen als Kunsthistorikerin mache. Ich möchte nicht umsonst studiert haben. Fräulein Doktor . . . klingt das nicht schön? Und dann erst: Frau Doktor Barron!« Sie lehnte den Kopf an seine Brust und flüsterte zärtlich: »Ich bin so glücklich, Frank.«

Frank streichelte ihre Haare und starrte dabei in den Rhein, der an der Bordwand des Schiffes emporschäumte.

»Wie lange dauert das noch?« fragte er.

»Was?«

»Bis du deinen Doktor phil. hast?«

»Noch zwei Jahre, Frank. Ich habe durch den Krieg viel Zeit verloren.«

»Zwei Jahre«, meinte er sinnend. »Das ist eine lange Zeit, Susanne.«

»Aber wir sind doch noch jung, Frank. Du selbst wolltest doch bisher beruflich weiter vorwärtskommen, ehe wir heiraten. Hast du jetzt deine Pläne geändert? Willst du für immer bei Krupp bleiben?«

»Nein.« Er stockte und blickte sehr ernst. Sie sah es

nicht, weil sie zur Drachenburg hinaufsah und sich über die Schönheit der Natur freute.

»Das ist es ja. Es gäbe jetzt eine Möglichkeit . . .«

»Du hast etwas in Aussicht, Frank?« fragte sie und zählte die Esel, die die Bergstraße hinauftrotteten und die Besucher zum Aussichtslokal trugen.

»Ja!« sagte Frank zurückhaltend.

»Das ist schön«, meinte Susanne.

»Was ist schön?«

»Alles!« Sie warf jauchzend die Arme um seinen Hals. »Der Drachenfels, der Rhein, das Schiff, du, deine Stellung, das Leben . . . alles, alles ist so schön . . .« Sie küßte ihn, stand dann auf, ordnete ihre Haare und forderte ihn auf: »Komm mit, wir steigen gleich aus.«

Als das Schiff anlegte und der Schwarm der Ausflügler sich nach Königswinter ergoß, trennten sie sich von dem Strom der anderen Menschen und wanderten Hand in Hand durch die Hügel ins Nachtigallental, suchten sich eine lauschige Ecke und setzten sich in das hohe Gras.

Vor ihnen stieg der Petersberg auf. Auf dem Dach des großen Hotels wehten vier Fahnen – die Trikolore, das Sternenbanner, der Union-Jack und die schwarz-rot-goldene Bundesfahne. Seit einigen Wochen residierten dort oben François-Poncet, Robertson und MacCloy, als Alliierte Hohe Kommissare. Sichtbarer Ausdruck dafür, daß sich die neugegründete Bundesrepublik aus den Fesseln der Vergangenheit löste. Mit ernstem Gesicht sah Frank zu dem Hotel empor und senkte dann den Blick, als Susanne ihn anstieß und fröhlich sagte: »Frank, seit wann hast du schlechte Laune? Wie kann man an solch einem schönen Tag nur so still und miesepetrig sein! Findest du es so traurig, neben mir zu sitzen?«

»Aber Susanne, wie kannst du nur so etwas sagen. Es ist doch nur . . . nur . . .«

Er würgte, als habe er etwas verschluckt, was fest in der Kehle saß und nicht hinunterrutschte.

»Was denn, Schatz?« Susanne stieß ihn lustig in die Seite. »Du Scheusal hast ein Geheimnis vor mir?« Sie zog ihn an den Ohrläppchen, und er ließ es geschehen, beugte sich vor und küßte sie.

»Heraus mit der Sprache – was ist es?«

Frank fuhr sich mit der Hand über das Gesicht, als störe ihn dort etwas. Es war eine verlegene Geste, die Susanne nicht an ihm kannte.

»Es ist wegen meiner neuen Stellung, Susanne.«

»Du hast sie schon?« jubelte sie und fiel ihm um den Hals.

»Ja«, sagte er leise.

»Eine gute Stellung, Frank?«

»Eine sehr gute, Liebling!«

»Dann könnten wir ja wirklich heiraten?« Sie lachte über diesen Satz und streifte mit der Hand ihre Haare nach hinten.

»Darum wolltest du mich so überraschend aufs Standesamt schleppen, was? Oh, du Geheimniskrämer. Du Schwindler! Seit wann hast du die Stellung, gestehe es?«

»Seit acht Tagen!«

»Und wann trittst du sie an?«

»Das liegt an mir.« Er kaute an der Unterlippe. »Ich könnte – wenn alles klappt – in sechs Wochen dort sein!«

»Wenn alles klappt, Frank? Warum sollte es nicht klappen?«

»Weil . . . weil . . . –« Er sah zu Boden und dann hinauf zum Petersberg. Dort flatterte die Fahne der USA im Sommerwind. Das Sternenbanner . . .

»Wir werden es nicht leicht haben, Liebling«, sagte Frank nachdenklich. »Wir werden viel zu überwinden haben – viel an Sorgen und viel an Sehnsucht!«

»Dafür sind wir ja jung!« meinte Susanne entschlossen. »Auf jeden Fall nimmst du die Stellung an, Frank.«

»Das habe ich schon.« Er sah von ihr weg und sagte stockend: »In sechs Wochen geht mein Schiff nach New York.«

»Nach . . .?« Susanne sprach den Namen nicht aus.

Plötzlich war die Sonne dumpf – die Luft schien kalt zu sein, sie fror. Sie starrte Frank an, ihre Lippen zuckten plötzlich.

»So – du willst nach Amerika, Frank?«

»Ja, Susanne.« Er fuhr herum, riß sie in seine Arme und küßte ihre weit offenen Augen. Dann drückte er sie an sich wie ein weinendes Kind und schloß die Augen, während er sprach: »Ich habe dir doch erzählt, daß ich mit dem zweiten Mann meiner Mutter in Verbindung stehe. Er weiß, daß ich einer neuen Methode zur Stahlerzeugung auf der Spur bin. Es ist ein Direktreduktionsverfahren – wenn es sich verwirklichen läßt, wird die Produktion vereinfacht und verbilligt. Und da er als Rechtsanwalt auch Syndikus der Ohio Steel Company in Cleveland ist – nun, da hat er meine Pläne und Ideen dem Präsidenten vorgelegt. Jedenfalls bekam ich sofort das Angebot. Ich hatte selbst nicht erwartet, daß es so schnell gehen würde. Ich könnte in zwei Jahren meine Villa haben, einen Wagen und dich, eine entzückende Frau, die schönste Frau Ohios! Das Leben ist plötzlich so weit und voller Möglichkeiten geworden, wie ich es mir nie erträumt hätte! Ich habe die Chance, einmal Schiffsingenieur zu werden. Bei der Ohio Steel Company! Weißt du, was das bedeutet? Ein Schlüsselposten innerhalb der amerikanischen Rüstung! Nur . . .«, er sah Susanne an, die ihm wortlos zuhörte, ». . . nur, es ist in Amerika, ich muß in sechs Wochen drüben sein, sonst wird der Vertrag aufgelöst.«

»In sechs Wochen . . .«, sagte Susanne leise. Ihre Stimme zitterte dabei, Tränen schwangen in ihr, aber sie war tapfer und beherrschte sich.

»Dann werden wir uns nicht mehr sehen, Frank?«

»Ich hole dich sofort nach, wenn in Cleveland alles so angelaufen ist, wie ich es erhoffe. Und dann heiraten wir augenblicklich.«

»Und wenn ich nicht hinüberkommen darf, Frank?«

»Warum solltest du nicht? Es kommen doch so viele Deutsche in die USA!«

»Die Bestimmungen sind streng, das weißt du.«

Frank nickte. Er hob Susannes Gesicht zu sich empor. »Darum wollte ich ja, daß wir sofort heiraten, Liebling. Als meine Frau kommst du eben schneller nach Amerika. Nur . . .« Er stoppte erneut, begann abermals an der Unterlippe zu nagen.

»Noch etwas, Frank?«

»Ja. Das schlimmste, Susanne.«

»Raus damit, Frank. Ich falle schon nicht um.« Sie versuchte, schwach zu lächeln.

»Bei dem Vertrag ist eine Klausel, Susanne. Sie hat nichts zu bedeuten. Es ist nur, um die Einwanderung für mich zu erleichtern und die Papiere sofort zu bekommen. Ich werde sie sofort, wenn ich in Cleveland meine Stellung antrete, rückgängig machen oder zurückkommen . . .«

»Das wirst du nicht, Schatz«, sagte Susanne bestimmt.

»Doch! Die Klausel lautet:

Der Ingenieur darf nicht verheiratet sein!«

Susanne sah plötzlich angestrengt auf ihr Kleid, zog es über ihre Knie und spielte mit den Fingern auf dem Muster des Stoffes.

»Das bist du doch auch nicht, Frank.«

»Aber ich möchte es sein! Ich werde dich heiraten!« sagte er fest. »Und wenn sie es drüben nicht wollen, komme ich zurück. Ich lasse dich nicht allein in Deutschland.«

»Aus Pflichtgefühl, Frank? Aus altehrwürdigen Moralbegriffen?«

»Liebling«, sagte er beleidigt. »Ich liebe dich. Ich liebe dich so, daß ich alles aufs Spiel setzen werde, um mit dir glücklich zu werden.«

Da umarmte sie ihn, drückte sich eng an ihn und fühlte in der Geborgenheit an seiner Brust den Schmerz, nur noch sechs Wochen um ihn zu sein und ihn dann lange, lange Zeit nicht mehr sehen zu können.

»Diese sechs kurzen, kleinen Wochen wollen wir noch glücklich sein«, flüsterte sie stockend.

»Wer weiß, was danach alles kommt? Die Zukunft ist so unberechenbar. Es wird doch alles anders, als wir glauben und hoffen, nur das Heute, das wissen wir. Darum laß uns nicht mehr sprechen von diesen sechs Wochen, nicht mehr von deiner Abreise, von deiner Stellung – laß uns so tun, als ob alles so wäre wie immer, als wolltest du nie weg! Und wenn der Tag deiner Abreise kommt, werde ich nicht bei dir sein, sondern weit, weit weg von dir, irgendwo in den Bergen, wo ich dich nicht sehe, wo fremde Menschen sind, wo ich nicht daran denken will, daß du nicht mehr da bist, wenn ich zurückkomme! Ich will dort keinen Kalender sehen, keine Tage nachrechnen – ich will mich verkriechen und nichts hören von dir – erst wenn du fort bist, werde ich zurückkommen, und dann habe ich noch immer Zeit zu weinen – wenn ich dann noch weinen kann.«

»Ich werde sofort schreiben, wenn ich in Cleveland bin.« Frank fühlte, wie der Schmerz schon jetzt Susanne ergriff. Er gab sich Mühe, seiner Stimme Ruhe und Kraft zu verleihen, um Susanne zu trösten. »Wir werden sofort das Einreisevisum beantragen, damit du schnell nachkommen kannst.« Er sah sie gewollt fröhlich an. »Wie ist es denn jetzt mit dem Dr. phil., schöne Studentin? Noch immer ehrgeizig? Bestehst du weiter auf der langen Wartezeit bis zum Examen?«

»Jetzt nicht mehr, mein Schatz. Jetzt ist alles anders.« Sie lächelte zurück. »Mein Gott, hätte ich dich doch nie im Park angerempelt und dir die kleine Ohrfeige gegeben . . .«

Es wurde doch noch ein ziemlich fröhlicher Tag, wenn auch im Herzen die Angst vor der Zukunft die Sonne ein wenig überschattete und das Lachen der anderen Menschen manchmal qualvoll anzuhören war. Aber sie blieben tapfer. Sie lachten mit, sie ritten mit dem Esel auf den

Drachenfels und tranken auf der großen Aussichtsterrasse des Lokals den Kaffee und ein Glas ›Drachenblut‹, den traditionellen Rotwein der Gegend. Dann sahen sie hinab auf das Rheintal, auf das in der Ferne liegende Bonn, auf die weißen Dampfer, die wie Spielzeuge auf dem in der Sonne glitzernden breiten Strom dahinfuhren. Wie Mücken schwärmten die Paddelboote dazwischen. Die Eisenbahn auf der anderen Seite schlängelte sich das Ufer entlang; der weiße Qualm stieg in den Himmel wie Watte. Alles schien einer großen Spielzeugschachtel zu gleichen, die aufgeklappt vor ihren Blicken lag wie ein bunter Kinderfilm von Schönheit und Zierlichkeit.

Über dem Siebengebirge schwebte lautlos ein Segelflugzeug mit Schweizer Hoheitszeichen. Anscheinend schwerelos hing es unter der Sonne, weiß blitzten die Flügel und die runde Kanzel mit dem Glasfenster. Es zog weite Kreise über dem Rhein und schwebte dann, sich leicht neigend, über den Westerwald davon.

Frank hob sein Glas. »Meinen Heiratsantrag hast du heute vormittag zwar nicht angenommen – aber bist du wenigstens bereit, dich mit mir zu verloben?«

Susanne nahm seinen Kopf in die Hände und sah ihm einige Zeit schweigend in die Augen.

»Frank, du sollst wissen, daß du keine Verpflichtungen mir gegenüber hast. Du mußt dich jetzt nicht mit mir verloben, nur um mir damit vielleicht Trost zu spenden. Ich werde auch ohne sichtbare Bindung auf dich warten . . .«

»Susanne, was sagst du da? Ich liebe dich. Ich will zu dir gehören, und das sollen auch alle wissen.«

»Dann darfst du morgen Ringe kaufen.« Sie zog seinen Kopf zu sich heran und küßte ihn leidenschaftlich, ja fast verzweifelt. Er spürte, wie das Verlangen in ihm aufstieg, und er umarmte sie noch heftiger, als sie sagte: »Aber, aber . . . die Leute . . . Wollen wir unsere Verlobung nicht lieber bei mir feiern? Allerdings müßtest du den Wein von hier mitnehmen. Mein Vorratslager ist leer . . .«

Frank ließ sich nicht lange überreden. Im Handumdrehen besorgte er vier Flaschen Rotwein. So beladen machten sie sich auf den Heimweg.

Frank Barron hatte Susannes Behausung noch nie betreten. Sie entpuppte sich als ein großes Zimmer in einem wiederaufgebauten Haus in der Kölner Altstadt. Das Zimmer hatte ursprünglich zu einer Sechs-Zimmer-Wohnung gehört, war jedoch, bedingt durch die allgemeine Wohnungsnot, beschlagnahmt worden. Behelfsmäßig war vom Treppenhaus aus ein eigener Zugang gelegt worden. Darüber sei sie besonders glücklich, sagte Susanne, als sie Frank stolz ihr kleines 21-qm-Reich zeigte, das von einer Couch bis zum Herd und zum Waschbecken alles enthielt, was in normalen Zeiten getrennt in mehreren Zimmern untergebracht war. An einigen Schmuckstücken, wie beispielsweise einer gotischen Madonna, war zu erkennen, daß die Inhaberin Antiquitäten schätzte.

»Mein Chef überließ sie mir als Geburtstagsgeschenk zur Hälfte des regulären Preises«, meinte Susanne, als müsse sie sich für diese Verschwendung entschuldigen.

Schnell holte sie zwei Gläser herbei und drückte Frank den Korkenzieher in die Hand.

»Deine erste hauswirtschaftliche Handlung als Bräutigam«, sagte sie dabei scherzend.

Dann saßen sie bei Kerzenschein auf der Couch und prosteten sich immer wieder von neuem zu. Denn auf jedes ›Prost‹ hatte natürlich ein Kuß zu folgen.

»Ein herrliches Gefühl, eine solch schöne Braut zu haben«, stellte Frank fest.

»Wenn das so weitergeht, könnte ich mich direkt an das Verlobungfeiern gewöhnen.«

»Vorausgesetzt, daß du das immer nur mit mir machst – habe ich gar nichts dagegen«, seufzte Susanne und drückte sich noch enger an ihn.

Frank stellte sein Glas auf dem kleinen runden Tisch ab, faßte mit beiden Händen ihren Kopf und küßte sie zärtlich. Langsam glitten seine Hände über Susannes Körper, liebkosten ihren schlanken schönen Rücken, ihre schmalen Schultern, die runden Hüften, streichelten die kleinen, aber vollen Brüste. Susanne wehrte sich nicht.

»Ich liebe dich«, sagte sie leise, als er sie für einen Augenblick freigab.

»Ich liebe dich so sehr. Was soll ich nur machen, wenn du so weit weg bist von mir, im fernen Amerika . . .«

»Nicht sprechen . . .«, unterbrach Frank. Susanne spürte, wie er sie langsam entkleidete.

»Nicht hier, mein Liebling«, flüsterte sie. Sie setzte sich auf, nahm seine Hand und führte ihn zu ihrem schmalen Bett in der anderen Ecke des Zimmers.

»Nur du sollst alles von mir bekommen, Frank«, sagte Susanne mit bebender Stimme.

Dann lagen sie eng umschlungen beieinander und vergaßen alles um sich herum. Der Abschiedsschmerz, die Angst und die Ungewißheit . . . alles verblaßte, verlor an Bedeutung. Sie liebten sich, spürten nur ihre Körper, genossen mit einer Tiefe, die so weit war wie die Unendlichkeit des Himmels. Sie erlebten das vollkommene Wunder, wie es sich immer offenbart, wenn zwei Menschen der innigsten Liebe begegnen. In hemmungsloser und zugleich zärtlicher Leidenschaft vergingen die Stunden.

Später lagen sie in der tiefen Dunkelheit eng aneinander geschmiegt, durch nichts mehr zu trennen, und küßten sich gegenseitig die Schweißperlen aus den Augenwinkeln. Susanne schluchzte. Doch dieses Mal waren es Tränen des unbeschreiblichen Glücksgefühls, das sie verspürte. Erst als der Morgen graute, lösten sie sich aus der Verzauberung dieser Nacht. Frank mußte ja nach Essen fahren. Susanne brachte ihn nicht zum Bahnhof. Sie wollte liegenbleiben und so lange wie möglich die Wärme genießen, die er in ihrem Bett zurückgelassen hatte.

Das Leben nahm seinen Lauf. Die Tage gingen dahin in Ruhe, mit nächtlichen Tränen und vielen gemeinsamen

Stunden. Es war, als wollten sie wie Blumen, die Angst haben, sie könnten nicht erblühen, jeden Strahl des Glücks mitnehmen. Sie sehnten sich jedem Wiedersehen entgegen, bewußt die Augen vor der Tatsache verschließend, daß ein Tag nach dem anderen verrann und der Termin der Abreise Frank Barrons immer näher rückte.

Frank hatte sich zwischendurch einen Tag freigenommen und war nach Frankfurt zum amerikanischen Generalkonsulat gefahren. Aber er hatte dort nur erfahren, daß für die Auswanderung von Familienangehörigen nicht das Konsulat zuständig sei, sondern die in Bremen eingerichtete Zentralstelle für Einwanderung in die USA. Bremen jedoch antwortete auf eine Anfrage kurz und bündig:

Betrifft: Ihre Anfrage vom 22.7.
Familienangehörige sind solche Personen, die in unmittelbarem Verhältnis zum Ausgewanderten stehen, wie Ehefrau (-mann), Vater und Mutter. Brüder, Großeltern und andere Verwandte gelten zwar als Verwandte, aber sie sind erst an zweiter Stelle bevorzugt berechtigt. Bräute gelten nicht als Verwandte, wenn das Aufgebot nicht bestellt ist. Ist eine Trauung lediglich durch den Termin der Auswanderung verschoben worden, so sind Ausnahmebestimmungen zulässig, die von Fall zu Fall von der Einwanderungsbehörde in Washington gefällt werden.

Gezeichnet McMillian.
LT.C.

Frank zeigte Susanne diesen Brief nicht. Er wollte alles vermeiden, was sie noch mehr ängstigen würde oder sie noch trostloser machte, als sie es im geheimen schon war. Sie ließ es sich zwar nicht anmerken, aber sie magerte in diesen Wochen ab, weil sie des Nachts schlaflos im Bett lag, bis die Müdigkeit sie übermannte. Doch auch dann schlief sie unruhig und wachte bereits beim ersten Morgengrauen wie zerschlagen auf. Das alles merkte Frank, er sah es an dem Verfall seiner Braut, aber er schwieg. Er mußte ja schweigen, weil er ohnmächtig war zu helfen. Er schrieb nur immer wieder mit neuen Argumenten an das Konsulat und nach Bremen. So lange, bis er von dort überhaupt keine Antwort mehr bekam, weil seine Briefe anscheinend ungeöffnet in den Papierkorb flogen.

Eine Woche vor seiner Abreise – inzwischen war der November mit seinen grauverhangenen Tagen und seinen feuchtkalten Nächten eingekehrt – sahen sie sich zum letzten Mal.

Sie sprachen nicht darüber, daß es unwiderruflich die Stunden des Abschieds waren. Sie gingen in Köln ins Kino. Es lief ein neuer deutscher Film. ›Hallo, Fräulein‹ mit Margot Hielscher und Peter van Eyck, der den Aufstieg einer Jazzsängerin erzählte; ein Film mit verführerisch guter deutscher Musik – aber zugleich auch ein Film über das Schicksal der Displaced Persons, jener Unglücklichen, die glaubten, ohne Einwanderungsgenehmigung einen Weg in die USA zu finden, und die statt dessen in Lagern ihrer Bestrafung entgegensahen.

Susanne wurde von der Musik mitgerissen, aber als sie das Kino verließen, wußte sie, daß die beiden letzten Stunden ihre Traurigkeit nur noch verstärkt hatten. Stand ihr nicht eventuell auch das Los einer ›DP‹ bevor?

Frank erriet ihre Gedanken. Er führte seine Braut sofort in ein Tanzlokal. Dort saßen sie in einer Weinlaube, tranken eine Flasche Rheinwein und tanzten anscheinend mit dem gleichen Vergnügen wie alle übrigen Gäste. Sie wiegten sich im Walzer, sie sahen sich tief in die Augen und blickten zur Seite, wenn sie bemerkten, daß in diesen Augen ein Schatten lag.

Kurz bevor sie nach Hause gingen, sagte Susanne zu Frank:

»Ich fahre morgen in die Berge.«

»Morgen?« Er spürte, wie es in seinem Hals würgte.

»Ja, morgen. Ich habe da eine Tante in Garmisch, die wollte schon immer, daß ich mal zu ihr komme. Ich habe ihr geschrieben, daß ich sie besuchen will. An der Universität ist sowieso nicht mehr viel los, so daß ich nichts verpasse.«

»Garmisch ist schön«, sagte Frank stockend. »Ich war dort einmal Skifahren. Da habe ich mir den linken Knöchel angeknackst und mußte drei Wochen mit einem Gipsbein herumhumpeln. Sah sehr zünftig aus, dieser Gips. Ich habe es fast bedauert, als er abgenommen und ich wieder zu einem normalen Menschen wurde, den keiner mehr bestaunte.«

»Sicher hast du Märchen erzählt von gefahrvollen Abfahrten und so . . .«

»Natürlich. Das gehört doch zu einem Gipsverband«, lachte Frank gequält.

Er brachte Susanne an die Haltestelle und hielt ihre Hand fest, ganz fest, bis er die Straßenbahn von weitem kommen sah.

»Susanne«, würgte er hervor. »Liebling . . .«

»Ich werde dir aus den Bergen auch schreiben.«

»Tu das, Susanne.«

»Und wenn es ganz, ganz schön ist, werde ich an dich denken und mir wünschen, daß du bei mir wärst . . .«

Da riß er sie an sich, drückte sie fest an seine Brust. Er küßte sie – die Augen, die Nase, den Mund, die Haare. »Liebling . . .«, stammelte er. »Ich bin ein verdammter Feigling. Ich fahre nicht. Nein! Ich bleibe hier. Ich sage alles ab! Ich gebe dich nicht her! Ich kann es nicht, ich kann es nicht . . .«

Die hell erleuchtete Straßenbahn hielt quietschend. Der Schaffner, an Abschiedsszenen um diese Stunde gewöhnt, rief leutselig: »Einsteigen! Schluß machen, Kinder!«

»Leb wohl, Frank«, sagte Susanne leise. »Und – und vergiß mich nicht ganz . . .«

Sie riß sich los, sprang auf das Trittbrett und stürzte in das Innere der Straßenbahn. Der Schaffner klingelte ab – kreischend fuhr der Wagen an.

Da streckte Frank die Arme aus und rief aus:

»Susanne! Susanne!« Er rannte neben der Bahn her, um sie noch zu sehen – sie saß in eine Ecke gedrückt, die Hände vor das Gesicht geschlagen und schluchzte. Die Bahn fuhr schneller – er kam nicht mit, das Bild ratterte davon – er blieb stehen, winkte, obwohl er wußte, daß sie es nicht sah – die Bahn wurde ein heller Fleck in der Nacht, der sich entfernte und immer kleiner wurde – schließlich war nur noch die Dunkelheit um ihn, und er stand allein auf der menschenleeren Straße.

Allein, durchzuckte es ihn. Von jetzt ab wird es einsam um mich sein, einsam inmitten der Millionenstadt Cleveland, der Millionen Menschen der USA. Und nur ein paar Seiten Papier, beschrieben mit viel, viel Sehnsucht werden das einzige sein, was ich ab und zu von Susanne bekomme und in der Brieftasche auf der Brust mit mir tragen werde. Aber ich werde um sie kämpfen, werde nach Washington fahren, ich werde alles in Bewegung setzen, was in Amerika möglich ist, damit sie nachkommt. Ich werde vordringen bis zum Präsidenten und ihn bitten, Susannes wegen das Quotensystem der Einwanderungsbestimmungen zu ändern. Ich werde . . . ich werde . . .

Er fühlte, wie ihn die Kälte der Nacht ergriff. Schauernd knöpfte er seinen Trenchcoat zu und wandte sich ab.

Die Hände in den Taschen vergraben, wanderte er zurück durch die stillen Straßen. Die Hängelampen pendelten im Wind und verstreuten karges Licht über den Asphalt.

Ein Taxi hielt plötzlich unmittelbar neben ihm. Der Fahrer sah ihn herausfordernd an.

»Ham'se mir gewinkt?« frage er keck.

»Das nicht; aber es ist gut, daß Sie halten.«

»Und wo jeht et hin?«

Frank zögerte einen Augenblick. Dann sagte er: »Fahren Sie mich an den Rhein, in irgendein Weinlokal. Ich muß heute etwas vergessen . . .«

»Dann steigen Se mal ein.« Der Taxifahrer riß die Tür

auf. »Am Ring jibt et jute Lokale, wo man einen hinter de Binde jießen kann . . .«

Das Auto fuhr an.

Frank saß im Fond. Er dachte an seine Braut.

Und er brachte den Schlager nicht aus seinem Kopf; die Melodie, die heute abend im Film Margot Hielscher mit ihrem dunklen, sehnsuchtsvollen Timbre gesungen hatte:

»Schau in meine Augen,

tief in meine Augen,

dann wirst du dein Bild darinnen sehen . . .«

3

Susanne war fest entschlossen, für längere Zeit zu ihrer Tante nach Garmisch zu fahren, die dort in einem kleinen oberbayrischen Haus wohnte. Die Tante hieß Henriette Breischlag und war unschuldig an diesem Namen, unter dem sie sehr litt. Aber da sie unverheiratet und eine geborene Breischlag war, blieb sie eben die Breischlags-Nette. Im Laufe der 64 Jahre, die sie nun schon zählte, hatte sie sich daran gewöhnt, diesen Namen wie ein Naturereignis hinzunehmen und nicht darüber nachzudenken. Sie ernährte sich neben ihrer Tätigkeit als Bäuerin auch noch vom Anfertigen schöner Klöppelspitzen und war in dieser Hinsicht eine in Garmisch und Umgebung anerkannte Künstlerin, deren Spitzen nicht nur in München verkauft wurden, sondern manchen Altar einer Bauernkirche in Oberbayern zierten.

Breischlags-Nette war ein Original besonderer Natur. Nicht etwa, daß sie besonders berühmt wegen ihrer unverfälscht bayrischen Kraftsprache war – solcher Ausdrücke waren in Garmisch viele mächtig – o nein, Nette rauchte Pfeife, eine richtige lange Großpapa-Hängepfeife. Das war selbst in Oberbayern eine Seltenheit und wurde nicht gleichgültig hingenommen, sondern immer wieder mit großer Neugierde bestaunt. Es gab sogar Tage, an denen es im Ort hieß: »Geht mal bei der Breischlags-Nette vorbei. Die Alte sitzt wieder vor der Tür und raucht Pfeifn!« Dann machten sogar die Schulkinder nach Schulschluß einen Umweg und stürmten lärmend und lachend an dem schönen, alten Haus vorbei, um Nette mit der langen Pfeife zu sehen.

Nette störte das unverhohlene Begaffen nicht mehr. Wer im Leben sonst keine Freude hatte, war berechtigt, sich wenigstens in aller Ruhe ein Pfeifchen zu genehmigen.

Susanne kannte ihre Tante Nette nicht. Als sie nach Garmisch aufbrach, wußte sie nur, daß es die Schwester ihrer verstorbenen Mutter war, die als einzige der vier Geschwister ledig und daher in Garmisch ansässig geblieben war. Die Mutter hatte ihr des öfteren von der Tante in Garmisch erzählt und sie als eine herzensgute, nette Person beschrieben. Ein bißchen grob in ihrer oberbayrischen Art, aber mit dem Herz auf dem rechten Fleck.

So hatte Susanne sich einfach mit einem Brief angemeldet, den Tante Henriette voll Verwunderung las und nicht wußte, was sie sich nun darauf für einen Reim machen sollte.

Ihre Nichte Susanne schrieb:

»Du wolltest doch schon immer, daß wir uns endlich einmal kennenlernen. Ich habe nun bald Semesterferien und würde mich freuen, wenn ich für einige Zeit zu Dir nach Garmisch kommen könnte. Ich verspreche, daß ich Dir nicht allzuviel Mühe machen werde. Ein Bett zum Schlafen ist alles, was ich mir wünsche. Und wenn es im Hause oder auf dem Hof etwas zu tun gibt, will ich Dir helfen . . .«

»Dös werd guat!« sagte Tante Nette sarkastisch und stopfte sich die lange Pfeife, um in Ruhe nachzudenken.

»Dös gibt a Unruh, sakra, sakra . . .«

Aber sie meinte es gar nicht so. Im stillen freute sie sich

sehr, Susanne endlich zu sehen und kennenzulernen. Immer hatte sie nur aus Briefen, die ihre Schwester ihr schrieb, von ihrer Nichte erfahren.

Ihre Freude bewies Tante Nette dadurch, daß sie den alten Knecht Sepp aufscheuchte, durchs Haus jagte, das Gästezimmer richten ließ und selbst das riesige schwere Federbett mit dickem, karierten Leinen bezog.

»Is dös Dearndl guat beianand?« fragte der alte Knecht nebenbei. Tante Nette sah ihn von der Seite an und brummte: »Du Lackl, du host di um den Mist zu kümmern!«

Und der Knecht trollte sich, denn mit Tante Nette war in dieser Beziehung wohl nicht gut Kirschen essen. Das sah er deutlich an ihrem drohenden Gesichtsausdruck.

Es war also alles bestens vorbereitet, als Susanne an einem Vormittag in Garmisch eintraf und mit hängenden Armen am Bahnhof stand. Die beiden kleinen Koffer, die sie mitgebracht hatte, stellte sie neben sich in den Staub.

Garmisch zeigte sich an Susannes Ankunftstag von der allerbesten Seite. Es war herrliches Wetter. Die in Gipfelnähe schon schneebedeckten Berge glitzerten in der Sonne und ragten majestätisch in den stahlblauen Himmel. Einheimische mißtrauten diesem Bilderbuchwetter allerdings im allgemeinen, da es sich zumindest in dieser Jahreszeit um einen, wie man hier sagte, geradezu mörderischen Föhn handelte, der den wetterfühligen Menschen schwer zu schaffen machte.

Susanne berührte das alles nicht. Weder spürte sie den Föhn, noch wurde sie von dem schönen Wetter und dem herrlichen Bergpanorama gefangengenommen. Sie war innerlich wie leergebrannt. Ein dicker Kloß saß ihr seit der Abfahrt in Köln im Hals. Sie bemühte sich tapfer, ihn immer wieder hinunterzuschlucken. Während der langen Bahnfahrt hatte sie immer wieder versucht, sich wenigstens ein bißchen auf die Ankunft und auf die erste Begegnung mit Tante Nette zu freuen, doch es wollte nicht so recht gelingen. Ständig sah sie Frank vor sich: wie er das große Schiff bestieg, wie es ablegte, und der an der Reling stehende Frank mit wachsender Entfernung immer kleiner und kleiner wurde und schließlich in der Ferne nicht mehr zu erkennen war. So stellte sie sich seine Abreise nach New York vor, die in genau fünf Tagen stattfinden sollte. Aber da war sie ja längst in Garmisch. Sie stellte sich mehrmals selbst die Frage, ob sie nicht doch besser hätte warten und bei Franks Abreise am Hafen sein sollen, doch letztendlich fand sie ihren Entschluß richtig. So ist es besser, dachte sie. Wir hätten den Abschied beide nicht durchgehalten.

Susanne gab sich einen Ruck und schaute sich um, ob sie abgeholt würde.

Auf dem Bahnsteig war niemand . . . das sah sie gleich. Auch in der kleinen Bahnhofshalle wartete offensichtlich keiner der dort Anwesenden auf sie. Da trat sie aus dem Gebäude heraus und schaute sich um. Die Sonne schien ihr ins Gesicht. Sie kniff die Augen zusammen, blinzelte und hatte Mühe, im ersten Augenblick alles zu erkennen und wahrzunehmen.

Unter einer weit ausladenden Fichte stand ein kleiner Pferdewagen. In ihm saß eine würdige alte Dame. Ein pfeifenrauchender Knecht von etwa gleichem Alter hockte auf dem Bock und hielt die Zügel der beiden Pferde. Er zeigte plötzlich mit dem unrasierten Kinn zum Bahnhof und meinte:

»Dös muaß's Dearndl sein, die mit dem Grübchen auf der Nas'n . . .«

»Was du alles siehst!« sagte Tante Nette strafend und bemüht auf Hochdeutsch. Sie hatte sich fest vorgenommen, ihren oberbayrischen Dialekt fürs erste zu unterdrücken und sich ausschließlich der hochdeutschen Sprache zu bedienen. Sie hatte sie nach dem Internatsbesuch vorbildlich beherrscht, aber durch den dann folgenden ständigen Aufenthalt in Garmisch war die einheimische Mundart später wieder ungehemmt durchgebrochen.

Jetzt aber wollte sie ihrer Nichte nicht den Eindruck vermitteln, sie käme in das Haus einer unkultivierten Frau.

»Übrigens – du hast dich nicht einmal heute rasiert, Sepp! Du bist ein Schwein!«

»Dös war, weil . . .«, suchte Sepp nach einer Verteidigung.

»Halt den Mund!« schnitt ihm Tante Nette das Wort ab. »Fahr an den Bahnhof heran und halte den Mund auch weiterhin! Los!«

Wenige Sekunden später lag Susanne in den Armen ihrer vor Freude und plötzlicher Rührung schnaufenden Tante; eine Begebenheit, die Sepp mit weit aufgerissenen Augen beobachtete und ihn zu dem leisen Ausruf drängte: ,,Dös Weibstück hat wirkli a Herz!«

Tante Nette ahnte die Zusammenhänge nicht, die Susanne zu diesem überraschenden Besuch bei ihr bewogen hatten, aber da sie einen geschulten Blick besaß, bemerkte sie sofort, daß die Freude ihrer Nichte gespielt war und unter der Maske des Lachens die Tränen standen. Sie sagte nichts, sondern beobachtete Susanne nur kritisch von der Seite, als sie durch Garmisch fuhren, vorbei an den schönen Bauernhäusern mit den kunstvollen Lüftlmalereien und den Segenssprüchen, vorbei an den Wiesen und Hängen, die in Kürze, wenn der Winter richtig über Garmisch hereinbrach, von Skifahrern bevölkert sein würden. Als sie zu Hause waren und während Susanne auf ihrem Zimmer die Koffer auspackte, nahm Tante Nette den Knecht zur Seite und brummte:

»'s Madl hat Kummer! Mannsbilder, verfluchte!«

Was Sepp als eine persönliche Beleidigung auffaßte und brummend das Zimmer verließ.

Beim Kaffee dann begann Tante Nette den Angriff auf die Seele Susannes. Sie tischte dicken, weißen Bauernstuten, eine große Dose mit frischer goldgelber Butter sowie einen Topf selbsteingemachter Erdbeermarmelade auf und meinte: »Nun iß, Susanne. Und sag mir mal, was eigentlich los ist.«

Susanne verschluckte sich und sah ihre Tante Nette aus großen Augen an. »Was soll denn los sein?« fragte sie.

»Red nicht so dumm daher!« Tante Nette sah die Nichte strafend an. »Daran, daß du zu mir kommst, hat doch ein Mann schuld.«

»Aber nein, Tantchen . . .«

»Doch! Ich sehe es an deinen Augen! Du bist traurig. Da stimmt etwas nicht! Hat er dich sitzenlassen?«

»Nein.« Susanne sah auf den Boden, der mit einem handgeknüpften Allgäuer Teppich belegt war. Plötzlich begann sie zu schluchzen. Tante Nette wurde steif wie ein Stock und hieb mit der Faust auf den Tisch.

»Die Mannsbilder!« schrie sie los. »Die Malefizlakln, die Dummerten, die Vermaledeiten! Wie heißt er?«

»Frank Barron.«

»Alle die Frank heißen, taugen nichts«, sagte Tante Nette völlig unlogisch. »Ich werde zu ihm hinfahren!«

»Das geht nicht«, weinte Susanne. »Frank fährt in fünf Tagen nach New York.«

»Ach! Er rückt aus? Was? Das habe ich gern! Ich schreibe sofort an das Konsulat und lasse den Paß einziehen!«

»Aber wir wollen doch heiraten!«

Tante Nette sperrte den Mund auf und starrte Susanne an.

»Und da weinst du?« fragte sie plötzlich leise.

»Ja. Weil er wegfährt und wir uns so lange nicht mehr sehen können . . .«

»Dummes Zeug!« rief Tante Nette laut und empört. »Um einen Mann weinen, weil er nicht da ist! Dummheit! Er wird schon wiederkommen. Iß jetzt und sei still!«

Aber so grob wie es schien, war sie ja gar nicht, die Breischlags-Nette. Nach dem Kaffee machte sie sich zum Bürgermeister auf, um sich zu erkundigen, was alles getan und beantragt werden mußte, wenn man nach Amerika auswandern wollte.

»Wos willst du?« fragte der Bürgermeister. »Du willst auswandern? Dös ist ja a neue Sensation für Garmisch!«

Es dauerte lange, bis Tante Nette erklärt hatte, was sie vorhatte. Dann aber mußte auch sie einsehen, daß es bei den heutigen Gesetzen völlig aussichtslos war, Susanne so schnell wie möglich eine Ausreise in die USA, zu Frank, ihrem Verlobten, zu ermöglichen. Selbst als Ehefrau wären noch viele Klippen zu überwinden, ehe man alle Papiere beisammen hätte.

»Sauerei!« sagte Nette drastisch. »Dös Madl muß an andern Mann haben!« Und mit diesem Grundsatz ging sie zurück nach Hause, um die Sache sofort in Angriff zu nehmen.

Susanne lag hinter dem Haus auf der Obstwiese in einem Liegestuhl, las ein Buch und sonnte sich. Um die Beine hatte sie eine Wolldecke geschlungen, aber es war so warm, daß sie noch nicht einmal eine dicke Jacke brauchte. Als Tante Nette um die Hausecke bog, sah sie den Knecht Sepp lauernd an der gegenüberliegenden Hauswand stehen. Brummend ging sie in die Küche und brüllte nach dem Knecht.

»Was stehst da herum und reißt das Maul auf?« schrie sie ihn an. »Hast im Stall nix zu tun?«

»A saubers Madl«, sagte der Sepp, mit der Zunge schnalzend. »Und a Figur! Sakra! Dreiß'g Joar jünger, und i tat fensterln!«

»Saudumma Depp«, sagte Tante Nette grob. Damit ließ sie ihn stehen und ging zu Susanne hinaus, die in der Sonne lag und mit geschlossenen Augen vor sich hin träumte.

Breischlags-Nette war eine Frau von schnellen Entschlüssen und handfesten Ausführungen. Sie betrachtete still die vor ihr im Liegestuhl liegende Susanne und ließ in Gedanken alle jungen Männer in Garmisch Revue passieren, die theoretisch zu Susanne passen könnten. Sie traf dabei ihre Auswahl nach drei Gesichtspunkten: Geld, gutes Aussehen, gute Vergangenheit. Von erster Kategorie gab es einige, Nummer zwei war schon seltener anzutreffen – aber Forderung Nummer drei war fast unerfüllbar. Das erboste Tante Nette dermaßen, daß sie sich brummend an ihre Klöppelarbeit setzte und wütend mit der Arbeit an einer neuen Spitze begann.

Das System Tante Nettes war es, durch Unterhaltung harmloser Natur Vergessen zu geben. Sie lud deshalb für den nächsten Abend einen Herrn ein, was Sepp, den Knecht, der seit zwanzig Jahren der einzige Mann auf dem Hof war, mit maßlosem Erstaunen erfüllte.

Der Herr, der von Nette die Ehre zugeteilt bekam, Susanne etwas aufzuheitern, hieß Dr. Ewald Schoffel und war Gerichtsreferendar in München. Zur Zeit hielt er sich jedoch bei seinen Eltern auf dem Schoffelhof auf, weil der Beruf eines Referendars seiner Meinung nach wenig lukrativ war und das Gehalt mehr an die Übungen eines Hungerkünstlers als an das eines Akademikers erinnerte. So war er ›beurlaubt‹ worden und saß nun als ›Studierter‹ auf dem Schoffelhof, tat den ganzen Tag nichts, sondern lebte von dem Schinken und den Eiern, die ihm sein Vater, ein biederer Bauer, auf den Tisch stellte. Tagsüber ging er spazieren oder saß im Wirtshaus und hielt juristische Beratungen bei Feldstreitigkeiten, Bachverlegungen und anderen Bauernstreitereien ab, die er sich gut bezahlen ließ. Das Geld zahlte er auf ein Konto ein, um später seiner Millie, die Tänzerin am Gärtnerplatz-Theater in München war, eine schöne Halskette und ein neues Abendkleid zu kaufen, das sie sich schon seit langem wünschte.

Dieser Dr. Ewald Schoffel war auserkoren worden, im Hause der Breischlags-Nette deren Nichte zu betreuen. Nette war auf ihn gekommen, weil er erstens gute Manieren hatte, zweitens leidlich aussah, drittens noch das beste Vorleben von allen einheimischen Männern besaß und letztlich auch in geldlicher Hinsicht von Haus aus sehr gut gestellt war. Der alte Schoffel hatte sogar vor ungefähr 35 Jahren einmal ein Auge auf Nette geworfen, und es ging die Sage, daß es sogar eine Liebesliaison gewesen sei, die nur deshalb in die Brüche ging, weil Breischlags-Nette dem Schoffelbauern sagte, daß – wenn man heiratete – sie allein der Herr im Hause sei!

Da hatte der Schoffel schnell das Weite gesucht und nach einem Jahr eine biedere Bauerntochter auf seinen Hof geführt, die zwar nicht den Geist von Tante Nette, dafür aber zwei starke Arme zum Arbeiten besaß und den Hof in Schwung brachte. Sie hatte dem Schoffelbauern zwar nicht gesagt, daß sie der Herr im Hause sein wollte, aber nach zwei Jahren schon regierte sie unumschränkt – und Schoffel zog die Schuhe draußen aus, wenn er etwas später als erlaubt aus dem Wirtshaus nach Hause schlich. Man sieht daraus, daß sich auf der Welt doch alles irgendwie gleicht, nur daß die Anzeichen anders sind. Und das ist gut so, denn in unserem Leben spielt die Verpackung eine große Rolle . . . bei der Schokolade, den Zigaretten und den Frauen!

Susanne ahnte nichts von ihrem zweifelhaften Glück, als am nächsten Abend Tante Nettchen in der großen Bauernstube mit dem breiten Kachelofen in der Ecke den Tisch deckte. Neben Enzian – Knecht Sepp strich verdächtig um den Krug herum – und einer Schüssel Schmalzgebäck stellte sie Gläser für Wein auf das weiße Leinentuch, das sie über den Tisch gebreitet hatte.

»Wir bekommen Besuch?« fragte Susanne.

»Ja, ein Dr. Schoffel.«

»Au je!« brummte Sepp. Tante Nette sah den Knecht so strafend an, daß dieser schnell verschwand und hinauf in seine Kammer stolperte, wo er einen ebenso großen Krug Enzian aus dem Wäscheschrank holte, mit dem er sich grunzend ins Bett verzog.

Gegen acht Uhr abends erschien Dr. Schoffel in einem dunklen Anzug und mit einem großen Strauß Buschro-

sen, die ihm Vater Schoffel für Tante Nettchen mitgege-
ben hatte. Warum er eingeladen worden war, konnte sich
keiner der Schoffelfamilie denken. Vater Schoffel hielt
mit seinem Sohn vor dessen Aufbruch zu diesem myste-
riösen Abendessen eine lange Beratung ab, bei der man
aber zu keiner Einigung kam.

»Vielleicht will sie dich aushorchen, wie es bei uns ist«,
sagte der alte Schoffel.»Du sagst nichts, verstanden. Alles
geht gut, sagst! Vater geht's gut, Mutter geht's noch besser. Der Hof hat keine Schulden! Sonst sagst du nichts.«

Mit solchen Ermahnungen gespeichert stand der Herr
Referendar nun vor der Tür und zog an der Schelle, die
blechern durch das Haus schepperte.

Tante Nette machte selbst auf, drückte ihrem Gast herzlich die Hand und nahm ihm den Hut und die Blumen ab.

»Ach, was für schöne Rosen!« sagte sie laut. »So was
wächst auf dem alten Schoffenhof?«

»Zentnerweise«, sagte Schoffel und wurde rot.

Er wurde von Nettchen in die Bauernstube geschoben
und sah sich plötzlich Susanne gegenüber. Diese trug ein
Dirndlkleid, das Mieder über der straffen Brust war eng
geschnürt und unterstrich ihre gute Figur. Unter dem
weiten Rock sahen ihre schön geformten Beine hervor.
Das Haar umrahmte mit lustigen Locken das vom Son-
nenbaden bereits etwas gerötete, liebliche Gesicht.

Dr. Schoffel blieb ruckartig stehen. Mit allem hatte er
gerechnet, bloß nicht mit einem solch entzückenden Mädchen bei der Breischlags-Nette.

Zum Teufel, warum hatte der Vater ihm nie etwas davon erzählt. Er machte kehrt, holte den Rosenstrauß aus
der Vase, die Nette auf der Dielenkommode stehen gelassen hatte, und stürzte ins Zimmer zurück. Er überreichte
Susanne den wassernassen Strauß und verbeugte sich
etwas linkisch.

»Ich bin völlig außer Fassung«, sagte er stammelnd.
»Frau Breischlag hat mir Ihre Anwesenheit stets ver-
schwiegen. Das kommt mir so vor, als wenn man der

Kunstwelt bewußt ein wertvolles Gemälde unterschlagen hätte.«

Susanne gab ihm die Hand und lächelte schwach. Wer mag das sein, dachte sie bloß. Was soll er heute abend hier? Ist er ein Aufkäufer von Tantes Klöppelarbeiten? Sie zeigte auf die große gepolsterte Eckbank und meinte:

»Setzen wir uns, Herr . . .«

»Ewald Schoffel, Dr. jur. Referendar.«

»Herr Doktor.«

Sie schob ihm ein Glas Wein hin und setzte sich an den langen Tisch ihm gegenüber. Dr. Schoffel sprang sofort auf, ordnete die Kissen hinter ihrem Rücken und setzte sich dann wieder mit einer leichten Verbeugung hin.

»Sind Sie schon lange in Garmisch, Gnädigste?« fragte er mit einer gezwungenen Überkorrektheit.

»Seit gestern.«

»Ich werde diesen Tag immer loben!« Dr. Schoffel wurde pathetisch und umklammerte sein Glas Wein. »Sie bleiben länger?«

»Vielleicht vier Wochen . . . wenn es mir hier gefällt.«

»Warum sollte es Ihnen nicht gefallen? Garmisch ist ein paradiesisches Fleckchen Erde. Es hat eine Venus wie Sie verdient.«

»Im Paradies war eine Eva«, meinte Susanne trocken.

Dr. Schoffel wurde blutrot im Gesicht und kaute an der Unterlippe. »Natürlich, natürlich, Gnädigste. Ein kleiner Irrtum, hervorgerufen durch meinen stillen Vergleich mit der Schaumgeborenen . . .«

»Das war Aphrodite . . .«

»Die Römer nannten sie Venus.«

»Und in Garmisch waren auch die Römer . . .?«

Mit dieser frechen Frage wußte Dr. Schoffel nichts anzufangen, und er sah sich hilflos um. Tante Nette wirtschaftete in der Küche, man hörte das Klappern durch zwei Türen hindurch. Sie fiel als Rettung aus. Der Knecht Sepp lag in seinem Bett und sang vor sich hin . . . der leere Krug Enzian lag neben ihm auf der Erde.

Dr. Schoffel tat das einzige, was ihm einfiel – er prostete Susanne mit dem Weinglas zu und sagte: »Auf unseren klugen Besuch!«

Und dann trank er in einem langen Zug das Glas leer und fühlte sich etwas mutiger werden.

»Garmisch ist meine Heimat«, sagte er. »Ich werde Ihnen alle Schönheiten dieses Ortes zeigen . . . wenn Sie erlauben . . .«

»Warum nicht?« sagte Susanne und zuckte mehr oder weniger gleichgültig mit den Schultern. »Ich mag die Berge, den Schnee und ich wandere gern.«

»Ich auch, Gnädigste . . .«

»Na also . . . dann können wir ja morgen schon eine Tour unternehmen . . .«

»Mit dem größten Vergnügen . . .«

Natur, dachte Susanne, wandern, sich einlullen lassen von dem Geschwätz dieses Dr. jur. . . .; das ist die beste Medizin des Vergessens. Nur nicht denken, was morgen oder übermorgen ist, nur nicht an diesen Tag denken, an dem Frank . . . Sie biß sich auf die Lippen, denn sie fühlte, wie sie blaß wurde und zu beben begann.

Tante Nette kam ins Zimmer, ein Tablett mit dampfenden Leberknödeln vor sich hertragend.

»Knödel!« rief sie begeistert. »Dös mag auch der Herr Referendar, wos?«

»Aber ja . . .«, sagte Dr. Schoffel freudig.

»Habt ihr euch schon ein bisserl bekannt gemacht miteinander, Kinder?« fragte Nettchen so nebenbei beim Aufgeben.

»Wir wollen ein bißchen zusammen wandern und uns Garmisch ansehen«, antwortete Susanne.

»Das ist schön, das ist sehr schön!« meinte Tante Nette und gab Dr. Schoffel noch einen Kloß mehr auf den Teller. »Wandert mal schön in die Natur . . . es tut euch beiden gut . . .«

Und im stillen dachte sie: Der Schoffelbua, das ist kein übler Kerl. Ein Doktor, ein reicher Erbe und ein netter stil-

ler Mann . . . Susanne wird diesen Frank schon vergessen. Dafür werde ich schon sorgen. Ich, die Breischlags-
Nette.

Am nächsten Tag stand Dr. Schoffel pünktlich vor Tante
Nettes Haus und schellte. Er hatte sich richtig zünftig in
Lodensachen ausstaffiert und trug zur Feier des Tages
seinen Sonntagshut mit dem mächtigen Gamsbart. Auch
Susanne erschien in zweckmäßiger Kleidung und sah sogar relativ unternehmungslustig aus.
   Schoffel schlug vor, mit der berühmten Zugspitzbahn
auf den höchsten Berg Deutschlands zu fahren, sich dort
bei dem noch immer schönen Wetter das gigantische
Bergpanorama anzuschauen und dann eventuell nach einer guten Jause eine Wanderung zu machen.
   Susanne stimmte freudig zu, und begleitet mit den besten Wünschen von Tante Nette brachen sie auf.

So vergingen die Tage in Garmisch. Susanne und Dr.
Schoffel wanderten, fuhren in die Skigebiete hinauf,
sonnten sich, und Schoffel zeigte Susanne Garmisch und
die Umgebung. Es waren herrliche, fast unbeschwerte
Tage. Auch Dr. Schoffel taute auf, er verlor seine Steifheit,
wurde natürlich wie die Natur um ihn herum, sprach
nicht mehr ein geschraubtes Deutsch, sondern wurde sogar bayrisch, indem er vor einer Skihütte, in der sie eingekehrt waren, vor Freude und Übermut zu jodeln begann.
   Tante Nette überwachte dies mit kritischen Augen und
meinte zu dem erstaunten Schoffelbauern, als sie ihn auf
der Straße vor dem Spezereienhändler traf: »Paß einmal
auf, wos daraus wird . . .«

Es wurde nichts daraus, zum Leidwesen Tante Nettchens.
   Am fünften Tag, der Abfahrt Franks, erschien Susanne
nicht zur Verabredung. Unruhig rannte Dr. Schoffel hin
und her, schaute ins Tal und setzte sich dann an einen
Hang in den Schnee, ziemlich vergrämt.

Susanne saß währenddessen allein auf einer Bank im nahegelegenen Wald. Jetzt fährt er, dachte sie und weinte haltlos, verbarg das Gesicht in ihren Händen, und ihr Körper wurde vom Schluchzen geschüttelt. Ich werde ihn nie wiedersehen, ich fühle das, durchfuhr es sie, und dieser Gedanke war so schmerzhaft, daß sie leise aufschrie und beide Hände gegen den Mund preßte.

Frank, dachte sie nur, mein lieber, lieber Frank . . .

Nun bist du fort und bald drüben im fernen Amerika, und unser Traum vom Glück wird ein Traum bleiben – ein ewiger, seliger Traum der Jugend. Doch von Träumen kann man nicht leben.

Stundenlang saß sie auf dieser einsamen Bank und weinte. Erst gegen Abend ging sie zurück ins Haus und ohne mit Tante Nette zu sprechen, rannte sie in ihr Zimmer. Dort schloß sie sich ein und gab auf alles Klopfen keine Antwort.

Zwei Tage später fuhr sie wieder ab. Nach Köln zurück. Tante Nette stand am Zug und heulte laut. Dr. Schoffel betrank sich vor Kummer sinnlos.

Und von Köln aus schrieb Susanne den ersten Brief.

4

Woche für Woche gingen nun Briefe voller Zärtlichkeit und Liebe hinüber und herüber. Frank berichtete voller Begeisterung über sein neues Arbeitsfeld, über das herrliche freie Leben in den USA, über die nette kleine Wohnung, die er eingerichtet hatte, über sein gutes Gehalt, über den neuen Wagen – einen Studebaker – und über die schmerzhafte Sehnsucht nach Susanne. Diese hatte optimistisch vor einiger Zeit einen Englischkurs belegt. Sie wollte mit perfekten Sprachkenntnissen den Start in der Neuen Welt beginnen. Doch dem guten Willen zum Trotz – was immer die beiden Liebenden zur Besiegelung ihres

Glücks unternahmen, immer und immer wieder verzögerte sich die Einreise, die Papiere lagen monatelang beim Generalkonsulat in Frankfurt, kamen wegen kleiner Formfehler zurück, wurden geprüft und von Instanz zu Instanz geleitet . . . und Susanne wartete und Frank schrieb Brief auf Brief. Es schien nichts zu helfen. Alles deutete darauf hin, daß Susanne in Deutschland bleiben mußte. Die Einwandererquote sei zur Zeit erfüllt, hieß es knapp und präzise.

Von dieser Nachricht ab begann der Kampf Susannes und Franks gegen das Gesetz und die Bürokratie.

»Es gibt kein Gesetz der Welt, das Liebenden verbietet, zueinander zu kommen«, schrieb Frank Barron wütend in seinem letzten Brief. »Es ist das Urrecht des Menschen, sich zu lieben! Davor zerbrechen alle Schranken und Bestimmungen! Und du kommst in die USA, auch wenn tausend Gesetze nein sagen! Du mußt einfach kommen, weil ich es sonst ohne dich hier nicht mehr aushalte. Eine entzückende Wohnung, ein Auto, eine gute Stellung, eine Zukunft . . . alles für dich! Und du darfst nicht kommen? So etwas gibt es gar nicht! Das lasse ich einfach nicht länger zu. Und wenn hundert Generalkonsulate dagegen sind und die Einwandererquoten für zehn Jahre erschöpft sind. Nächstes Jahr sollen die Quoten angeblich erhöht werden – nächstes Jahr –, so lange kann ich nicht auf dich warten, meine geliebte Susanne. Ich halte es jetzt schon nicht mehr aus vor Sehnsucht nach dir. Verlier den Mut aber nicht, mein Liebes. Mir wird schon etwas einfallen. Du kommst . . . und wenn wir auf einem Ruderboot über den Atlantik paddeln müssen . . .«

Dieser Brief hatte Susanne bewogen, ihren Koffer zu packen. Ja, und nun war sie in Bremerhaven und saß einsam in einer düsteren Hafenspelunke, mit einem kleinen Pappköfferchen bewaffnet. Ein Schiff, das nach New York fuhr, lag draußen an der Mole . . . die weite Welt tat sich vor ihr auf. Und doch waren die unsichtbaren Schranken anscheinend unüberwindbar. Kein Einreisevisum und deshalb auch keine Schiffskarte. Überall Verbote, überall ein Halt. Susanne Braun strich sich energisch die Locken aus der Stirn. – Gerade deshalb mußte es gelingen!

Wie sagte man doch in Bayern – Man muß nur wollen müssen!

Plötzlich stutzte sie und fand aus ihren Gedanken wieder in die Wirklichkeit zurück. Da stand etwas in der Zeitung, eine Annonce, die sie magisch anzog:

›*Auswanderer! Besorge jedes Visum in alle Staaten! Auswandererbüro Franz Sabelmann, Bremerhaven, Am Nordkai 12.*‹

Ob er mir ein Visum besorgen kann, zuckte es durch Susannes Kopf. Ob er mich auf ein Schiff zu bringen vermag, vielleicht sogar ohne Papiere? Er muß doch alle Reeder kennen und alle Kapitäne. Es könnte doch für ihn ein leichtes sein, mich irgendwo auf solch einem Kahn zu verstecken . . .

Sie sah sich vorsichtig nach allen Seiten um. An dem Ecktisch waren die drei Matrosen mittlerweile in einen tiefen Schlaf gefallen – der schmuddelige Kellner stand hinter der Theke gegen die Kaffeemaschine gelehnt und las in einem Magazin. Mit schnellen Fingern riß sie die Seite aus dem Zeitungshalter und stopfte das Blatt in ihre Hosentasche. Dann stand sie auf, ging zur Theke, bezahlte und verließ schnellen Schrittes das kleine Café.

Auf der Straße atmete sie auf. Der erste Streich. Ging ja ganz gut! Kleiner Diebstahl am Vormittag. Sachbeschädigung. Wenn Frank das wüßte. Er würde die Hände über dem Kopf zusammenschlagen. Aber in der Liebe sind nun mal alle Mittel erlaubt. Susanne kräuselte die Lippen, was ihr allerliebst stand und ihr in Studentenkreisen den Spitznamen ›Kaninchen‹ eingetragen hatte. Fest nahm sie ihren Pappkoffer in die Hand und ging mit langen, elastischen Schritten wieder dem Hafen zu.

Nordkai 12, dachte sie. Franz Sabelmann.

Hoffentlich ist es nicht zu voll bei ihm. Und hoffentlich will er keinen Vorschuß! Man muß ihm ein wenig schöne

Augen machen, dann ist er vielleicht so nett und wartet, bis ich ihm aus Amerika Kaffee und Zigaretten für seine Hilfe schicken kann . . .

Von Matrose zu Matrose fragte sie sich durch.

Nordkai 12. Links um die Ecke, wo der große Kran steht, dann geradeaus. An Becken 4 vorbei. Ja richtig. Noch zweihundert Meter, dann wieder rechts, vorbei am Lagerhaus der Eremitengesellschaft, dann noch zweihundert Meter. Bei dem Gleisdreieck.

Endlich stand sie vor dem Haus, Nordkai 12. Ein grauer, heruntergekommener Kasten mit verdreckten Fenstern. Eine Tür, die nie abgewaschen worden war. Ein Flur, der nach kaltem Kohl stank. An den Treppenwänden ausgeschnittene Magazinbilder. Das Geländer klebrig vor Dreck.

Susanne überwand den anfänglichen Ekel und ging die Treppen hinauf. ›Zweiter Stock links‹ stand unten an der Tür neben dem Namen Sabelmann. ›Sprechstunde von zehn bis zwölf Uhr. Außer Samstag nachmittag.‹ Wie bei einem Arzt.

Susanne blieb vor der Tür stehen, an der Sabelmanns Schild angebracht war. Das Herz schlug ihr bis zum Hals – sie fühlte, wie das Blut in ihren Ohren rauschte.

Ich stehe vor meinem Schicksal, dachte sie. Sagt er ja, kann ich die ganze Welt umarmen, sagt er nein, muß ich sehen, wie ich allein weiterkomme. Nur eines gibt es nicht: Zurück nach Köln! Was auch kommen mag – ich muß nach Amerika!

Als sie mit spitzem Finger auf die alte Klingel drückte, schrillte der Ton aufreizend durch das ganze Haus. Sie nahm den Finger von der Schelle und wartete.

Ein schlurfender Schritt näherte sich der Tür.

5

Rechtsanwalt Dr. Percy Yenkins, der zweite Mann von Frank Barrons Mutter, bewohnte eine schöne Villa in einem Vorort von Cleveland. Sie lag direkt am Erie-See mit einem wundervollen Blick über das glatte, kaum bewegte Wasser, hatte einen schönen Bootssteg inmitten eines Schilfstreifens und lag von hohen Bäumen und dichten Blütensträuchern verborgen, als habe sich hier ein reicher Sonderling von allem zurückgezogen, was leben heißt, um nur der Stille und Schönheit der Landschaft zu frönen.

Dabei war Percy Yenkins alles andere als ein Sonderling. Er war sehr sportlich, unternehmungslustig, ein typischer Wohlstandsamerikaner mit schwerem Wagen, einem Landhaus in Miami und der Idee, fehlerhafte Gesetze durch Vernunft zu ersetzen. Er konnte sich alles, was er wünschte, leisten, weil er die vor Jahrzehnten bereits von seinem Vater gegründete gutgehende Praxis geerbt und mit viel Fleiß und Zielstrebigkeit weiter ausgebaut hatte. So schwang er sich im Laufe der vielen Jahre seiner Praxis zum Rechtsberater großer Firmen von Cleveland, Akron, Toledo und Darton auf. Vor längerer Zeit hatte er sogar in New York ein Zweigbüro eröffnet. Er verdiente mit seinem Beruf und durch seine anerkannten Qualitäten relativ viel Geld und konnte sich auch den Luxus leisten, ab und zu einen Fall zu übernehmen, bei dem er zusetzte, weil er mehr Arbeit erforderte, als er finanziell einbrachte. Er tat dies dann aus Sportsgeist, aus bloßem Interesse an der Sache, aus dem Willen heraus, sich an Dingen zu versuchen, denen andere Anwälte aus dem Weg gingen, weil es sogenannte ›heiße Eisen‹ waren. Durch seine fundierten Kenntnisse, seine Sachlichkeit und nicht zuletzt durch seine Menschlichkeit genoß er allgemeines Ansehen, das sogar über die Grenzen seines Bereichs hinausging. Hochgestellte Persönlichkeiten aus den verschiedensten Staaten der USA fragten ihn um Rat und baten um Rechtsbeistand. Seine 62 Jahre sah man ihm trotz seines oft recht anstrengenden Lebens nicht an.

In den Büroräumen der Ohio Steel Company, deren Syndikus er war, lernte er endlich seinen Stiefsohn Frank Barron kennen, mit dem er so lange nur in brieflichem Kontakt gestanden hatte. Frank saß mit dem Vorstandsvorsitzenden der Firma, Terry McCray, in dessen Büro, als sich Dr. Yenkins anmeldete. McCray hatte ihn zu dem ersten Kontaktgespräch mit dem neuen Mitarbeiter aus Deutschland gebeten. Schon nach wenigen Minuten zeigte sich, daß der neue Ingenieur den beiden Amerikanern nicht unsympathisch war. Nachdem Frank sich dann noch etwa eine Stunde allein mit McCray unterhalten hatte, holte Dr. Yenkins ihn ab, um mit ihm zu seinem Haus zu fahren. Unterwegs erzählte ihm Frank von seiner Liebe zu Susanne und von den Schwierigkeiten, die sie hatten, zueinander zu kommen. Dr. Yenkins zeigte größtes Interesse für die Nöte des armen Bräutigams, der seine Verlobte im Gestrüpp der Paragraphen und Gesetze zu verlieren drohte.

»Okay«, sagte Yenkins nur. »Keine Sorge, Frank – das machen wir schon! Das ist ein Fall für mich! Wenn es nicht legal gelingt, machen wir es illegal! Deine kleine Susanne soll in Kürze in Cleveland sein . . . Jetzt sorgen wir aber erst einmal dafür, daß du hier gut unterkommst und den leider notwendigen Papierkram hinter dich bringst. Dann sehen wir weiter.«

Die Wochen und Monate vergingen, Frank lebte sich in den USA ein, beschaffte sich mit Hilfe von Dr. Yenkins eine Wohnung, fand schnell Anschluß in seiner neuen Firma und war eigentlich ganz glücklich, wenn . . . ja wenn diese unstillbare Sehnsucht nach Susanne nicht gewesen wäre. Alle Briefe, alle Anfragen blieben erfolglos. Es war zum Verzweifeln.

Heute nun saßen sich Frank und Percy gegenüber, tranken einen vorzüglichen schottischen Whisky und rauchten. Dr. Yenkins hatte ein Aktenstück vor sich aufgeschlagen liegen und sah durch den Qualm seiner Zigarette Frank Barron ein wenig traurig an.

»Es ist wie verhext, Frank. Selbst in Washington, wo ich einen guten Freund im Weißen Haus habe, ist man machtlos. Immer das alte Lied – die Quote ist erfüllt. Nächste Ausreisetermine können nicht vor Ende 1951 vergeben werden.«

»Bis dahin bin ich Witwer!« sagte Frank bitter. »Dann ist Susanne nämlich vor Aufregung und Kummer gestorben.«

»Wenn sie so ist, wie du mir deine Braut geschildert hast, glaube ich das nicht«, meinte Dr. Yenkins lächelnd. »Es geht jetzt darum, dieses dumme Quotengesetz zu umgehen. Das kann man aber nur, wenn man auf ungesetzlichem Wege eine Möglichkeit sucht.«

»Dann laßt uns sofort suchen!« rief Frank unternehmungslustig.

Yenkins hob beschwichtigend die Hand.

»Das ist leicht gesagt. Ich muß dich darauf aufmerksam machen, daß es bei einem Auffliegen dieses Planes kein Pardon gibt. Die Strafen für illegale Einwanderer sind hart, zu hart meines Erachtens. Und es kann sein, daß man dann auch dich einfach ausweist, ungeachtet deiner Kenntnisse und deiner Wichtigkeit für die amerikanische Industrie. Auch Mr. McCray wird dich in diesem Fall kaum halten können! Der Einsatz ist also hoch!«

»Das ist mir egal!« Frank sagte es hart und bewußt. »Es geht hier nicht allein um meinen Beruf, es geht um mein persönliches Glück. Und das ist wichtiger! Ich liebe ein Mädchen, und das Mädchen liebt mich. Das ist alles, aber das genügt. Da gibt es für uns keine trennenden Verfügungen, da gibt es kein ›Wenn‹ und ›Aber‹. Susanne kommt zu mir in die USA, oder die USA müssen auf mich verzichten.«

»Fürwahr, ein großes Wort«, nickte Dr. Yenkins. »Du bist ein Mann der unbedingten Konsequenz. Das ist schön – mit dir kann man wenigstens Pläne durchführen, vor denen andere zurückschrecken. Hast du schon mal etwas von Jack Crecco gehört?«

Erstaunt blickte Frank Barron auf. Dabei drückte er seine Zigarette in einem marmornen Aschenbecher aus.

»Crecco? Nein, noch nie gehört.«

»Du liest wohl sehr wenig Zeitung?« fragte Yenkings. »Kaum.«

»Daher. Jack Crecco ist ein netter kleiner, aber um so berühmterer Gangster.«

»Feine Leute kennst du.« Frank Barron staunte.

»Und was soll dieser Jack Crecco?«

»Uns helfen.«

»Der Gangster?«

»Eben! Ich kenne ihn, habe ihn von meinem New Yorker Büro aus ein paarmal mit Erfolg verteidigt. Sein Spezialgebiet ist der Menschenschmuggel.«

»Sympathischer Bursche.«

»Und was für einer.« Dr. Yenkins lachte laut und nahm einen Schluck aus seinem Whiskyglas. »Zu mir ist er wie ein guter Freund. Er verdankt mir mindestens fünfzehn Jahre Freiheit, die ich für ihn herausholen konnte. Das verpflichtet. Wenn ich Crecco einschalte, holt er deine Susanne unbemerkt wie eine Schachtel Zigaretten in die USA!«

Frank Barron sah Dr. Yenkins kritisch an. Susanne in den Händen eines berüchtigten Gangsters, das war ein Gedanke, der ihn abstieß. Aber wenn Yenkins den Plan faßte, mußte er gefahrlos sein.

»Du meinst, dieser Himmelhund Crecco könnte Susanne ins Land schmuggeln?« fragte er und steckte sich vor innerer Erregung noch eine Zigarette an.

»Und wie der das kann. Allerdings –« Dr. Yenkins sah Frank groß an, »es würde nicht gerade eine Kleinigkeit kosten.«

»Das muß getragen werden.« Frank dachte an McCray, seinen Chef, der ihm jegliche mögliche finanzielle Unterstützung angeboten hatte.

»Aber wie soll Crecco mit Susanne bekannt werden?«

»Das ist das Schwierigste an der ganzen Sache.«

Yenkins schlug das Aktenstück zu und lehnte sich in seinem Sessel weit zurück. Sich konzentrierend sah er an die getäfelte Decke seines Arbeitszimmers.

»Aus den USA ist Crecco nicht wegzukriegen. Er kann also deinen Darling nicht von Europa abholen. Es bliebe nur der Weg, daß Susanne hierherkommt.«

»Das ist es ja!« Barron sprang auf und wanderte im Zimmer hin und her. »Erst hierher kommen! Wenn sie draußen bei Coney Island liegt, bekomme ich sie schon aufs Festland. Da können die Einwandererbehörden die ganze Upper Bay von New York absperren, ich bekomme sie herein! Aber wie soll sie erst einmal bis hierher kommen? Ohne Einreisevisum kommt sie in Deutschland auf kein Schiff.«

Dr. Yenkins wiegte den schmalen, intelligenten Kopf hin und her. Seine langen Hände mit den sehnigen Fingern spielten mit dem großen versilberten Tischfeuerzeug.

»Man muß das einmal in Ruhe überlegen«, meinte er. »Was ist deine Susanne denn von Beruf?«

»Sie studiert noch. Kunstgeschichte.«

»Das ist ungünstig! Studentinnen haben wir in Amerika genug. Bitter, bitter . . .«

Dr. Yenkins blies den Rauch einer Camel an die Decke und hüllte sich in Schweigen. Frank stand an dem großen Fenster, von dem aus man einen wundervollen Ausblick über den Erie-See hatte. Seine Finger trommelten nervös gegen die Scheibe.

»Es muß einen Weg geben, Percy«, sagte er leise. »Es muß! Verstehst du mich? Und wenn ich zu Präsident Truman persönlich gehe! Man kann zwei Liebende nicht durch ein unmenschliches Gesetz trennen!«

Dr. Yenkins schnellte plötzlich empor. »Das könnte eine Möglichkeit sein . . .«

Er hatte mehr zu sich selbst gesprochen. Doch Frank

war es nicht entgangen. Sofort griff er das Stichwort auf. »Von welcher Möglichkeit sprichst du?«

»Was ich dir jetzt vorschlage, Frank, kann mich, wenn es je bekannt wird, meine Anwaltserlaubnis kosten. Und, bei Gott, keinem anderen würde ich diesen Weg weisen. Aber auf legale Weise scheint deine Susanne ja nicht hierher zu bringen sein.«

»Percy, sag, was hast du dir überlegt?« drängte Frank.

»Mein Beruf bringt es mit sich, daß ich oft mit ungesetzlichen Handlungen konfrontiert werde und natürlich auch manche sogenannte Spezialisten der Branche kennenlerne. So habe ich vor zwei Jahren einen Paßfälscher verteidigt. Ich konnte ihn zwar nicht davor bewahren, daß er ins Gefängnis kam – aber er hätte ohne meine Hilfe viel länger gesessen. Das war ihm klar, und deshalb bot er mir zum Dank damals an, auch für ihn da zu sein, wenn ich einmal seine Fähigkeiten benötigen sollte. Ich hätte nie gedacht, daß ich einmal in diese Verlegenheit kommen würde . . .«

»Und wie kann er uns helfen?«

»Ich werde ihn bitten, einen Paß auf einen amerikanischen Namen – meinetwegen Betsy Smith oder so ähnlich – zu fälschen. Diesen Paß lassen wir, zusammen mit einem ausreichenden Dollarbetrag, Susanne zukommen. Auch dafür werde ich Mittel und Wege finden. Dann dürfte es für Susanne, alias Betsy Smith, keine Schwierigkeit mehr sein, eine Passage für die Überfahrt nach Amerika zu bekommen.«

»Und was passiert, wenn das Schiff in New York anlegt?«

»Dann wird Miß Betsy Smith verschwunden sein. Jack Crecco wird sie auf irgendeine Weise – und ich bin sicher, er ist da um eine ausgefallene Idee nicht verlegen – kurz vor dem Anlegen von Bord geholt haben. Dann sollen die Behörden mal nach der nicht existierenden Betsy Smith suchen. Ich wünsche ihnen viel Vergnügen dabei. Denn in Amerika gibt es nur eine Susanne Braun – und von deren Existenz ahnt zunächst einmal wirklich niemand etwas.«

»Percy, wenn ich mir das so anhöre – ich weiß wirklich nicht, ob Rechtsanwalt der richtige Beruf für dich ist«, grinste Frank und klopfte Dr. Yenkins vergnügt auf die Schulter. »Du bist wirklich ein Teufelskerl!«

Aber sofort wurde er wieder ernst: »Laß uns das sofort an Susanne schreiben. Das macht ihr Mut und läßt sie fröhlicher in die Zukunft sehen. Am besten, du schilderst ihr selbst deinen Plan.«

»Meinetwegen.« Yenkins nickte und nahm vom Schreibtisch Papier und Kugelschreiber. Dann sah er Frank Barron an.

»Fräulein Susanne Braun«, diktierte Frank mit neuem Mut. »Köln-Lindenthal, Stadtwaldallee 24.«

Dr. Yenkins schrieb mit großen steilen Buchstaben die Adresse. »Ich kenne Köln«, lächelte er. »Es wurde ja leider im Krieg schrecklich zerstört. Und im Stadtwald bin ich, als ich noch ein schmucker Captain war, immer umhergeritten. Ich halte dir beide Daumen, daß unser Plan gelingt.« Er beugte sich wieder über das Papier und nickte Frank zu.

»Und jetzt soll sie hören, wie sie zu ihrem Frank kommt. Nur eins bitte ich mir aus, mein Bester.«

»Und das wäre?«

»Daß ich euer Trauzeuge bin . . .«

Lachend schlug Frank in die dargebotene Hand ein.

6

Mit einem scheußlichen Quietschen drehte sich ein Schlüssel im Schloß. Dann öffnete sich die Tür und ein mittelgroßer, in einen alten Schlafrock gekleideter Mann, Ende Vierzig, stand auf der Schwelle. Er musterte das

Mädchen im Treppenhaus kurz, ehe er grüßte und die Tür weit aufstieß.

»Sie wollen zu mir?« fragte er mit einer salbungsvollen Stimme.

Susanne Braun nickte. »Zu Herrn Franz Sabelmann«, sagte sie unsicher. »Dem Herrn, der die Ausreisen vermittelt.«

Der Mann im Schlafrock nickte lebhaft und rieb die Hände aneinander. Er machte so erst recht den Eindruck eines schmierigen Trödlers, der einen Rock voller Motten als kaum getragen verkauft hätte.

»Sie sind richtig, Sie sind völlig richtig!« sagte er schnell. »Kommen Sie näher. Wir wollen sehen, was wir für Sie tun können.«

Durch einen dunklen, langen Flur, in dem man dank der Finsternis den dicken Staub nicht sah, gingen sie in ein großes, quadratisches Zimmer, an dessen Fenster ein breiter, wackliger Schreibtisch stand, bedeckt mit einem Stapel Papiere. Eine große Weltkarte bedeckte die Fläche einer ganzen Wand. Kleine rote Fähnchen waren auf ihr an vielen Punkten der Erde festgesteckt.

Stolz wies Franz Sabelmann auf die Weltkarte.

»Unsere Erfolge«, meinte er. »Jede Fahne bedeutet einen Auswanderer, der am Zielort angekommen ist! Sie sehen, es gibt keinen Teil unserer Erde, wohin wir nicht die besten Verbindungen haben.«

Er setzte sich hinter den Schreibtisch und faltete die Hände.

»Und womit kann ich Ihnen dienen?«

»Ich möchte nach Amerika«, sagte Susanne langsam.

»Nach Argentinien? Oder Brasilien?«

»Nein, nach New York!«

»Du lieber Himmel!« Franz Sabelmann hob die Augen zur Decke und ließ die Hände auf den Papierstapel fallen. »Alles will in die USA. Als ob die Welt nur noch aus Amis bestünde. Haben wohl einen kleinen Sergeanten drüben? Was?«

Susanne fand die Frage äußerst taktlos, aber sie antwortete trotzdem: »Nein, mein Bräutigam ist Deutscher. Er ist dort Ingenieur in Ohio. Wir wollen heiraten.«

»Meinen Glückwunsch im voraus.« Sabelmann machte die Andeutung einer Verbeugung im Sitzen. »Und nun wollen Sie unbedingt nach drüben?«

»Natürlich.«

»So natürlich ist das gar nicht.« Franz Sabelmann sah auf seine Hände mit den schmutzigen Fingernägeln. »Eine Ausreise in die USA zu vermitteln, ist nämlich im Augenblick absolut undurchführbar.«

»Quote erfüllt!« sagte Susanne lakonisch.

»Stimmt. Ich sehe, Sie kennen sich aus! Da kann auch ich nichts machen.«

»Und wie wäre es mit illegaler Einwanderung?« fragte Susanne leise.

»Ausgeschlossen! Das kostet mich meine Lizenz, und Sie kommen ins Kittchen. Das lassen Sie mal schön bleiben, kleines Fräulein. Das haben schon ganz andere vor Ihnen versucht. Männer, die stark und widerstandsfähig wie Bäume waren. Als sie zurückkamen, mußten sie im Hospital wie Säuglinge wieder aufgepäppelt werden . . .«

»Männer –« Susanne machte eine wegwerfende Handbewegung. »Frauen behandelt man anders. Bis jetzt hat noch keine Frau versucht, illegal nach Amerika zu kommen . . .«

»Das denken Sie sich!« Sabelmann schüttelte den Kopf. »Diese Jugend von heute. Denkt, mit Lippenstift und Soir de Paris-Parfüm, Sex-Appeal und Arwa-Strumpfbeinen könne sie die ganze Welt erobern. Auch Frauen wollten schon als blinde Passagiere in die Staaten hinüber, in Coney Island gingen sie an Land und kamen sofort ins Gefängnis. Lassen Sie das lieber sein, Fräulein. Warten Sie lieber, bis die Quoten wieder berechnet werden.«

»Bis Ende 1951?«

»Genau!«

»Ich denke nicht daran!«

Susanne erhob sich von dem wackligen Stuhl und nickte Sabelmann zu. Eine wilde Entschlossenheit leuchtete aus ihren braunen Augen. Ihr ganzes Wesen sprühte voller Unternehmungsgeist und festem Willen.

»Auch Sie können mir nicht helfen! Schade! Dann muß es eben anders gehen . . .«

Susanne ging wieder den dunklen Flur entlang und hörte Franz Sabelmann hinter sich herwatscheln. Als sie die Tür öffnete und ins Treppenhaus trat, hielt Sabelmann sie noch einmal zurück.

»Wenn Sie wirklich auf – anderem Weg nach Amerika kommen, dann schreiben Sie mir bitte eine Ansichtskarte«, sagte er mit einem leicht ironischen Ton. »Sie hätten dann nämlich etwas geschafft, was noch keinem Mädchen vorher gelungen ist.«

Ja, und dann stand Susanne Braun wieder allein und hilflos mit ihrem Pappköfferchen auf der Straße, sah hinüber zum Hafen, wo die Kräne hin und her schwenkten, die Schiffssirenen heulten und die Motoren dröhnten.

Dort hinten, hinter dem Dunst, beginnt die See, dachte sie voller Erregung. Dort ist die Freiheit, dort liegt Amerika, dort wartet Frank auf mich . . .

Ich muß hinaus – ich muß hinüber in die Staaten!

Das schmucke Schiff ›Giesela Russ‹ fiel ihr wieder ein. Es lag draußen an der Mole und fuhr nach New York. In drei Tagen sollte es auslaufen.

Drei Tage! Drei Tage Wartezeit! Drei Tage zum Überlegen, zur Ausführung eines tollkühnen Planes. Drei Tage – ein Geschenk des Schicksals.

Drei Tage für den Sprung in ein neues Leben . . .

Unschlüssig bummelte Susanne die Kaimauer entlang bis zum Becken, von dem aus sie die ›Giesela Russ‹ sehen konnte. Dort lag sie, ein weißes Schiff, typisch in seiner Form als kombinierter Fracht- und Passagierdampfer, mit hohen Aufbauten, Zwischendeck, Oberdeck, Laderäumen und den Mannschaftslogis. Die helle Sonne spiegelte sich in den blanken Bullaugen. Kleine Motorboote flitzten geschäftig um das Schiff herum und hievten an Tauen und Kränen Proviant an Bord.

Noch einmal umfaßte Susanne dieses Bild mit einem Blick, dann wandte sie sich ab und verließ den Hafen. In einer stillen Straße mietete sie in einer Privatpension ein Zimmer für drei Tage und warf sich erschöpft und verzweifelt auf die Schlafcouch.

Es ist wie verhext, dachte sie. Es will einfach nicht glükken, schwarz nach Amerika zu kommen. Schon einmal habe ich einen Anlauf gemacht, und er mißglückte.

Das war vor einem Vierteljahr. In Hamburg.

Sie mußte lächeln, als sie jetzt daran dachte, wie ungeschickt, ja dilettantisch sie sich angestellt hatte.

Damals lag im Hamburger Hafen, an Pier sieben, ein chilenisches Schiff, das Asbest und Salpeter nach Deutschland gebracht hatte und nun mit Landmaschinen zurückfuhr. Es sollte, ehe es den Panamakanal durchkreuzte, in New York und in New Orleans anlegen und Fracht löschen. Diese Information hatte Susanne in einem Schiffsbüro erfahren können, bei dem sie sich als Sekretärin einer Handelsfirma ausgab.

New York, dachte sie damals. Wenn ich in New York an Land gehe, vielleicht in einer Kiste von Bord gehievt werde, dann kann ich sofort Frank benachrichtigen, damit er mich abholt und so lange versteckt, bis der ganze Behördenkrieg erledigt ist.

Am Abend vor der Abfahrt – das Schiff sollte morgens um sechs Uhr auslaufen – schlich sie sich an Bord, indem sie keck über den Laufsteg in das Schiff stieg, ein Kopftuch um die Haare gebunden, eine alte Einkaufstasche auf dem Arm, ausstaffiert wie eine Fischersfrau, die etwas auf dem Schiff zu besorgen hatte. Die Zollbeamten, die am Kai standen, beachteten sie nicht, und auch die Matrosen, die vom Landgang zurückkamen, gingen an ihr vorbei und verschwanden in den Kojengängen.

Sie lief über das Unterdeck des großen Frachtschiffes und stieg die Treppe in einen dunklen Ladeschacht hinab.

Dort sah sie die vielen Landmaschinen, alle mit einer Zeltplane bedeckt. Sie kroch unter eine dieser Planen und setzte sich auf den Sattel eines Raupenschleppers. Dort hockte sie die ganze Nacht, bis draußen der Morgen anbrach und die Maschinen des Schiffes zur Probe anliefen.

Als sich die schweren Kolben drehten und ein Zittern durch den stählernen Schiffsleib lief, preßte sie die Hände an das Herz und wartete auf den Augenblick, in dem sie das Rauschen des Meeres hörte und das Ausfahren aus dem Hafen spürte.

Aber das Schicksal war damals gegen sie. Zollbeamte gingen noch einmal von Ladebunker zu Ladebunker und kontrollierten anhand der Transportlisten die Gegenstände, die ausgeschifft werden sollten. Sie kamen auch in den Raum, in dem Susanne unter ihrer Plane auf dem Sitz des Raupenschleppers saß. Plane nach Plane wurde gelüftet . . . ein Haken auf der Liste . . . und weiter ging es.

Als die Beamten die Plane von Susannes Versteck hoben, sah sie ihnen aus schreckensweiten Augen entgegen und kletterte gebrochen von dem Sitz.

»Da bin ich«, sagte Susanne leise. »Ich habe eben Pech gehabt . . .«

»Oder Glück, Mädchen«, sagte einer der Beamten und klopfte ihr auf die Schulter. »Wolltest du in die USA?«

»Ja.«

»Auf dem Sitz des Schleppers? 14 Tage lang?«

»Ja.«

»Das ist doch Dummheit!« Der Beamte sah sie kritisch an. »Was willst du denn eigentlich da drüben?«

»Ich habe meinen Bräutigam drüben.«

»Kleine Kriegsbraut, was?«

»Nein, mein Bräutigam ist Deutscher. Er ist in Cleveland Ingenieur, und seit Wochen versuchen wir vergeblich, Auswanderungspapiere für mich zu bekommen. Ich bin Studentin der Kunstgeschichte . . .«

Der Beamte lachte. »Was Sie da aber gemacht haben,

war keine Kunst. Das war vielmehr Stümperart. Wenn Sie schon schwarz nach Amerika wollen, dann müssen Sie das schon anders anstellen! Da gibt es besondere Tricks, die todsicher sind. Aber die sage ich Ihnen nicht. Ich werde mich hüten! Und nun kommen Sie mal schön mit, damit Sie mir nicht wieder ausrücken. Wir unterhalten uns noch ein wenig miteinander . . .«

So machte sie die Kontrolle des Schiffes mit, sah, wie gründlich es durchgesehen wurde, und daß es fast unmöglich war, den suchenden Augen zu entgehen.

Bevor sie gehen durfte, wurde in der Wachstube des Zolls ein Protokoll aufgenommen.

»Vielleicht hören Sie noch von uns«, sagte der Beamte zum Schluß und klopfte ihr auf die Schulter. »Eine kleine Geldstrafe wegen Versuchs illegaler Auswanderung ist Ihnen jedenfalls sicher.« Und leise fügte er hinzu: »Es soll auch nur eine Strafe sein, weil Sie so dumm waren . . .«

Dann stand Susanne wieder auf der Straße des abendlichen Hamburg und wußte nicht, was sie weiter beginnen sollte.

Ein neuer Versuch? Es lagen ja viele Schiffe im Hafen, die nach Amerika fuhren. Fast jedes dritte Schiff nahm diese Route! Sollte sie es noch einmal wagen?

Sie ging wieder zum Hafen zurück, in ein anderes Becken, wo fremde Zollbeamte waren, die sie nicht kannten. Dort strich sie um die Piers herum und las die Namen der vielen Dampfer. Am Heck flatterten die Landesfahnen am weißen Mast.

Schiffe aus Panama . . . Uruguay . . . USA . . . England . . . Japan . . . Schweden . . . Norwegen . . . Argentinien. . . Mexiko . . . Griechenland . . .

Die ganze Welt lag hier in einem Hafenbecken.

Die Welt jenseits des Wassers, das eine so große, eine unüberwindliche Grenze für Frank und Susanne war . . .

Obgleich die Schiffe lockten, wagte Susanne nicht, einen erneuten Versuch zu unternehmen. Außerdem war der Wachdienst auf den Schiffen sehr streng . . . das merkte sie sofort, als sie einmal an einen Laufsteg trat und sofort der Kopf eines Matrosen über der Reling erschien.

Traurig ging sie zurück in die hell erleuchtete Stadt und reihte sich in den Strom der Menschen ein, der fröhlich der Reeperbahn zustrebte.

Man müßte es einmal in Bremen versuchen, dachte sie und achtete nicht darauf, wohin sie ging. Vielleicht hat man es dort leichter, auf ein richtiges USA-Schiff zu kommen, auf einen Truppentransporter oder ein Care-Paket-Schiff. Man muß es einfach immer wieder versuchen. Vielleicht gelingt es doch einmal.

Und nun lag sie hier in dem kleinen Hotel auf einem leidlich sauberen Bett und starrte an die Decke, über die die Lichter der draußen vorbeifahrenden Autos huschten.

Die ›Giesela Russ‹ fährt hinüber, dachte sie. Es muß doch einmal gelingen! Wenn ich nur wüßte, wie . . . Ich müßte es ganz, ganz klug anstellen, so daß niemand auf den Gedanken käme, daß ich illegal nach Amerika wollte. Was ich bis jetzt erreicht habe, ist nichts. Wie bereits vor drei Monaten stehe ich wieder an einem Hafen und muß die Zähne zusammenbeißen, um nicht laut loszuheulen. Aber gerade das darf ich auf keinen Fall. Was ich behalten muß, sind vor allem die Nerven. Ohne starke Nerven wird es mir nie gelingen! Und wenn es nicht bald gelingt, wird es nie mehr gelingen! Ich muß jetzt so schnell wie möglich den letzten Versuch wagen . . .

Susanne ballte die kleinen Fäuste und drückte sie an ihre Schläfen. Es muß einen Weg geben, grübelte sie. Es muß einfach gehen.

Die folgenden zwei Tage stand sie stundenlang am Kai und beobachtete die ›Giesela Russ‹. Sie sah, wie das Gepäck der Reisenden in die Kabinen geschafft wurde, wie die Ladung anrollte, große Kisten und Ballen, Autos und Ackerwagen, Maschinen und Chemikalien, sah, wie mit großen Lastautos die Verpflegung für die lange Reise heranfuhr und beobachtete ein Zigarettenfräulein, das täglich mehrmals mit ihrem Tabakskasten vor der Brust das Schiff betrat und die schon an Bord befindlichen Reisenden bediente. Nach etwa zwei Stunden kam das Mädchen zurück und verschwand in einem Hafencafé.

In Susannes Kopf machte sich plötzlich ein kühner Plan breit. Das war es, so müßte es gehen . . . Wenn man es geschickt anstellte, würde dies der einzig erfolgsträchtige Weg sein.

Am dritten Tag, dem letzten Tag vor dem Auslaufen der ›Giesela Russ‹, an dem an der Bordwand die restlichen Reinigungsarbeiten durchgeführt wurden und die Maschinen schon auf Probe liefen, ging Susanne in das kleine Café und winkte dem Mädchen zu, das hier und auf dem Schiff Zigaretten verkaufte.

»Ich habe beobachtet«, sagte Susanne leise zu dem Mädchen, »daß Sie immer auf dem Schiff da drüben Tabakwaren verkaufen.«

»Das stimmt. Wir haben die Konzession dazu«, meinte das Mädchen vorsichtig.

»Verdienen Sie viel dabei?«

»Warum interessiert Sie das?«

Das Mädchen wurde mißtrauisch und sah sich um, ob nicht ein Kellnerkollege in der Nähe war. »Sind Sie von der Steuer?«

Susanne Braun lachte und setzte sich. Mit einer Handbewegung forderte sie das Mädchen auf, sich neben sie zu setzen.

»Nein, haben Sie bloß keine Angst«, meinte sie lustig. »Ich möchte einmal an Ihrer Statt Zigaretten verkaufen.«

»Was wollen Sie?« Das Mädchen riß die haselnußbraunen Augen auf und schüttelte den Kopf. »Sie machen vielleicht Witze!«

»Aber nein! Ich will Ihnen gestehen, daß ich gerne auf das Schiff möchte. Ich habe aber keinen Paß und keine Karte. Gehe ich an Ihrer Statt als Zigarettenverkäuferin an Bord, so vermutet niemand etwas Außergewöhnliches dabei. Wenn das Schiff dann ausgelaufen ist und man mich entdeckt, ist es zu spät zur Umkehr . . .«

»Man wird Sie bei der nächsten Gelegenheit an Land setzen und zurückschicken . . .«

Susanne schüttelte voll Überzeugungskraft den Kopf. »Nein! Daß man das nicht tut, dafür werde ich schon sorgen. – Das einzige was ich brauche, ist Ihr Tabakskasten. Wie hoch ist Ihr Umsatz pro Tag auf dem Schiff?«

»Ungefähr fünf bis sechs Mark, es sind erst sechs Herrschaften an Bord.«

»Wenn ich Ihnen zwanzig Mark gebe, würde Ihnen das genügen?« Susanne Braun öffnete ihre Geldbörse und holte einen zerknitterten Schein heraus. »Hier, nehmen Sie – es ist für Sie doch kein großes Risiko dabei . . .«

»Aber der Kasten ist doch dann weg! Wenn mein Chef den Verlust bemerkt, und das wird ja nicht ausbleiben, bin ich sofort entlassen!«

»Sagen Sie einfach, den Kasten hätte man Ihnen, um an die Zigaretten zu kommen, entrissen und gestohlen . . .«

»Ich weiß nicht recht. Warum das alles . . .« Das Mädchen zögerte ein wenig und sah auf den hingehaltenen Zwanzig-Mark-Schein. »Versuchen kann man es ja ruhig«, sagte es gedehnt, nahm den Geldschein und ließ ihn in der Tasche ihres kleinen Spitzenschürzchens verschwinden. »Ich helfe Ihnen ja gern. Haben wohl Ihren Liebsten drüben?«

»Wir wollen in Kürze heiraten«, nickte Susanne ernst.

»Dann viel Glück.« Das Mädchen stand auf, zog Susanne in eine Nische und übergab ihr den Kasten mit den Zigaretten. Gemeinsam leerte man ihn aus, bis Waren im Werte von zirka zehn Mark zurückblieben. In den leeren Kasten verstaute Susanne das Notwendigste aus ihrem Pappköfferchen und legte zum Schluß ein paar Zigarrenkisten und Zigarettenschachteln obenauf, bis von den Kleidungsstücken nichts mehr zu sehen war. Die übriggebliebenen Sachen stopfte sie hastig wieder in ihr Pappköfferchen und reichte es der Zigarettenverkäuferin.

»Nein, bitte nicht, ich habe mein Geld doch schon.«

»Bitte, nehmen Sie meine Sachen. Ich kann sie sowieso nicht länger brauchen. Wie soll ich denn mit einem Koffer in der Hand unbemerkt das Schiff besteigen? Es ist ohnehin nur verschwindend wenig für das, was ich Ihnen an Dank schulde. Behalten Sie die Sachen. Ich bitte Sie darum!«

Susanne hängte sich den Bauchladen um und lächelte.

»Sollte es klappen, so werden Sie wieder von mir hören. Wie heißen Sie denn eigentlich.?«

»Erna Stein. Bremerhaven, Pottgasse 15.«

»Ich danke Ihnen wirklich von ganzem Herzen. Sie können nicht ermessen, was Sie für mich getan haben. Und nun halten Sie mir beide Daumen, daß mir gelingt, was ich mir vorgenommen habe . . .«

Nachdem Susanne sich die Adresse notiert hatte, verabschiedete sie sich. Noch einmal winkte sie zurück, dann verließ sie das Café und schritt eilig über die Straße der Mole zu. Am Kai blieb sie stehen und sah hinüber zu dem großen, weißen Schiff.

Ich komme, jubelte es in ihr. Frank, ich komme zu dir, mit Zigaretten vor der Brust und einer schrecklichen Angst im Herzen . . .

Sie warf die Locken in den Nacken und biß die Zähne fest zusammen.

Mit langen Schritten eilte sie dem Schiff entgegen. Um sie herum brodelte der Lärm des Hafens.

Die Sirene der ‹Giesela Russ› gellte auf. Probealarm. Susanne nickte. Ein gutes Vorzeichen, dachte sie. Mit Alarm betrete ich das Schiff . . . es wird schon schiefgehen . . .

7

Frank Barron saß bleich und übernächtigt wieder im Arbeitszimmer von Dr. Yenkins und rauchte eine Zigarette nach der anderen.

»Verstehst du das, Percy?« fragte er und wies mit der Hand auf den auf der Schreibtischplatte liegenden Brief.

Dr. Yenkins schüttelte den Kopf. »Das ist schwer zu verstehen. ›Adressat mit unbekanntem Ziel verzogen. An Absender zurück.‹ Das heißt doch, daß deine Susanne nicht mehr in Köln ist.«

Frank nickte. »Richtig! Aber wo kann sie sein? Sie hat mir nicht geschrieben, daß sie ausziehen will. Und seit fast zwei Wochen hat sie überhaupt nicht mehr geschrieben! Ich weiß nicht, was ich davon halten soll . . .«

Dr. Yenkins zuckte die Schultern und spielte mit dem Tischfeuerzeug. »Vielleicht ist deine Susanne klüger als wir. Möglicherweise schwimmt sie schon über den Atlantik?«

»Unmöglich!« Frank schüttelte energisch den Kopf. »Ohne Paß? Ohne Visum? Das wäre ja Wahnsinn!«

»Wenn ein Mensch richtig verliebt ist, bewegt er sich stets am Rand zum Wahnsinn«, meinte Dr. Yenkins philosophisch. Er betrachtete den Luftpostbrief noch einmal und legte ihn dann auf einen Aktenstapel. »Jedenfalls ist jetzt das eingetreten, was ich befürchtet habe: Wir sind zur Untätigkeit verurteilt.«

»Wir müssen Susanne suchen lassen!« rief Frank erregt. »Sie kann doch nicht so einfach verschwinden.«

»Vielleicht will sie das? Es ist manchmal besser, ein Mensch verschwindet völlig und taucht erst am Ziel seiner Wünsche wieder auf, anstatt alle Welt davon zu unterrichten, was er vorhat. Ich glaube, deine Susanne hat uns vieles voraus. Vor allem eins: Unternehmungsgeist!«

»Sie wird alles falsch machen!« klagte Barron und zog an seiner Zigarette. »Wenn Frauen im Affekt etwas unternehmen, begehen sie immer eine Dummheit!«

Dr. Yenkins lachte und lehnte sich in seinem Sessel zurück.

»Typisch Mann! Wenn eine Frau das ›starke Geschlecht‹ nicht um Rat fragt, macht sie es falsch! Mein lieber Frank – ich möchte wetten, daß deine Susanne im Augenblick aktiver ist als du denkst. Du sitzt hier und stößt Klagelieder aus. Dein Sweetheart wird ein Loch gefunden haben, durch das sie hierher zu uns in die Staaten schlüpfen kann. Wenn du meinen Rat hören willst: laß uns abwarten, bis Susanne sich wieder meldet oder irgendwo auftaucht . . .«

»Bis dahin bin ich bestimmt irrsinnig vor Sorge geworden . . .«

Frank Barron war aufgesprungen und lief in dem Zimmer auf und ab. Die Ohnmacht, in der er sich befand, das Wissen, hier in Ohio zu sitzen und nicht helfen zu können, machten ihn rasend. Wenn er jetzt wenigstens bei ihr wäre und man zusammen beraten könnte, was zu tun sei . . . ja das wäre etwas anderes. Aber so – sie in einem Hafen oder sonstwo, und er in Cleveland . . . dazwischen der riesige Atlantik und ein großer Teil des amerikanischen Kontinents – man konnte verrückt werden bei dem Gedanken, daß das Mädchen allein den Gefahren gegenüberstand, sich ohne Hilfe durchkämpfen mußte, und vielleicht gar mit ihren Unternehmungen scheiterte . . .

»Wir müssen ihr helfen«, rief Frank laut und erregt. »Mein Gott, wozu sind wir Männer und haben Unternehmungsgeist, wenn wir hier sitzen und in aller Ruhe schottischen Whisky saufen? Percy, du bist doch sonst ein Mann, der nie um einen Ausweg verlegen ist . . .«

»Danke«, meinte Yenkins lakonisch.

»Oh, bitte, bitte!« schrie Frank. »Percy, daß du eine solche Ruhe hast, bringt mich schier um den Verstand! Susanne ist verschwunden! Verstehst du denn nicht, was das heißt?«

»Abgereist ist sie«, sagte Yenkins gemütlich.

»Als ob das nicht dasselbe wäre! Vor kurzer Zeit sagtest

du mir, du wolltest einen Weg finden, wie man Susanne zumindest bis nach New York bekommt. Dort sollte sie Jack Crecco in Empfang nehmen und in die Staaten schmuggeln. Und nun? Du sitzt hier und lachst. Das ist deine Hilfe!«

Dr. Yenkins erhob sich.

»Du machst mir einen recht unfreundschaftlichen Vorwurf! Aber ich habe da schon einen Plan. Es fragt sich nur, ob er mir nicht zu spät eingefallen ist.«

»Hier kann nie etwas zu spät sein!«

Yenkins nickte. »Gut. Dann komm, Frank. Wir wollen – zu deiner Beruhigung – keine Zeit mehr verlieren.«

Wenige Minuten später fuhren die beiden Männer in Yenkins' schwerem Wagen aus dem Eisentor der Villa hinaus, rollten an dem herrlichen Ufer des Erie-Sees entlang nach Cleveland hinein und schlängelten sich durch den dichten Verkehr. Dr. Yenkins lavierte seinen Wagen meisterhaft durch die stark befahrenen Straßen und parkte dann an einer Ecke, etwas abseits von der großen Straße.

»Wir sind da«, meinte er zu Frank Barron, der die ganze Zeit mit finsterer Miene stumm neben ihm gesessen hatte. »Steig aus.«

Sie standen vor einem Hochhaus mittlerer Höhe und gingen eine breite marmorne Freitreppe hinauf. Vor einer dicken Eichentür, an der in bronzenen Buchstaben CO stand, blieb Yenkins stehen. Er wandte sich zu Frank um, der erstaunt auf diese beiden Buchstaben blickte und nickte.

»Weißt du, wo wir sind?« fragte er.

»Nein«, antwortete Frank ehrlich. »Ich lese nur CO. Darunter kann ich mir aber leider nichts vorstellen.«

»CO ist die Abkürzung für Commercial Office – eine Gesellschaft, die Stellen ins Ausland vermittelt und vakante Arbeitsplätze auch durch das Ausland besetzt!«

»Aha!«

»Siehst du! Jetzt schaltest du. Ich will versuchen, für deine Susanne hier in den USA eine Stellung zu bekommen. Das wäre eine Möglichkeit, sie schneller herüberzuholen.« Er klinkte die Tür auf und winkte mit dem Kopf. »Komm, Frank . . .«

Sie betraten einen großen, weiten Raum, dessen gesamte Front zur Straße hinaus aus riesigen Fenstern bestand. Eine lange Theke aus wundervoll gemasertem Nußbaumholz zog sich an der anderen Seite des Zimmers entlang. Ein geschäftiges Hin und Her erfüllte das Büro, Schreibmaschinen klapperten, in kleinen Glaskabinen am Ende der Theke saßen stellungssuchende Damen und Herren und wurden von den einzelnen Vermittlern karteimäßig aufgenommen.

Ein wasserstoffblondgefärbtes Mädchen trat an die Theke und begrüßte die beiden Eintretenden mit einem breiten Lächeln ihrer grell geschminkten Lippen.

»Na, was soll's denn heute sein, Dr. Yenkins?« fragte sie. Anscheinend schien der Rechtsanwalt hier schon bekannt zu sein.

»Ich brauche zunächst den Geschäftsführer, blondes Gift«, meinte Yenkins. »Sagen Sie ihm, daß ich wenig Zeit habe, und er seinen im Augenblick ausquetschenden Kunden vor die Tür setzen soll.«

»Wird gemacht«, lachte das Mädchen und verschwand hinter einer getäfelten Tür, die in das Privatbüro des Leiters der Vermittlungsstelle führte.

»Ich glaube, daß wir hier einen Schritt weiterkommen«, meinte Dr. Yenkins zu Frank Barron, der ungeduldig von einem Fuß auf den anderen trat. »Es wird sich allerdings nicht vermeiden lassen, daß wir deine Susanne eventuell als Tellerwäscherin engagieren lassen . . .«

»Das ist mir egal!« brummte Frank. »Die Hauptsache ist doch, daß sie hierher kommen kann.«

Das blonde Mädchen kam wieder in das große Büro zurück und lachte Yenkins an. »Sie möchten hereinkommen«, sagte sie. »Aber es kostet zehn Dollar mehr.«

»Ihr Halsabschneider!« rief Dr. Yenkins und kniff dem Mädchen ein Auge zu. Dann ging er durch eine Klapptür der Theke und verschwand mit Frank Barron in dem Privatbüro.

Dicke Polstersessel, Neonlicht, getäfelte Wände, ein riesiger Schreibtisch mit Mikrofon und Haustelefon und ein langer schlaksiger Mann in einer Texasjacke empfingen die Besucher.

Dr. Yenkins stellte Frank Barron vor und ließ sich dann in einen der tiefen Sessel fallen.

»Es handelt sich um einen komplizierten Fall, Bill«, sagte er reichlich familiär. »Sie müssen uns ein Mädchen in die Staaten holen.«

»Okay.« Bill Bluet nickte und setzte sich hinter seinen Schreibtisch. »Aus England?«

»No. Aus Germany.«

Bill stand auf und trat vor Dr. Yenkins. »Netter Witz, Yenkins. Aber meine Zeit ist kostbar. Für Witze bin ich ab acht Uhr im Club zu haben . . .«

Dr. Yenkins schüttelte den Kopf, als wolle er die Antwort Bill Bluets abschütteln.

»Sie verstehen mich nicht richtig, Bill. Es ist mir ernst: Sie sollen ein Mädchen aus Deutschland hierher holen. Es ist die Braut meines jungen Freundes hier. Die beiden wollen heiraten! Die Einwandererquote ist aber erfüllt. Und die beiden lieben sich so, daß sie keine Zeit mehr haben und nicht bis Ende 1951 warten wollen! Mensch, Bill – da muß man ihnen doch helfen!«

Bill Bluet war im Laufe seiner Berufspraxis allerhand gewöhnt, aber was er nun in der folgenden Viertelstunde von Yenkins in aller Deutlichkeit erzählt bekam, war das Verrückteste, was ihm in seiner zehnjährigen Arbeitszeit als Vermittler zu Ohren gekommen war. Ein Mädchen einfach rüberholen? Weil es einen deutschen Ingenieur heiraten will? Unter Umgehung der Auswanderungsbestimmungen? Bill Bluet begann zu schwitzen. Es war das sicherste Zeichen, daß ihm der Fall naheging.

»Sie haben Optimismus, Doc«, meinte er sarkastisch. »Ich bin kein Zauberer, der hokuspokus ein nettes Girl in die Staaten zaubert. Auch ich habe mich Bestimmungen zu unterwerfen.«

»Die Sie – wenn Sie es können – mit größter Freude übertreten«, sagte Dr. Yenkins fröhlich.

»Sie sind ein Aas, Doc«, meinte Bill und lächelte zurück. »Was ist denn die nette kleine Braut von Beruf?«

»Alles!«

»Sie ist Studentin der Kunstgeschichte«, unterbrach Frank Barron Dr. Yenkins. »Ich hab' mir schon gedacht, daß da nichts zu machen ist . . .«

»Kunst? Ein ganz faules Pflaster! Tänzerinnen und solche, die sich dafür halten, haben wir genug, und was bildende Kunst anbelangt«, Bill Bluet schüttelte den Kopf, »da ist es ganz aussichtslos. Was wir brauchen, sind Farmarbeiterinnen, aber die holen wir nicht aus Europa!«

»Wie wäre es mit Babyschwester?« Yenkins rauchte eine Zigarette und blies den Rauch in dichten Kringeln gegen die Decke.

»Als Babysitter, meinen Sie?« Bill Bluet kratzte sich den Kopf. »Das ist kein lebenswichtiger Beruf, der unter das Gesetz der Einwanderung fällt. Aber vielleicht könnte man . . .« Sein Gesicht leuchtete auf. Mit schnellen Schritten ging er zu seinem Tischmikrofon und drückte auf einen Knopf an der Schalttafel. Eine blecherne Stimme meldete sich.

»Hören Sie, Stoke«, sagte Bluet laut. »Sehen Sie doch mal in der Kulturliste nach, ob man irgendwo ein Mädchen braucht! Bibliothekarin, wissenschaftliche Assistentin, Museumspflegerin oder kunsthistorische Hilfe. Möglichst an staatlichen Instituten – aber eventuell auch in privaten Stellungen.«

Man hörte ein Rascheln in dem Lautsprecher. Gespannt beugten sich Yenkins und Frank Barron vor. Wenn jetzt die Stimme aus dem Lautsprecher sprach, entschied sie über Erfolg des Unternehmens oder weiteres Warten auf das Glück. Die Zigarette in Franks Hand zitterte. Susanne, dachte er plötzlich. Wenn das Schicksal es gut mit uns meint und uns zusammenkommen lassen will, dann sagt die Stimme gleich ja.

Ein Räuspern ließ ihn aufblicken.

»Da ist etwas, Chef«, sagte die Stimme. »Ich schicke Ihnen die Anfrage gleich rüber . . .«

»Na also«, meinte Bill Bluet und stellte das Mikrofon ab. Erschöpft ließ sich Frank Barron in den Sessel zurücksinken. Jetzt erst merkte er, daß ihm der Schweiß auf der Stirn stand. Sein Gesicht war bleich und eingefallen.

Die Würfel sind gefallen, durchfuhr es ihn. Susanne wird eine Chance bekommen! Ich werde sie sehen können, wir werden eine Zukunft haben, wir werden uns lieben dürfen.

Die Stimme hatte ja gesagt . . .

Die Stimme des Schicksals?

Mit einem schwachen Lächeln wandte er sich an Dr. Yenkins.

»Das vergesse ich dir nie«, sagte er leise vor Rührung. Gierig zog er an der Zigarette und inhalierte den Rauch. Seine Lippen zitterten dabei.

Nach einem kurzen Klopfen trat eine dunkelhaarige Sekretärin ein. In der Hand hielt sie eine dünne Mappe.

Als sie sie auf den Schreibtisch legte und Bill Bluet sie aufschlug, warf Frank seine Zigarette weg und beugte sich weit vor.

8

»Na, wat haste denn jetzt mitjebracht, Puppe?«

Johnny, der Matrose, der außenbords an der ›Giesela Russ‹ hing und mit einem dicken Pinsel weiße Farbe über einige abgeblätterte Stellen strich, drehte sich lachend um. Susanne Braun stand auf dem Laufsteg, der zum

Schiff hinaufführte und schaute zu ihm hinüber. Unter ihr plätscherte das Wasser, über ihr gellte die Sirene und liefen die Matrosen über Deck. Kohlentrimmer und Ladearbeiter schafften die letzten Waren an Bord – die wenigen Passagiere lagen auf dem Sonnendeck oder standen neben dem kleinen Schwimmbecken an der Reling und blickten an Land.

»Was willste denn haben?!« rief Susanne keck zurück. »Ova oder Old Joe? Habe auch Camel da und 'nen tollen Priem für die steife See!«

Johnny lachte und winkte mit dem Pinsel. »Hast Glück, dat ich pinsle! Sonst wärste nicht mehr 'ne ungeküßte Maid!«

Lachend betrat Susanne das Deck. Es fängt ganz gut an, dachte sie froh. Man denkt wirklich, ich verkaufe Zigaretten! Jetzt rasch ein Versteck gesucht, bis der Kahn ausgelaufen ist, dann bin ich auf der Reise zu Frank und zu meinem Glück . . .

Auf der Treppe zum Oberdeck traf sie auf einen Mann, der einen Goldstreifen am Ärmel seiner Jacke hatte. Er nickte Susanne zu und hob den Finger der rechten Hand.

»Beeil dich, Kleine, in einer halben Stunde laufen wir aus! Dann mußt du von Bord sein, sonst kommst du vor New York nicht wieder an Land!«

Er lachte und ging weiter.

Susannes Herz klopfte bis zum Hals. Bis New York nicht wieder an Land, schrie es in ihr. Das ist ja wunderbar, das ist ja herrlich, das will ich ja nur. Sie lief die Treppe hinauf, verkaufte bei zwei älteren Herren eine Schachtel Zigaretten und vier Zigarren, bediente sogar den Kapitän, den dicken Kim Brake, mit einem Päckchen Krüllschnitt und rannte dann hinüber zu den Ladeluken, an denen die Trimmer die letzten Vorbereitungen zur Ausfahrt trafen.

Den Tabakskasten auf den Rücken schiebend, kletterte sie schnell eine Eisentreppe hinab und befand sich plötzlich in einem weiten Raum, der mit Kisten und Ladeballen vollgestellt war. ›New York‹ war in dicken schwarzen Buchstaben auf das Holz gemalt worden. Baltimore, Norfolk und Savannah stand auf den anderen Kartons. Das Schiff fuhr also auch in den Süden Amerikas hinunter in die Nähe von Florida.

Vorsichtig wand sich Susanne zwischen den Kistengassen hindurch und suchte sich ein Versteck in dem Lagerraum. Hinter einem Berg von Ballen fühlte sie sich einigermaßen sicher. Vorsichtig rückte sie einen Stoffsack, der anscheinend Passagieren gehörte, zurecht und setzte sich darauf. Den Tabakskasten stellte sie auf den Boden und strich sich die Locken aus dem Gesicht.

Geschafft, dachte sie. Der erste Schritt ist getan. Wenn sich gleich in ein paar Minuten die Schiffsschrauben drehen, die Ankerkette rasselt und durch den großen Leib des Dampfers ein Zittern läuft, wenn das Wasser draußen an die Bordwand klatscht und man das Meer rauschen hört, dann habe ich das Schwerste hinter mir; bin ich erst einmal unter der Fackel der Freiheitsstatue in der größten Stadt der Welt, kann mir nichts mehr passieren . . . und dann wird Frank in New York sein und versuchen, mich in die USA hineinzubekommen!

Angespannt lauschte sie auf das Laufen über ihr. Die Trimmer und Schlepper verließen das Schiff, die Sirene heulte erneut auf, durch den stählernen Leib lief ein feines Zittern und Stampfen; die großen Maschinen liefen an und trieben die Schrauben langsam durch das aufschäumende, quirlende Wasser.

Auf Deck stand Steuermann Jens Vondel neben dem Rudergast Johnny, dem Matrosen, der die Richtung der Fahrt einstellte.

»Ist das Zigarettenmädel von Bord?« fragte er Johnny. Der sah seinen Steuermann groß an. Das Fallreep wurde eingezogen, die Taue vom Kai gelöst, die Ankerketten rasselten laut ins Innere des Schiffes.

»Habe sie nicht gesehen«, meinte er. »Wohl reinkommen! Dann war ich ja nicht mehr am Reep. Aber die Kleine ist bestimmt von Bord!«

Jens Vondel brummte etwas in seinen Seemannsbart und beobachtete das Hinausnavigieren aus dem Hafen, das Kapitän Kim Brake am Maschinentelegraph selbst unternahm. Dann vergaß er das Zigarettenmädchen wieder, denn die ›Giesela Russ‹ näherte sich der offenen See – die Schleppboote warfen ab und hupten abschiednehmend noch einmal kurz auf . . . Das Schiff glitt in die rauschende Nordsee hinaus und nahm Kurs auf den Ärmelkanal.

Auf dem Sonnendeck lagen die Passagiere in dicke Decken eingewickelt und lasen die neuesten Zeitungen, die man kurz vor der Abfahrt noch hineingereicht hatte. Ein älterer Herr in einem weißen Anzug und weißen Schuhen, den kleinen grauen Spitzbart korrekt gestutzt, saß in einem Lehnstuhl im Wandelgang der ersten Klasse und blätterte in einem Buch. Pit, der Matrose, den Susanne im Hafen zuerst nach der ›Giesela Russ‹ gefragt hatte und der auf der Reise als Hilfssteward fungierte, bediente den alten Herrn gerade mit einem Glas Limonade und einigen belegten Brötchen.

»Wann sind wir in Dover, Steward?« fragte der Herr und sah kurz aus seinem Buch auf.

»Am späten Nachmittag, Herr Professor«, meinte Pit. »Wir haben dort aber keinen Aufenthalt, sondern nehmen nur von einem Frachtschiff Wolle an Bord. Der nächste Halt ist erst wieder New York. Wir kommen zwar ganz nah an den Azoren vorbei, doch die lassen wir im wahrsten Sinne des Wortes links liegen.«

»Danke.« Der alte Herr trank seine Limonade und blätterte weiter in seinem Buch.

Unter ihm rauschte die Nordsee. Am Heck des Dampfers spritzte der Schaum der Wellen empor. Leicht wiegte sich das Schiff in der langen, ruhigen Dünung.

Kapitän Kim Brake stand auf der Brücke und schaute hinaus auf das Meer. Er war zufrieden. Die Welt lag wieder offen vor ihm. Deutsche durften wieder in ferne Länder fahren. Deutsche durften den Ozean überqueren. Es war ein herrliches Gefühl, so auf einer Kommandobrücke zu stehen und zu wissen, daß dort am Horizont einmal der amerikanische Kontinent auftauchen würde – einst feindliches Land, jetzt verbunden durch das Schicksal um die Erhaltung der Welt.

Was gibt es Schöneres, als Seemann zu sein?

Die ganze Welt liegt einem zu Füßen.

In ihrem dunklen Versteck hockte Susanne Braun und lauschte auf das Rauschen des Meeres. Wir schwimmen, jauchzte es in ihr. Es ist geschafft. Aber nun heißt es Geduld haben. Ein oder zwei Tage aushalten, sich nicht blicken lassen, sich irgendwo in eine Ecke verkriechen. Erst wenn wir im Atlantik schwimmen, darf ich auftauchen. Dann müssen sie mich mitnehmen bis nach New York.

Und in New York wird Frank sein. Der große liebe, liebste, allerliebste Frank.

Wie wird er staunen, wenn seine Susanne plötzlich vor ihm steht! Ja, wird sie dann sagen, was du nicht konntest, das kann ich aber schon lange! Über das weite Meer bin ich trotz aller Gefahren zu dir gekommen, weil ich dich liebe, weil ich Sehnsucht nach dir habe. Und es gab niemanden, der mich aufhalten und uns trennen konnte.

Was sind Meere, was sind Länder, was sind Entfernungen, wenn man sich liebt? Die Erde wird dann so klein, sie schrumpft zusammen, daß man sie in einer Hand halten kann – in der Hand, die man sich fürs ganze Leben reicht.

An der Bordwand plätscherte das Meer. Die Maschinen stampften, der riesige Stahlleib zitterte vor verhaltener Kraft.

Es geht hinaus, jubelte es in Susanne. Es geht in ein neues Leben.

Susanne fährt nach Amerika.

Und die Liebe, die große heilige Liebe fährt mit ihr.

9

Die Matrosen Pit und Johnny hatten Freiwache.

Freiwache ist so eine Sache. Wer sich bei ihr nicht ver-
drückt, wird vom Steuermann oder vom zweiten Ingenieur zu allerhand Arbeiten herangezogen, denn wirkli-
che Freiheit gibt es auf einem Hochseeschiff nie. Aber ein
richtiger Matrose, der die Meere von Shanghai bis Johannesburg kennt, der am Kap der Guten Hoffnung in den
Seilen hing und bei Gibraltar in das Mittelmeer priemte,
der weiß sich zu drücken und für die Zeit der Freiwache
unsichtbar zu machen, sosehr Steuermann und Ingenieur
suchen mochten.

Pit und Johnny hatten sich deshalb einen schönen Plan
ausgedacht. Als die ›Giesela Russ‹ durch die Nordsee
schaukelte, verkrochen sich die beiden still und heimlich
in den Ladebunker drei, wo sie hinter den hohen Juteballen auf dem Eisenboden saßen und bei einer Kerze ein
Kartenspielchen machten.

Ladebunker drei hatte den großen Vorteil, daß er
schwer zu erreichen war. Er lag als unterster Bunker un-
terhalb der Wasserlinie, und nur eine enge steile Leiter
führte zu ihm hinab.

Dort unten vermutete niemand die Freiwache, denn
hier war es immer dunkel, ein wenig stickig und sehr un-
gemütlich.

»Det hätten wir!« meinte Johnny und setzte sich auf den
Boden. »Jetzt kann der Alte brüllen! Ick bin nich da!«

Er steckte eine kleine Petroleumlampe an, die er in der
Jackentasche bei sich getragen hatte, und schraubte den
Docht so hoch, daß er hell brannte, aber nicht qualmte.
Dann schob er Pit die Karten hin und meinte: »Misch du.
Ick hab heute dat Gefühl, dat ick jewinne. Und det kann
ick nur, wenn ick nich mische . . :«

Pit, der sehr schweigsam war, mischte die Karten und
hob sie dreimal ab. »Brauchen unbedingt ein paar neue«,
sagte er dann. »Die Dinger kleben ja. Der Alte hat in der

Kombüse ein tolles Spiel. Das könnten wir mal organisieren.«

Und Johnny lachte breit und beleckte sich die Fingerspitzen.

»Her mit den Blättern, Pit! Ick setze eene Mark! Eene janze Mark! Ick jewinne heute!«

Und Pit teilte die Karten aus.

Es war das Unglück der beiden, daß in diesem Ladebunker drei zwischen den Juteballen der blinde Passagier Susanne Braun lag und schlief.

Das Stampfen der Maschine, das Klatschen des Wassers an die Bordwand, die Aufregungen der letzten Stunden, das Warten und Lauschen auf eine Kontrolle hatten sie müde gemacht. Als Susanne spürte, wie das Schiff aus dem Hafen fuhr, wie die kleinen Lotsenschlepper zurückblieben und die ›Giesela Russ‹ ins offene Meer glitt, da hatte sie vor Freude und Glück geweint und war schluchzend eingeschlafen.

Sie träumte von New York.

Vor ihr lag die Hafeneinfahrt – sie stand an der Reling und schaute hinüber auf die riesige Freiheitsstatue, die ihre Fackel zum Zeichen der Freiheit und der Menschenrechte in den blauen Himmel stieß. Und plötzlich verschwand das Bild vor ihren Augen – die Augen der Statue wurden groß – sie kamen näher, das Gesicht verwandelte sich, wurde männlich, blonde Haare umrahmten ein energisches braunes Gesicht. Frank war es, wirklich Frank – er lächelte ihr zu, streckte die Arme nach ihr aus . . . ›Willkommen‹ formten seine Lippen, seine Augen lachten – da hob auch sie die Arme und schrie laut seinen Namen, sie warf sich in seine Arme und küßte ihn, immer und immer wieder . . .

Pit und Johnny fuhren entsetzt auf, als sie aus einer Ecke des dunklen Ladebunkers einen hellen Schrei hörten.

Pit sah Johnny mit bleichem Gesicht an und merkte, wie ihm heiß wurde.

»Hast das gehört?« stammelte er leise.

»Ick bin doch nicht . . . !« Johnny sah sich vorsichtig um. »Det war'n Schrei!«

»Hier im Bunker?«

»Ick weeß auch nich, et war mir so . . . Det kam aus der Ecke«, meinte Johnny leise.

Sie schauten sich um, konnten aber in der Dunkelheit des weiten Laderaums nichts erkennen.

»Oder von oben?« raunte Pit. »Glaubst du an den Klabautermann?«

»Dämlichkeit! Den jibt es nicht!«

»Aber der Schrei! Das war kein Mensch!«

»'ne Ratte schreit anders! Die piepst mehr! Aber det war een menschlicher Schrei. Det war eene Frau!«

»Unheimlich!« Pit begann zu zittern. Er nahm die Petroleumlampe hoch und leuchtete die Umgebung ab. Der schwache Schein erhellte jedoch nur den nahen Umkreis – die Weite des Ladebunkers lag weiterhin in tiefer Dunkelheit.

»Ich gehe«, sagte Pit schwach. »Mir ist es zu unheimlich hier . . . kommst du mit, Johnny?«

»Noch nich . . . ich muß erst sehen, wat det war!«

Johnny griff in seine Hosentasche, holte ein großes Taschenmesser hervor und klappte es auf. Die gut zehn Zentimeter lange Klinge schimmerte im trüben Licht.

»Jetzt kann ruhig eener kommen«, sagte Johnny leise. »Det Messerwerfen habe ick in Wedding jeübt!«

Er trat aus seinem Versteck hinter den Juteballen hervor und rief laut:

»Wer ist da?«

Niemand antwortete. Johnny hatte auch nichts dergleichen erwartet – was ihn aber stutzig machte, war ein Rascheln, das aus einer der dunklen Ecken kam.

»Da ist doch jemand«, sagte Pit leise.

»Det jlobe ick ooch!« Johnny umklammerte sein Messer und schrie noch einmal: »Wer ist da? Wennste nich kommst, komm ick!« Sekunden verstrichen, ohne daß sich jemand meldete. Johnny hob die Lampe höher und drängte sich durch die Ballen und Kistenstapel hindurch zu der Ecke, aus der er das Rascheln vernommen hatte.

Gewissenhaft leuchtete er sie ab, konnte aber niemanden sehen. Die Zwischenräume der Kisten und Ballen waren leer.

Gegen die Bordwand klatschte das Meer.

»Keener!« sagte Johnny leise.

»Unheimlich!« meinte Pit und kaute an der Unterlippe. »Laß uns gehen, Johnny.«

»Aber det Rascheln, Pit! Der Schrei! Det is doch nich richtig.«

Sie sahen sich stumm an. Direkt über ihnen, auf einem hohen Juteballen, zugedeckt mit einer alten Zeltplane, lag Susanne und hielt den Atem an. Sie war von dem zweiten Anruf erwacht und hatte sich sofort verkrochen, als sie den schwachen Lichtschein von der Treppe her wahrnahm. Nun starrte sie hinunter auf die beiden Matrosen, die direkt unter ihrem Versteck standen und die Ecke ableuchteten.

»Det is komisch«, sagte Johnny und schüttelte den Kopf. »Ick laß mir fressen, wenn det nich komisch is.«

Er wollte die Lampe niederschrauben und das Messer wieder einstecken, als ein Naturereignis eintrat, mit dem keiner der Anwesenden rechnete.

Susanne unter ihrer Zeltplane begann die Nase zu jukken.

War es der Staub der Juteballen, war es das Stroh, das aus den nebenstehenden Kisten quoll – die Nase juckte, der Reiz war so stark, daß sie fühlte, wie nur ein lautes Niesen sie befreien konnte. Das aber bedeutete ihren Untergang – wenn sie jetzt niesen würde, war die Entdeckung unvermeidlich, und alle Mühe war umsonst gewesen. Man würde sie wieder an Land bringen, und der Kampf um die Fahrt nach Amerika begann von neuem.

Susanne drückte sich die Nase zu. Sie massierte die Nasenwurzel, sie hielt die Luft an – sie krümmte sich vorsichtig und verbarg die Nase unter ihrer Jacke – es half nichts. Der Reiz blieb, das Niesen kroch in ihr empor und suchte nach explosiver Entspannung.

Als sie es nicht mehr aushalten konnte, schob sie blitzschnell die Zeltplane zur Seite, richtete sich auf und – Hatschi! – nieste sie in solch einer Lautstärke, daß sich der Ton in dem weiten Gewölbe noch verstärkte und durch das Echo zurückgeworfen wurde.

Pit und Johnny sanken fast zusammen und wurden gelb vor Schreck, als über ihren Köpfen plötzlich der Explosionslaut krachte – sie fuhren zurück, gingen in Abwehrstellung und sahen mit starren Augen um sich.

In dem trüben Licht der Petroleumlampe sahen sie auf dem hohen Juteballen ein Gesicht auftauchen, umrahmt von wirren Locken. Dann wurden zwei Beine sichtbar, umhüllt von einer engen Cordsamthose, ein Oberkörper in einem hellen Pullover erschien, ein kleiner Plumps, und Susanne stand vor den sprachlosen Matrosen und nickte mit dem Kopf.

»Da habt ihr mich. Nun ist ja doch alles aus!«

»Ein Blinder!« sagte Pit stotternd.

»Und een süßer Blinder!« Johnny hatte sich wieder von dem ersten Schreck erholt und schnalzte mit der Zunge. »Wenn die der Alte sieht, meen Jott, der frißt se. Solln wir se wieder verstecken?«

Susanne Braun sah, daß ihre Entdeckung gar nicht so dramatisch war, wie sie gedacht hatte. Sie griff in die Hosentasche und holte für Pit und Johnny je eine Schachtel Zigaretten hervor.

»Hier, nehmt und verratet mich nicht, Jungs!«

Johnny tippte mit dem Zeigefinger an die Stirn und grinste.

»Det möchten wir ooch nicht. Aber wenn det herauskommt, dann fliejen wir. Und det können wir uns nicht leisten. Meldung müssen wir machen . . .«

»Bitte, bitte nicht«, flehte Susanne. Sie hob bittend beide Arme und sah die beiden aus ihren großen Augen hilfesuchend an. Pit fuhr sich mit der Zunge über die Lippe und stieß Johnny in die Rippen.

»Ich habe nichts gesehen«, sagte er leise.

»Ick ooch nicht. Aber det jet nich. Ordnung muß sein, ooch auf so 'nem Kahn wie der ›Giesela Russ‹. Und an Land kann die Kleene sowieso nich, weil keen Land da is. Der Alte muß se mitnehmen! Und wenn er det nich will, dann verstecken wir se wieder. Wat, Pit?«

Und Pit grinste, nickte und machte Susanne verliebte und verdrehte Augen.

»Na, denn komm mal mit«, sagte Johnny und griff Susanne am Arm. »Am meisten toben wird der Steuermann. Det is'n Weiberfeind! Der Jens Vondel! Aber det bieje ick schon hin! Und nun man los . . .«

Sie kletterten die Eisentreppe empor, und je höher sie stiegen, um so ängstlicher und verzagter wurde Susanne.

Als sie auf Deck standen, sah Susanne das weite Meer um sich herum. Es rauschte an der Bordwand empor, und keine Küste war mehr zu sehen, nur die Möwen, die um die Masten segelten, bewiesen, daß Land in der Nähe war.

Susanne blickte empor zum blauen Himmel. Ihre Augen waren voll Tränen. Lieber Gott, schütze mich. Segne alles, was aus Liebe geschieht.

Mit schleppenden Schritten folgte sie den beiden Matrosen.

10

Bill Bluet blätterte in dem Schriftstück herum, ehe er sich an Dr. Yenkins und Frank Barron wandte.

»Hm«, sagte er. »Hier wäre etwas für Ihre Braut, Mr. Barron. Hier sucht ein Kunsthändler eine Assistentin. Daß ich da nicht gleich dran gedacht habe.«

»Aber das ist ja fabelhaft!« rief Frank und sprang auf. Die Spannung hatte sich gelöst – jetzt, wo das entscheidende Wort gesprochen war, fühlte er sich wieder optimistisch werden.

»Kunst! Lieber Mr. Bluet – das hat meine Braut ja studiert . . .«

Bluet nickte und stützte den Kopf in beide Hände. Ein Zeichen dafür, daß er begann, scharf nachzudenken.

»Die Sache hat einige Haken«, meinte er langsam. »Zunächst einmal: die junge Dame müßte perfekt englisch, französisch und spanisch sprechen!«

»O weh«, meinte Dr. Yenkins.

Außerdem: Der Kunsthändler ist zur Zeit auf einer Europareise, um neue Kunstschätze zu erwerben. Wann er zurückkommt, kann ich natürlich nicht sagen. Er wollte sich bei mir sofort nach seiner Rückkehr melden. Das kann bald sein, kann aber auch noch einige Monate dauern.«

»Reichlich aussichtslos«, sagte Dr. Yenkins bitter. »Und wenn er sich aus Europa eine Assistentin mitbringt?«

Bill Bluet zuckte mit den Schultern. »Dann ist es natürlich Essig mit der Vermittlung. Andererseits kann ich ja das Fräulein Braut nicht engagieren ohne Wissen des Auftraggebers.«

»Natürlich nicht.« Frank Barron nickte schwer und ließ sich wieder in den Sessel fallen. Es ist wie verhext, dachte er. Alles was man in dieser Richtung unternimmt, geht einfach daneben. Da hat man sich eine gute Stellung aufgebaut, hat sich in Amerika als Deutscher durchgesetzt, wird anerkannt, hat einen fabelhaften Freund gefunden – und dann existiert da so ein herzloses Gesetz, das verbietet, die Braut nachkommen zu lassen. Die amerikanische Staatsbürgerschaft konnte man erst nach jahrelanger Wartezeit erhalten! Wäre er jetzt Amerikaner, könnten er und Susanne sich ferntrauen lassen. Dann wäre sie auch Amerikanerin und könnte sofort in die USA einreisen. Aber so . . . Frank zog an seiner Zigarette . . . so stand man wie vor einer hohen Mauer, die nicht zu überklettern war.

Dr. Yenkins nahm einen Schluck aus dem Whiskyglas, das eine Sekretärin den Besuchern hingestellt hatte. Dabei sah er Bill Bluet groß an.

»Bill«, meinte er langsam, nachdem er das Glas abgesetzt hatte. »Könnten wir die Sache durch eine kleine Schiebung leichter regeln?«

»Wie denn, Yenkins?«

»Indem wir Susanne doch einfach für den Kunsthändler engagieren. Der liebe Mann hat doch sicher ein Büro und einen Vertreter während seiner Abwesenheit.«

»Allerdings.« Bill Bluet sah Dr. Yenkins etwas dumm an. »Und?«

»Mittels Kopfbogen und Sekretärunterschrift engagieren wir Susanne und lotsen sie auf diese Weise über den Teich. Wenn die Unterschrift unleserlich ist, fällt es sowieso nicht auf . . .«

»Und wer bezahlt mir eine Million Dollar, wenn ich pleite gehe?« schrie Bluet. »Wer schützt mich davor, daß der Schwindel nicht herauskommt?«

Dr. Yenkins sah in sein Glas. »Das ist Geschäftsrisiko, Bill«, meinte er leise.

»Ich kann mich bremsen!« Bluet setzte sich erregt hinter seinen Schreibtisch. »So etwas mache ich nicht! Yenkins, bei aller Freundschaft – das können Sie von mir nicht verlangen . . .«

Dr. Yenkins nickte. Er stand auf, zog den Kniff seiner Hose gerade und stäubte etwas Zigarettenasche von dem Rock seines hellgrauen Anzugs. Elegant stand er in dem großen Raum und spielte mit seinen Glacéhandschuhen.

»Dann heißt es also wieder abwarten! Das alte Lied, wir kennen die Arie schon auswendig und singen sie im Schlaf. Gehn wir, Frank.«

»Ich bin wirklich machtlos«, jammerte Bluet. »Glauben Sie mir, Yenkins, ich möchte Ihnen und Mr. Barron so gerne helfen, aber es geht doch einfach nicht . . .«

»Sehe ich, Bill.« Der Rechtsanwalt gab ihm die Hand. »Besten Dank, Bluet.«

Frank Barron fühlte wieder die gleiche Verzweiflung in sich wach werden, wie er sie bereits verspürte, als er vor dem Haus mit der Ahnung aus dem Wagen stieg, daß auch dieser Weg vergebens war. Man will Susanne nicht zu mir lassen, bohrte es in ihm. Man will sie nicht zu mir lassen. Wenn das so weitergeht, wird das eine fixe Idee von mir.

»Wer ist dieser Kunsthändler?« fragte er stockend, weil er von der Hohlheit seiner Stimme selbst erschrak. »Wo befindet er sich jetzt?«

Bill Bluet sah ihn schräg von unten herauf an. »Seine Reiseroute kenne ich nicht. Aber den Namen will ich Ihnen sagen. Er heißt Professor Hans P. Krausz.«

Frank Barron zuckte auf. »Ein Deutscher?« fragte er schnell.

»Nein, nicht gerade. Lebt bereits seit 1938 hier. Er ist wegen politischer Schwierigkeiten nach Amerika eingewandert. Jude . . . Sie verstehen. Soviel ich weiß, stammt er aus Wien. Ist also Österreicher. Ein ziemlich bekannter Mann. Er wird vielerorts als ein Kunstpapst bezeichnet. Die anspruchsvollsten und reichsten Leute zählen zu seinem Kundenkreis. Er hat im Laufe der Jahre, so heißt es, kostbarste Bücher und sehr wertvolle Kunstgegenstände in aller Welt zusammengekauft. Besonders bekannt geworden ist er durch die Tatsache, daß er einer der wenigen Privatmänner ist, die eine echte Gutenberg-Bibel ihr eigen nennen. Das stand, ich erinnere mich jetzt wieder ganz genau, vor einigen Jahren groß in allen Zeitungen.«

»Wunderbar!« Barron gab Bluet die Hand. »Sie machen mir wieder Mut, Mr. Bluet. Wenn dieser Professor Krausz ein Österreicher ist, wird er mir auch helfen, Susanne herüberzubringen. Schließlich sprechen wir ein und dieselbe Sprache.«

Sie verließen das Büro, und Bluet begleitete sie bis an die Außentür des Hochhauses.

Als sie im Wagen saßen und durch den dichten Verkehr

der City von Cleveland fuhren, faßte Barron Dr. Yenkins leicht am Arm.

»Wir müssen sofort versuchen, ob in Wien der Aufenthalt von Professor Krausz bekannt ist. Bestimmt hat er bei seiner Europareise auch seine alte Heimat besucht. Was hältst du von dieser Idee, Percy?«

Yenkins steuerte den Wagen sicher und elegant durch die langen Wagenschlangen und brauste dann auf einer Ausfallstraße zurück zu seinem geliebten Erie-See.

»Ich glaube, es ist besser, erst einmal zum Büro von Professor Krausz zu fahren und mit dem Sekretär zu sprechen. Der muß doch die Reiseroute seines Chefs kennen und vor allem Nachricht haben, wo dieser sich gerade aufhält. Aber vorher fahren wir ins Regency. Uns tun ein guter Whisky und eine kleine Zwischenmahlzeit ganz gut. – Menschenskind, Frank, du bist ja völlig auf den Hund gekommen. Wie gut, daß ich hier keinen Spiegel zur Hand habe. Du würdest vor dir selbst erschrecken.«

»Es ist auch furchtbar, dieses Warten, und zur Untätigkeit verurteilt zu sein!«

Frank Barron lehnte sich in die weichen Lederpolster des Wagens zurück. »Da liebt man ein Mädchen, schuftet Tag für Tag, um etwas zu werden und sie zu heiraten – man erreicht sein Berufsziel und könnte wunschlos glücklich sein – doch der eigentliche Sinn des Lebens, eben dieses Mädchen, ist unerreichbar fern. Wenn das kein Grund ist, jeglichen Optimismus zu verlieren . . . Aber das kann wahrscheinlich nur jemand empfinden, der ein Mädchen so liebt, wie ich meine Susanne liebe.«

11

»Das ist ja ein tolles Stück!«

Kapitän Kim Brake stand auf der Brücke und lehnte sich gegen den Maschinentelegraphen. Vor ihm stand, schmutzig und verschmiert, mit wirren aufgelösten Lokken und schwarzen Kohlenflecken auf den Backen, Susanne Braun und schaute zu Boden. Pit und Johnny standen neben ihr und grinsten über das ganze Gesicht.

»Was soll nun mit Ihnen werden?« Kim Brake sah sich hilfesuchend nach seinem Steuermann Jens Vondel um, der mit verkniffenem Gesicht am Ruder stand. »Ich kann Sie doch nicht nach Amerika mitnehmen!«

»Warum denn nicht?« Susanne sah den Kapitän mit ihren großen Augen flehend an. »Bin ich denn so schwer, daß das Schiff untergehen würde?«

»Höhö!« lachte Johnny und hieb sich auf die Schenkel. »Die Kleene is jut!«

»Halt's Maul«, brüllte der Kapitän. »Das kostet mich mein Kapitänspatent, wenn das herauskommt! Blinde Passagiere werden immer ans nächste erreichbare Land gesetzt. Rücksichtslos! Auch Frauen! Und ich mache keine Ausnahme!«

Jens Vondel schielte hinüber. Seine Pfeife wippte zwischen den Lippen auf und nieder.

»Haben Sie denn das Abblasen nicht gehört? Dreimal habe ich das Signal geben lassen: Alles von Bord.«

»Ich weiß. Da lag ich schon im Ladebunker.«

Susanne blickte Jens an. »Ich bin ja gar nicht aus Zufall hiergeblieben – ich wollte mitfahren.«

»Kesse Nudel«, meinte Johnny, der Berliner. Kim Brake streifte ihn mit einem wütenden Blick.

»Das heißt also, Sie haben sich ganz bewußt als blinder Passagier eingeschmuggelt? Wo haben Sie denn den Tabakskasten her?«

»Den habe ich dem Zigarettenfräulein für zwanzig Mark abgekauft. Sonst wäre ich doch nie an Bord gekommen.«

Kim Brake riß erstaunt die Augen auf. Das war ihm in seiner ganzen Seemannspraxis noch nicht vorgekommen – ein Mädchen schmuggelte sich vor aller Augen auf ein Schiff, um nach Amerika zu fahren. Ohne Geld, ohne Paß, ohne Visum. Ein tolles Stück . . .

»Ha, und Sie glauben, Sie könnten in New York so einfach an Land gehen. Kleiner Bummel zum Broadway und dann mit dem nächsten Dampfer wieder auf gleichem Wege zurück? Irrtum, mein Fräulein.«

»Stimmt! Irrtum! Ich will ja in Amerika bleiben.«

»Auch das noch!« Jens Vondel kam vom Ruder herüber zu der Gruppe. »Sie werden ohne viel Federlesens ins Gefängnis kommen und dann nach einer saftigen Strafe wieder nach Europa abgeschoben werden. Das ist doch eine Riesendummheit, die Sie sich da ausgedacht haben.«

»Gar nichts ist Dummheit«, sagte Susanne und blickte Jens Vondel an. »Wenn wir in New York ankommen, steht mein Frank schon am Kai.«

»Ach, Ihr Frank?« Kim Brake schien ungeheuer wütend zu sein. Weder Pit noch Johnny hatten ihren Kapitän je so aufgebracht gesehen.

»Der weiß, daß Sie mit der ›Giesela Russ‹ kommen und macht Sie unsichtbar, um Sie durch die Zollkontrollen zu schmuggeln. Reden Sie doch keine Märchen, Fräulein!«

Susanne war jetzt den Tränen nahe. Sie begann zu schlucken. Das alles hatte sie sich ganz anders vorgestellt. Ein wenig romantischer, ein wenig abenteuerlicher, so wie man es in Romanen liest. Sie hatte gedacht, daß man bei ihrer Entdeckung erstaunt sein werde; zumindest hatte sie erwartet, daß man sie wie ein kleines Wunder anstarren und ihren Mut loben würde. Statt dessen wurde sie angebrüllt, als wäre sie ein Schiffsjunge, man verhörte sie wie eine Verbrecherin und sprang mit ihr um, als habe sie weiß Gott etwas Schlimmes getan. Nichts war mehr da von abenteuerlicher Fahrt, nichts mehr von einem Lob des Kapitäns: ich werde Sie nach New York schmuggeln . . . nein, da stand dieser Hüne, Kim Brake, vor ihr, krebsrot im Gesicht und brüllte, als müsse er das ganze Schiff von der Unerhörtheit verständigen, die sie begangen hatte.

»Wo habt ihr sie gefunden?« schrie der Kapitän Pit und Johnny an.

Die beiden zuckten zusammen und blickten auf Susanne, die mit hängenden Armen und Tränen in den Augen zum Kapitän aufblickte.

»Im Ladebunker drei. Hinter den Juteballen hielt sie sich versteckt. Durch Geräusche und einen Schrei wurden wir aufmerksam.«

»Ich habe von Frank geträumt«, sagte Susanne leise. »Ich war so müde und erschöpft, daß ich eingeschlafen bin. Dann mußte ich plötzlich niesen und dann . . . dann war alles aus . . .«

Pit kratzte sich den Kopf. »Als sie hinter den Ballen hervorkam, habe ich sie gleich erkannt. Mann, dachte ich, das ist doch die junge Dame mit den Samthosen und dem hellen Mantel, die mich vor kurzem am Hafen ansprach und fragte, wohin unser Schiff fährt.«

»Und er hat Ihnen die Auskunft auch gegeben?« fragte Jens Vondel Susanne. Diese nickte und konnte die Tränen nun nicht länger zurückhalten. Sosehr sie dagegen ankämpfte – es ließ sich nicht ändern. Dicke Tränen liefen ihr die Backen hinunter und gaben dem Gesicht etwas Mitleiderregendes, Hilfloses und Kindliches.

»Dieser Dussel!« schrie Kim Brake. »Wie oft habe ich gesagt, daß keiner von euch Auskunft geben soll.«

»Aber eine so nette junge Dame«, verteidigte sich Pit schwach.

»Und wenn es Marilyn Monroe persönlich ist – ihr habt zu schweigen. Jetzt haben wir den Salat – nun sitzen wir dick in der Tinte! Wie soll ich das Mädchen wieder von Bord kriegen? Telegraphieren? Warten? Damit gehen mir zwei Tage glatt verloren! Sie auf den Azoren absetzen? Allein das Anlaufen in einen der Häfen kostet mich einen ganzen Tag. Und außerdem – sitzt sie erst einmal auf einer der Inseln, wird sie so schnell nicht abgeholt! Soll ich sie etwa mit nach New York nehmen und zusehen, wie sie sich an Land schmuggelt? Das kostet mich meine Ärmel-streifen als Kapitän! Eine Schweinerei!« Kim Brake brüllte und hieb auf den Kreiselkompaß, daß das dicke Glas klirrte. Jens Vondel wiegte den Kopf hin und her, während Pit und Johnny betreten neben Susanne standen.

»Sie muß an Bord bleiben«, entschied Vondel. »Es gibt da gar keinen anderen Weg. Sollen wir etwa die englische Küstenwache anrufen? Man würde ganz schön spotten, daß ausgerechnet uns das passiert ist! Und was soll das Mädel dann in England anfangen? Nein – ich bin dafür, daß die junge Dame erst mal hier bleibt und von heute ab bis New York Kartoffeln schälen wird!«

»Ach ja«, sagte Susanne glücklich. Sie sah den Steuermann flehend an. »Ich will gern in der Küche helfen, ich will alles tun, ich will sogar Kohlen schippen, wenn ich nur bleiben darf. Vielleicht kann ich die Gäste bedienen? Oder die Matrosen haben Sachen zum Stopfen und Waschen – das will ich gerne tun. Nur lassen Sie mich auf der ›Giesela Russ‹ bleiben und nach New York mitfahren.«

Der Kapitän biß sich auf die Lippen und wandte sich ab. Die Hände auf den Rücken gelegt, stand er an dem großen Fenster der Kommandobrücke und überblickte sein schönes Schiff.

Sie will in die USA, dachte er. Sie will zu ihrem Frank. Mein Gott, man war ja selbst auch einmal jung und fuhr nach Singapur, nach Durban und Kobé, nur weil dort ein Schatz am Hafen stand und auf einen wartete. Man sollte für solch ein kleines verliebtes Mädel Verständnis haben, auch wenn Paragraphen und Gesetze dagegen sprachen und trotz des großen Risikos, daß der Fall ans Tageslicht kam. Aber wenn sich zwei Menschen lieben, ist ja die Welt so klein und gibt es keine Probleme . . .

»Sie halten sich ab heute in der Küche auf«, sagte er zu Susanne. »Und Sie warten dort ab, bis ich Ihnen Nachricht gebe, was mit Ihnen geschehen soll. Pit und Jonny sind für Sie verantwortlich! Und jetzt, runter von der Brücke!«

Ihr ein Auge zukneifend führten Pit und Johnny Susanne die eiserne Treppe hinab zum Zwischendeck. An den Turmaufbauten blieben sie stehen und drückten dem Mädchen die Hand.

»Det haste jeschafft«, meinte Johnny mit breitem Lächeln. »Wenn der Alte sagt, det du in de Kombüse sollst, dann bleibst du ooch bei uns! Jratuliere!«

Und Pit nickte ihr ermunternd zu und sagte: »Johnny hat recht. Jetzt kann Ihnen nichts mehr passieren. Wir passen schon darauf auf.«

Der einzige, der mit dem Neuzugang an Bord haderte, war Jim, der Koch, an Bord immer ›Smutje‹ genannt.

Als Pit Susanne in ein Mannschaftslogis führte und ihr eine Hängematte zuwies, hieb Jim eine Bratpfanne auf den Herd und brüllte Johnny an: »Verrückt, der Alte! Ich soll ein Weib in die Kombüse nehmen! Koche ich nicht mehr gut genug? Ich gehe über Bord, wenn der Alte das wahrmacht!«

»Denn spring man, meen Kleener«, meinte Johnny freundlich. »Det Mädchen kommt hierhin, und wenn de die Wände hochjehst!« Er ballte seine Fäuste und hielt sie Jim unter die Nase. »Und dat merke dir, Kleener – wennste der Susanne wat tust, dann jehste wirklich baden!«

Der Koch schielte auf Johnnys Muskeln und tat einen Klumpen Fett in die Pfanne. »Das alte Lied«, meckerte er. »Wenn ihr 'nen Rock seht, trillert ihr wie ein Auerhahn!«

Pit kam aus dem Logis zurück und setzte sich auf einen Küchenstuhl. Er sah fröhlich aus und kaute seinen Priem mit doppelter Wonne.

»Susanne schläft«, sagte er leise, als könne man ihn durch sieben Wände hören. »Sie ist gleich in die Hängematte gekrabbelt und hat die Augen geschlossen. Armes Kind – wenn wir die bloß gut nach New York kriegen . . .«

Smutje Jim brummelte etwas vor sich hin. Pit sah ihn von der Seite an.

»Oller Brummbär«, sagte er grollend. »Wenn das Mädel

in New York an Land geht, bist du der erste, der losheult und ›Susanne bleib‹ schreit.«

Da sich Jim daraufhin mit der Pfanne siedendheißen Fettes den beiden näherte, flüchteten sie aus der Küche und schlenderten über Deck, wo ihnen Jens Vondel entgegenkam. Er sah gar nicht böse aus, sondern pfiff leise vor sich hin.

»Du«, sagte Johnny und stieß Pit in die Seite. »Dem ist die Susanne auch kitzelnd über die Leber gelaufen . . .«

Jens Vondel blieb vor den beiden stehen und sah sie an. »Na, habt ihr sie gut untergebracht?« fragte er.

Johnny nickte. »Und wie. Sie liegt im Logis und träumt von Ihnen, Steuermann.«

Lachend gingen sie weiter. Man verstand sich auf einmal blendend auf der ›Giesela Russ‹.

Nur Jim, der Koch, machte einen Heidenkrach in seiner Küche – er konnte es nicht verwinden, daß man ihm ein weibliches Wesen in sein Reich schob, als habe er seine Sache bisher nicht gut genug gemacht.

In ihrer Hängematte schaukelte sich Susanne sanft im Schlaf hin und her. Die Stricke knarrten an den Haken, das Stampfen der schweren Schiffsmaschinen ließ die Wände leise zittern. Aber Susanne merkte von all dem nichts – sie schlief tief und glücklich und lächelte im Traum.

Da stand Frank in einem großen Garten, hob sie auf seine starken Arme, trug sie unter blühenden Bäumen in ein herrliches weißes Haus und flüsterte ihr ins Ohr: »Ich bin so glücklich, daß du endlich gekommen bist.«

»Ich bin so glücklich«, sagte sie im Schlaf und dehnte den schlanken Körper. »Und ich gehe auch nie wieder weg«, flüsterte sie und lächelte im Traum. »Immer bleibe ich bei dir, Frank, mein Frank. Wie schön wird unser Leben sein – wie glücklich.«

Stampfend fuhr das Schiff durch den Atlantik. Auf der schwachen Dünung schaukelte es leicht hin und her. Grell leuchtete das Weiß der Bordwand in der Nachmittagssonne. Musik klang aus dem Speisezimmer und tönte hinüber zu dem Sonnendeck und dem kleinen Schwimmbassin für die Passagiere. Die Sonnenschirme über den kleinen, an Deck festgeschraubten Tischchen stachen grell und bunt von dem weißen Untergrund ab. Fröhliche Menschen tummelten sich an der Reling, spielten Bordkegeln oder lagen in Liegestühlen und lasen. Das Wetter meinte es gut mit den Reisenden.

Auch der alte Herr saß wieder im Wandelgang und las in einem dicken Buch. Ab und zu sah Pit nach ihm und füllte kalte Limonade nach.

Vor dem Kiel schäumte es auf. Volle Kraft voraus! Kurs nach Westen!

Die bunten Fähnchen an den Sonnendecks flatterten und knatterten im Fahrtwind.

Es geht nach Amerika! Wir fahren über den Atlantik!

Und Susanne Braun schlief und träumte, daß sie schon in Franks Armen läge . . .

12

An der Abendtafel saßen sich am Kapitänstisch der alte Herr und Kim Brake gegenüber. Sie rauchten nach dem Essen eine gute Zigarre, tranken eine Flasche Rheinwein und unterhielten sich über die weiten Reisen des grauhaarigen, hageren Passagiers.

»Das ist bereits meine zehnte Fahrt über den Atlantik«, meinte der alte Herr vergnügt. »Vielleicht auch meine letzte – wer weiß es?«

»Aber Herr Professor . . .« Kim Brake winkte ab. »Sie sind besser auf den Beinen als ich.«

»Mit siebzig Jahren kann man sich nicht mehr viel wünschen. Die ganze Welt habe ich abgereist – von China bis Kap Hoorn, von Alaska bis Johannesburg – kreuz und quer über die gute alte Erde. Da sieht man vieles, was man am liebsten nie gesehen hätte! Und davor graut es mir jetzt. Ich möchte meine Ruhe haben – und die habe ich jetzt, wenn ich wieder zu Hause sitze und meine Kataloge durchblättere.«

Kim Brake nickte. Er nahm einen Schluck Wein und wischte sich dann einige Tropfen aus seinem Bart.

»Sie haben recht, Professor. Aber man lernt nie aus. Erst heute ist mir eine Sache passiert, die ich in meiner langen Praxis auf See noch nicht erlebt habe. Wir haben doch tatsächlich einen blinden Passagier an Bord.«

Der alte Herr lachte schallend. »Das regt Sie auf, Brake? Das ist doch ein altes Lied! Das kommt doch irgendwann einmal auf jedem Schiff vor!«

»Aber unser ›Blinder‹ ist eine Frau!«

»Zugegeben, das ist schon seltener.« Der alte Herr sah interessiert auf. »Wann und wie haben Sie sie denn entdeckt?«

»Eben. Vor drei Stunden! Saß im Ladebunker drei und wollte illegal in die USA kommen. Sie hat dort angeblich einen Bräutigam – Frank soll er heißen. Frank Barron. Die Auswandererquote ist erfüllt – da will sie auf eigene Faust hinüber.«

»Das Mädel hat Mut!« Der Professor nickte amüsiert. »Als ich noch jung war, gab es auch für mich keinen Berg, der zu hoch war. Ich kenne das! Wenn man jung ist, will man den Himmel erstürmen. Im Alter ist man dann froh, wenn man einen warmen Platz hinter dem Ofen erobert hat.« Er nahm einen Schluck Wein. »Wollen Sie das Mädchen auf den Azoren wieder an Land setzen?«

Kim Brake zögerte mit der Antwort, dann meinte er: »Herr Professor – keiner der Passagiere weiß, daß wir einen ›Blinden‹ an Bord haben. Sie sind der erste und einzige. Und Ihnen vertraue ich meine Entscheidung auch an: Nein! Ich werde sie nicht aussetzen , sondern sie wohl doch mit nach New York nehmen und zusehen, daß sie ihren Frank bekommt.«

»Bravo!« Der Professor klatschte in die Hände. »Kapitän – Sie sind ein feiner Kerl! Sie haben ein Herz!« Er lächelte ihn an. »Wissen Sie, die Geschichte hat mir jetzt direkt Spaß gemacht. Ich möchte das kleine, mutige Fräulein einmal sehen. Geht das?«

»Aber ja.« Kim Brake stand auf. Doch der alte Herr hielt
ihn am Rock fest.

»Nicht so, Kapitän«, sagte er. »Das könnte sie stutzig
und ängstlich machen. Außerdem ist es für das junge
Mädchen sicherlich unangenehm, von mir altem Herrn
ausgefragt zu werden. Lassen Sie mich mit ihr ganz von
selbst bekannt werden – per Zufall gewissermaßen. Es
wird sich bei der Überfahrt schon eine Gelegenheit erge-
ben . . .«

Und wirklich – noch am gleichen Abend arrangierte es
der Kapitän, daß Susanne mit dem Professor zusammen-
traf.

Das Schicksal meinte es offenbar gut mit Susanne.

Als sie in ihrer Hängematte aufwachte, brauchte sie erst
eine gewisse Zeit, um sich zu besinnen, wo sie war. Dann
stieg sie aus dem Netz, machte einige Kniebeugen, weil
das ungewohnte Liegen ihre Beine steif gemacht hatte,
stopfte ihre Bluse in die Samthose und zog ihre Schuhe
an. Mit der Hand fuhr sie durch ihre Locken, um sie etwas
zu ordnen, und kramte dann in dem Tabakskasten herum. Sie nahm ein Fläschchen Parfüm heraus, kühlte sich
damit die Schläfen und tupfte mit den Fingerspitzen etwas hinter die Ohren. Dann riß sie die Tür auf und trat
hinaus in den langen eisernen Gang, der in eine Treppe
zum Zwischendeck mündete.

Als sie an der letzten Tür vorbeikam, hörte sie jemanden in der Kajüte wirtschaften. Teller klapperten, man
vernahm das Geräusch kochenden Wassers und das Tap-
pen eines Schrittes.

Susanne zögerte ein wenig, dann drückte sie die Tür auf
und trat ein. Sie war in der Küche, und Jim, der Koch, sah
ihr erstaunt entgegen. Er schnupperte das Parfüm, sah die

Cordsamthosen und die Kreppsohlenschuhe und sprang eilfertig herbei.

»Das gnädige Fräulein haben sich verlaufen! Zum Speisesaal geht es diese Treppe hinauf, den Gang geradeaus und dann rechts.«

Susanne schüttelte den Kopf und trat an Jim vorbei in die Küche.

»Ich glaube, ich esse lieber bei Ihnen. – Was gibt es denn?«

»Besonders zu empfehlen ist heute abend die gebakkene Leber mit Salat.«

»Lecker!« Susanne beugte sich über den Herd und musterte die Leberstücke. »Haben Sie auch genügend Pfeffer dran?«

»Ich bin bekannt für gutes Würzen, gnädiges Fräulein«, sagte Jim leicht beleidigt. Komische Nudel, dachte er dabei. Will in der Küche essen! Wenn eine Frau Geld hat und keinen Mann, ist immer ein Schräubchen im Gehirn locker. Aber wie sie will – mich stört es nicht.

Susanne sah sich weiter in der Küche um und entdeckte den Berg ungespülten Geschirrs, der sich in einer großen Wanne türmte.

Fragend schaute sie sich um.

»Haben Sie eine Gummischürze hier?« fragte sie.

»Ja.« Jim starrte sie an. »Was wollen Sie denn mit einer Gummischürze?«

»Das Geschirr spülen«, meinte Susanne und nickte Jim aufmunternd zu.

Dem Koch wurde es unheimlich. Daß eine Dame in die Küche kam, war schon allerhand. Daß sie bei ihm essen wollte, war ein Spleen – aber daß sie auch noch spülen wollte, das ging zu weit. Hilfesuchend sah er aus der Tür und wandte sich dann wieder Susanne zu.

»Das ist doch nichts für Sie«, meinte er vorsichtig. »Man wird Sie im Speiseraum vermissen, gnädiges Fräulein. – Darf ich Sie hinaufführen?«

Susanne hatte schon eine Schürze von einem Wandha-

ken genommen und ließ Wasser aus einem Heißwasser-
boiler in die Aufwaschbecken laufen.

»Nennen Sie mich nicht immer gnädiges Fräulein«,
meinte sie. »Ich muß mir hier meine Überfahrt verdienen,
abarbeiten, wie man so sagt. Ich bin doch der blinde Passagier . . .«

»Waaas?« Jim riß die Augen auf und sank auf einen
Stuhl.

Er schluckte tief.

»Sie sind der Blinde . . . Au Backe.«

»Was ist? Haben Sie Zahnschmerzen?« fragte Susanne.
Jim schüttelte den Kopf. »Nein. Aber auf einmal Herz-
beschwerden . . .«

Susanne lachte und legte vorsichtig die Teller und Tas-
sen in das heiße Spülwasser. Ihre Augen blitzten Jim an.

»Das wird Ihnen Ihre Nelly oder Betsy oder Jeanne oder
wie immer sie auch heißt, heilen, wenn Sie in New York
an Land gehen . . .«

Jim stierte Susanne an, als sei sie ein Weltwunder, und
vergaß, daß jemand in das heilige Reich seiner Küche ein-
gedrungen war und ihm sagte, die Leber sei nicht genügend gepfeffert. Er legte die Hände auf die Schenkel, sah
Susanne zu, wie sie die Teller geschickt und schnell ab-
spülte und nebenbei einmal nach der Leber sah, damit sie
nicht zu sehr zusammenschrumpfte.

»Ein tolles Weib«, murmelte Jim und konnte sich nicht
entschließen, aufzustehen. Wie im Kino saß er auf seinem
Stuhl und sah Susannes Arbeiten und Wirken zu.

Da schreckte ihn Pit auf, der durch den Gang gepoltert
kam.

»Ist Susanne bei dir?« schrie er schon von weitem, und
als er sie spülen sah, winkte er ihr zu. »Los, Susanne, laß
den Kleinen seine Teller allein ablecken – der Alte will,
daß du als Stewardeß die Passagiere bedienst. Zieh die
Schürze sofort aus. Bei Jim ist das gefährlich – der jagt
jeder Schürze nach . . .«

Jims giftige Blicke nicht beachtend, nahm er Susanne

bei der Hand und zog sie aus der Küche. Ärgerlich sah Jim ihnen nach.

»Nichts gönnen sie einem«, brummte er. »Man sollte den Kerlen Blausäure ins Essen tun . . .«

Susanne bekam eine weiße Schürze zugeteilt und wurde dann an Deck geführt, wo Pits ›kaltes Büfett‹ stand.

»Nicht viel mit den Passagieren sprechen«, flüsterte ihr Pit ins Ohr.

»Die horchen einen gerne aus. Es darf keiner wissen, daß du ein ›Blinder‹ bist! Immer nur rein geschäftlich, verstehst du?«

Susanne nickte und sah zum Sonnendeck hinauf. Dort saßen jetzt in der abendlichen Kühle nur wenige Personen und schauten auf das dunkle Meer hinaus. Ein alter Herr mit weißen Haaren lag in einem Liegestuhl an Deck, die Beine in dicke Decken gewickelt und beobachtete den müden Flug der letzten Möwen.

»Der hat vorhin einen Martini bestellt. Paß auf, daß du nichts danebenschüttest!« raunte Pit ihr leise zu. Dann übergab er ihr das Tablett. »Hals- und Beinbruch, Kollege Stewardeß«, sagte er lustig.

Das Glas mit dem Wermut vorsichtig durch die schlingernde Bewegung des Schiffes balancierend, näherte sich Susanne dem alten Herrn. Mit einem kurzen, freundlichen Kopfnicken stellte sie das Glas auf einen Klapptisch an der Seite des Liegestuhls.

»Ihr Martini, mein Lieber«, sagte sie. Der alte Herr hob den Kopf. In seinen Augen leuchtete es auf.

»Besten Dank, mein Fräulein.« Er richtete sich auf. »Sie sind neu an Bord?«

Was soll ich jetzt tun, dachte Susanne erschreckt. Pit sagte, ich soll mich in kein Gespräch verwickeln lassen. Aber wie soll ich jetzt antworten, ohne den Gast zu beleidigen? Der will doch eine Antwort haben, sonst denkt er, ich bin unhöflich.

Was mache ich bloß.

»Oh«, antwortete sie kühn. »Ich bin schon drei Jahre an Bord.«

»Der ›Gisela Russ‹?«

»Ja.«

»Sieh an.« Der alte Herr lächelte. »Das Schiff fährt aber erst seit etwa einem Jahr.«

Susanne wurde über und über rot und wünschte sich, in den Erdboden versinken zu können. Wenn doch wenigstens Pit zu Hilfe käme. Sie schaute sich um, aber das kalte Büfett war leer. Pit war anscheinend zu einem anderen Gast gerufen worden. Nur weg, durchzuckte es sie. Einfach herumdrehen und weggehen. Das ist eine Frechheit, mich so zu blamieren. Aber da riß sie die gütige Stimme des alten Herrn aus ihren Gedanken.

»Warum lügen Sie eigentlich, kleines Fräulein? Man sieht doch Ihrem Gesichtchen an, daß Sie nie gelogen haben, daß Sie einer Lüge gar nicht fähig sind. Alles an Ihnen ist so offen so gradlinig, so – naiv, möchte ich sagen, wenn es Sie nicht beleidigt. Sehen Sie, ich bin ein alter Mann und kann so mit Ihnen reden – ich könnte Ihr Großvater sein! Kommen Sie, bleiben Sie ein wenig hier. Ich möchte gerne mit Ihnen reden. Kapitän Kim Brake hat mir alles von Ihnen erzählt.«

»Der Kapitän? Ihnen?« Susanne fuhr herum und starrte den alten Herrn entgeistert an.

»Wer sind Sie denn?«

»Ein alter Mann aus Amerika . . .«

»Aus Amerika . . .«, sagte Susanne leise. Ihr Herz begann zu klopfen.

»Ja. Aus dem Land, in das Sie heimlich hineinwollen. Zu Ihrem Frank. Habe ich recht?«

Susanne nickte. Die Tränen kamen ihr – sie wandte sich ab und schämte sich.

»Nicht weinen«, sagte die gütige Stimme. »Ich will Ihnen doch helfen, wenn ich es kann. Wo wollen Sie denn hin?«

»Nach Ohio«, sagte Susanne schluchzend.

»Nach Ohio?« Der alte Herr schaute sie erstaunt an. »Das nenne ich einen Zufall . . .«

»Sie kennen Ohio?« Susanne sah den Herrn groß an.

»Wie meine Tasche.« Der Professor richtete sich weiter auf. »Ich glaube, ich kann Ihnen wirklich helfen, zu Ihrem Frank zu kommen.«

»Oh, wirklich, bitte, bitte – wer sind Sie denn?«

»Ich bin Kunsthändler«, sagte er leise. »Mein Name ist Professor Krausz, und ich wohne in Cleveland, Ohio.«

Weinend sank Susanne auf einen Stuhl und vergrub ihr Gesicht in den Händen. Ein Schluchzen, das Erschütterung und Erlösung in einem war, schüttelte ihren schlanken Körper.

Professor Krausz streichelte über ihre Locken und sagte mit schwankender Stimme: »Es ist ja schon gut, Mädchen . . ., ist ja gut . . . Wir werden dich deinem Frank schon übergeben, und du wirst ihn bald in deinen Armen halten können.«

13

Dr. Yenkin's großer Wagen hielt vor den breiten Schaufenstern des Kunst- und Antiquariatsgeschäftes von Professor H. P. Krausz. Frank Barron dachte in diesem Augenblick das gleiche wie Dr. Yenkins: Das ist die letzte Möglichkeit, Susanne auf legalem Wege in die USA zu holen. Versagt auch diese Chance, gibt es nur noch eines: Warten bis Ende 1951. Ausharren bis zur Eröffnung und Ausrechnung der neuen Auswandererquoten!

Warten! Warten! Immer nur warten! Und es geht Zeit verloren, die nie mehr aufzuholen ist. Jede Stunde, die wir unnütz leben, ist unwiederbringbar. Jede Sekunde ohne Susanne ist ein Verlust in diesem Leben. Jeder Tag ist rettungslos verloren . . . die Uhr tickt weiter, die Erde dreht sich unaufhaltsam, und der Körper zählt mit jedem

Herzschlag die Zeit bis zum Verlöschen. Warten! Monate ohne Freude und Glück! Monate ohne Lachen! Nur Arbeit, Arbeit . . . und grauer Alltag . . .

Was gibt es denn im Leben Stärkeres als Sehnsucht und Liebe . . .?

Dr. Yenkins sah Frank Barron von der Seite an.

»Verlier bitte nicht die Nerven, wenn es nicht klappt«, sagte er tröstend. »Bekanntlich führen alle Wege nach Rom. Und viele führen nach Cleveland.«

Frank Barron nickte. »Deinen Optimismus möchte ich haben«, sagte er müde. »Und wenn dieser Professor Krausz auch nichts ausrichten kann?«

»Dann werden wir weitersehen.«

Sie betraten den Laden durch eine breite Glastür, die bei ihrem Eintritt ein feines Glockenspiel ertönen ließ. Aus dem Hintergrund, wo sich Gemälde, alte Schränke mit kostbaren Büchern, Skulpturen und wertvolles Porzellan stapelten, trat ein Mann mittleren Alters. Er verbeugte sich gemessen und sah von einem zum anderen.

»Die Herren suchen etwas Bestimmtes?« fragte er.

»Ja.« Dr. Yenkins nickte. »Wir suchen Herrn Professor Krausz.«

»Der Herr Professor ist verreist«, meinte der Mann steif und distanziert.

»Das wissen wir. Bill Bluet sagte es uns. Aber wir möchten gerne wissen, wo er hingefahren ist, beziehungsweise, wo er sich augenblicklich aufhält.«

»Und zu welchem Zweck, wenn ich fragen darf?«

Dr. Yenkins lachte laut.

»Nicht, um den alten Mann zu entführen. Mein Name ist Dr. Yenkins.«

»Oh, Dr. Yenkins?« Der Mann wurde sofort verbindlicher. »Bitte, nehmen Sie doch Platz. Natürlich kann ich nicht genau sagen, wo sich der Herr Professor momentan befindet. Seine letzte Nachricht kam per Telegramm aus Bremerhaven. Wenn Sie einmal lesen wollen . . .«

Er nahm aus der Brieftasche ein Telegrammformular und reichte es Yenkins. Dieser las laut vor:

»Schiffe mich morgen in Bremerhaven ein stop ankomme voraussichtlich am 14. stop Schiff Giesela Russ legt in New York an stop schickt Wagen nach New York stop Krausz.

»Na also«, meinte Dr. Yenkins und schaute Frank an. »Dann vergeht ja nicht mehr allzuviel Zeit, bis der Professor hier ist. Und es sollte mit dem Teufel zugehen, wenn er sich nicht mit unserem Plan einverstanden erklärt, deine Verlobte in die USA zu holen.«

Frank Barron nickte. Die Nachricht hatte ihn etwas beruhigt. Es steht scheinbar doch nicht ganz so schlecht. In einigen Tagen ist dieser Professor Krausz hier. Ich kann neue Hoffnung schöpfen. Er wandte sich an den Sekretär und nahm einen Zehndollarschein aus der Tasche.

»Würden Sie denn so freundlich sein und ein Telegramm an Professor Krausz schicken. Fragen Sie ihn bitte, ob er in Europa schon eine Assistentin engagiert hat. Er wollte ja durch Mr. Bluet eine Dame einstellen. Wenn dies der Fall ist, brauchen wir seine Hilfe gar nicht mehr . . .«

»Aber, aber . . .« Dr. Yenkins schüttelte den Kopf. »Natürlich brauchen wir sie. Dann stellt er pro forma eben eine zweite Assistentin ein. Aber der Gedanke mit dem Telegramm ist ganz gut.« Der Rechtsanwalt wandte sich an den Sekretär. »Fragen Sie doch bitte an, ob der Professor sich eine Mitarbeiterin aus dem alten Europa mitbringt. Interessant ist das auf jeden Fall. Nach dem Datum der Ankunft müßte er sich ja jetzt längst an Bord der ›Giesela Russ‹ befinden.«

Der Sekretär nickte. »Allerdings«, meinte er. »Ich werde das Telegramm so bald wie möglich aufgeben lassen. – Kann ich den Herren sonst noch dienen?«

»Nein. Danke.« Dr. Yenkins gab dem Mann die Hand und klopfte ihm auf die Schulter. »Sie müssen jetzt ein wenig Schicksal spielen«, meinte er beim Hinausgehen. »Wir sehen uns bald wieder.«

Auf der Straße zündete sich Frank Barron eine Zigarette an und meinte zu Dr. Yenkins:

»Ich habe das Gefühl, daß es klappt.«

»Das sage ich dir doch schon die ganze Zeit. War doch ein guter Gedanke von mir, zu Bill Bluet zu gehen.«

»Ich weiß auch gar nicht, wie ich dir das jemals danken soll, Percy«, sagte Frank und ergriff die Hände seines väterlichen Freundes. »Mit Worten kann ich das nämlich gar nicht ausdrücken . . .«

»Unsinn! Danken!« Dr. Yenkins entzog Frank seine Hände. »Ich habe dir ja gesagt: ich melde mich als Trauzeuge an und später als Pate. Da kannst du deinen Dank mit einigen Flaschen alten Whiskys abtragen! Ich bin ein großer Liebhaber von einem guten Tropfen . . .«

Lachend stiegen sie in das Auto und fuhren zurück zu den Ohio Steel-Werken, die etwas außerhalb der Stadt Cleveland einen riesigen Komplex einnahmen.

Dr. Yenkins pfiff vergnügt vor sich hin. Dann wandte er sich zu Frank.

»Ich werde jetzt mit dir zu deinem Boß, dem guten McCray gehen. Soviel ich weiß, hat er einen langen Arm und könnte uns durch seine zahlreichen Beziehungen weiterhelfen. Denn noch ist deine Susanne nicht durch die strengen Einwanderungskontrollen hindurchgeschlüpft.«

»Er hat mir alle Hilfe, die ich brauche, angeboten«, meinte Frank.

»Na also.« Dr. Yenkins lachte. »Und da hast du verliebte traurige Nudel noch Bedenken, daß wir deine Susanne nicht in die USA bekommen? Und wenn die Sache vor die UNO kommt – wir werden die Vereinigten Staaten schon um eine neue Mitbürgerin erweitern, verlaß dich darauf.«

14

Mit schäumendem Kiel und flatternden Wimpeln zog die ›Giesela Russ‹ durch den Atlantik. Der Mond versilberte das Meer, ließ es zu einem See geschmolzenen Metalls werden und die Sterne, die in weiten Bögen über diesem Bild schimmerten, waren wie Brillanten, die man auf schwarzen Samt gestickt hatte.

Von der Kommandobrücke schimmerte schwaches Licht auf das Sonnendeck. Kim Brake und Jens Vondel standen am Kreiselkompaß und sahen hinaus aufs Meer. Jens Vondel hatte seine Steuermannsmütze in den Nakken geschoben und nickte mit dem Kinn hinab auf Deck.

»Möchte wissen, was die beiden alles zu besprechen haben«, meinte er brummend. Kim Brake lächelte vor sich hin. Er sah hinab, wo Professor Krausz und Susanne Braun nebeneinander saßen und hinaus auf die silberne See schauten.

»Da unten geht es um die Liebe«, meinte er lustig.

Jens Vondel fiel fast die Pfeife aus dem Mund.

»Was?« brummte er. »Der Alte und das süße Mädchen? So etwas sollte man nicht erlauben . . .«

»Rindvieh!« Kim Brake lachte aus vollem Halse. »Der Professor will der Kleinen helfen, ihren Frank in New York in die Arme zu schließen. Wie – das ist mir allerdings schleierhaft.«

»Falls sie ihm und uns keinen Bären aufgebunden hat und das Märchen vom guten Bräutigam nur erfand, um mitgenommen zu werden. Man müßte einmal nachfragen.«

»Gar kein übler Gedanke.« Der Kapitän löste das Mundstück vom Sprachrohr und drückte auf den Signalknopf. »He, Funker«, rief er hinein. »Telegramm nach Cleveland, Ohio! An Polizeipräsidium. Auskunft, ob ein Frank Barron, beschäftigt bei der Ohio Steel Company, bekannt ist. Sonst nichts. Verstanden? Gut.«

Er drückte den Deckel wieder zurück und nickte Jens Vondel zu. »Wenn es diesen Frank wirklich gibt, wollen wir alles tun, um der Kleinen zu helfen. Hat sie uns aber belogen, setze ich sie auf den Azoren unweigerlich an Land.«

Susanne und Professor Krausz saßen unterdessen an der Reling und unterhielten sich. Krausz rauchte eine gute Zigarre, während Susanne sich ein wenig von innen aufwärmte, indem sie einen Kognak trank. Obwohl die Nacht verhältnismäßig warm war, kühlte die riesige Fläche des Atlantik die Luft stark ab, so daß Susanne in ihrer dünnen Jacke ein wenig fröstelte.

»Was wollen Sie denn nun in den Staaten machen?« fragte Professor Krausz. »Ihren Frank heiraten! Gut. Sie haben ein Häuschen, einen Wagen, der Mann eine gute Stellung. Und Sie spielen Hausfrau. Sehen Sie, das ist typisch deutsch. Verzeihen Sie mir – ich bin zwar kein Deutscher, sondern Österreicher, aber das ist, die Mentalität der Europäer betreffend, fast dasselbe. In den elf Jahren, die ich nun schon in Amerika lebe, habe ich vieles gelernt und mich geändert, beziehungsweise der Lebensweise des Amerikaners angepaßt. Und das sollten Sie wissen: Die amerikanische Frau ist nicht der Sklave ihres Haushalts, wie es die deutsche Frau ist. Sie kocht aus der Dose, verpflegt sich und ihre Familie aus dem Eisschrank – hat eisgekühltes Obst und vorgekochtes Gemüse. Glauben Sie, eine Amerikanerin würde sich ihr Gemüse immer selbst putzen, es selbst verlesen und waschen? Das gibt es alles fertig. Im Süden der USA ist das z. T. noch immer anders. Aber da hat man in den modernen Haushalten zwei bis drei Angestellte, die für die verschiedenen Dinge verantwortlich sind. Die Hausfrau, na, die geht Tennis spielen, die reitet, die hat ihren Frauenclub, ihre Bridgeparty, ihren Fünfuhrtee, ihre Modenschau. Die amerikanische Frau versteht zu leben. Ihr Haushalt ist ein Musterbild an Sauberkeit. Die Küche ist ein Wunderwerk an Maschinen und elektrischen Apparaten. Sehen Sie, Fräulein

Susanne – und nun kommen Sie nach Amerika mit dem deutschen System, alles im Haushalt selbst zu tun, und Sie finden alles fertig vor! Das wird Ihnen auf die Dauer recht langweilig werden, glaube ich.«

Susanne Braun sah Professor Krausz groß an. »Für eine Frau ist im Hause doch immer Arbeit, Herr Professor«, meinte sie. »Und vorerst werde ich bei Ihnen arbeiten müssen, um überhaupt in die USA zu kommen.«

»Formsache, Susanne«, lachte Professor Krausz. »Aber Sie schneiden das an, was ich Ihnen so gerade ins Gesicht nicht sagen wollte: Ich möchte Sie bitten – falls es Ihnen bei mir und in meinem Laden gefällt – auch weiterhin für mich tätig zu sein. Daß Sie Studentin der Kunstgeschichte sind, ist ein Wink des Schicksals. Ich habe mich vergeblich bemüht, in den Staaten eine geeignete Kraft zu finden. Auch in Europa fand ich, daß die Bewerberinnen zu einseitig waren! Mit Ihnen möchte ich es schon versuchen. Wer heimlich über den Atlantik fährt, um seinen Liebsten zu finden, hat das nötige Zeug, um mit den täglich kommenden Schwindlern und Bilderfälschern fertig zu werden.«

»Ist es so schlimm?« Susanne lächelte.

»Manchmal schon!« Professor Krausz drohte ihr lachend mit dem Finger. »Mein Gott, wie soll ich Ihnen sonst anders sagen, daß ich Sie gerne in meinem Geschäft hätte. Ein alter Mann wie ich macht sich lächerlich, wenn er anfängt, Komplimente zu sagen.«

Über die Brücke kam Johnny zu ihnen hinuntergelaufen. In der Hand hielt er einen Zettel. Grüßend trat er näher und überreichte Professor Krausz das Papier.

»Ein Telegramm für Sie, Herr Professor«, sagte er. »Ich soll auf Antwort warten.«

Professor Krausz warf einen Blick auf das Papier und nickte. »Aus Ohio«, sagte er zu Susanne. »Mein Sekretär fragt an, ob ich schon eine Assistentin habe. Mr. Bluet, der Agent, will mir eine verschaffen.« Und zu Johnny gewandt, sagte er: »Lassen Sie sofort zurückkabeln: ›Assi-

stentin schon engagiert stop Vermittlungsauftrag hat sich erle-
digt stop bringe die Dame mit stop Krausz‹.«

Johnny grüßte, zwinkerte Susanne mit den Augen zu und wandte sich ab.

»So, das hätten wir«, meinte der Professor zu Susanne, die glücklich neben ihm saß. »Und an Ihren Frank telegrafieren wir erst, wenn wir die Azoren hinter uns haben. Dann besteht wirklich keinerlei Gefahr mehr für Sie, an Land gesetzt zu werden. Ihr Bräutigam wird ja Augen machen, wenn er unser Telegramm dann bekommt!«

»Und wie!« Susanne drückte dem alten Herrn dankbar die Hand und stand dann auf. »Ich gehe aber jetzt besser. In der Küche muß noch abgespült werden.«

»Auf gar keinen Fall!« Professor Krausz hob die Hand. »Selbstverständlich sind Sie die Fahrt über mein Gast!«

Susanne schüttelte den Kopf. »Bitte, nehmen Sie mir es nicht übel, Herr Professor. Aber ich bin nun einmal ein blinder Passagier, bis wir in New York sind. Als solcher habe ich dem Kapitän versprochen, mich auf dem Schiff nützlich zu machen.«

»Aber das ist doch jetzt ganz anders geworden . . .«, unterbrach sie Professor Krausz. »Ich bezahle Ihre Überfahrt.«

»Das ist nicht ganz ungefährlich für Sie. Ich möchte auf keinen Fall, daß Sie ernste Schwierigkeiten bekommen.« Susanne sah den alten Herrn bittend an. »Ich habe doch keinen Paß, keinen Ausreiseschein, kein Visum. Sie machen sich – nach dem Gesetz – mitschuldig, wenn Sie mich unterstützen. So aber bin ich immer der blinde Passagier, den man entdeckte und nicht wieder zurückschicken konnte. Das ist für alle Beteiligten gefahrlos.«

»Wie Sie wollen, Fräulein Susanne«, meinte der Professor. »Auf jeden Fall aber sehe ich Sie jetzt nach Ihrem Dienst jeden Abend hier an Deck! Wir haben noch allerlei zu besprechen, und außerdem wollen wir schon auf dem Schiff meine Einkäufe aus Europa registrieren und die Preise festlegen. Das ist eine Heidenarbeit . . . später alles

Ihr Aufgabengebiet!« Er nickte Susanne freundlich zu. »Und nun, gute Nacht, Sie tapferes Mädchen! Wer so wie Sie sein Glück selbst in die Hand nimmt, muß vom Schicksal bevorzugt werden.«

Jim, der Koch, hatte an diesem Abend eine stille Hilfe. Susanne spülte und trocknete ab, ohne auf die Witze Jims einzugehen, und auch Johnny und Pit, die Freiwache hatten und in der Kombüse hockten, konnten mit ihren lustigen Reden nicht ankommen.

»Sie ist müde«, meinte Pit zu Jim und Johnny, als Susanne gerade im Magazin war. »Mach die Luken dicht, Jim, und laß das Mädel schlafen. Der Tag war anstrengend für sie! Und morgen setzen wir sie als Stewardeß im Deckdienst ein – da hat sie immer frische Luft, Sonne, Abwechslung und Spaß. Bei dir in der muffigen Bude kann das Mädchen ja eingehen . . .«

Jim brummte etwas in den Bart und klapperte mit den Töpfen. Das alte Lied, dachte er wütend. Wenn man ein wenig Abwechslung hat, kommen die Kerle und verbauen einem die Aussicht. Da aber der Kapitän der gleichen Ansicht war wie Johnny und Pit, fügte er sich und warf Susanne nur einen heißen Blick zu, als sie die Küche verließ, um in ihre Koje zu gehen und in die schwankende Hängematte zu steigen.

Sie zog die Jacke aus, nahm aus dem Tabakkasten eine kleine Zigarrenschachtel, in der sie ihre Haarröllchen verwahrte, drehte sich dann, in einen Taschenspiegel blickend, die Löckchen auf und band um den Kopf einen Voileschleier. Dann vertauschte sie die Bluse mit einem hellblauen Pullover, der eng anlag und ihre jugendliche Figur vorteilhaft betonte, band die Armbanduhr ab und befestigte sie über ihrem Kopf an den Leinen der Hängematte, zog eine dünne Decke über sich und rollte sich zusammen.

Frank, dachte sie noch, Frank, wenn du mich so sehen könntest. Mit Röllchen im Haar, Pullover und Schuhen im

Bett – du würdest lachen und sagen: Typisch Susanne! Mit dem Kopf durch die Wand! Oder du würdest gar nichts sagen und mich ganz lieb in deine Arme nehmen und mich küssen . . ., so lange küssen, bis ich eingeschlafen wäre . . .

Schlafen. Ich will träumen von dir . . . Frank . . . von unserem Häuschen am Erie-See, von deinem Wagen und von unseren Kindern. Es muß herrlich sein, wenn im Garten so ein kleines Kerlchen sitzt, die dicken Ärmchen hebt und laut Mami oder Papi kräht! Dein Gesicht wird es haben, Frank. Es soll so stark und groß werden wie du. Ist es ein Junge, wird er Frank heißen, ist es ein Mädchen, nennen wir es Franziska. Dann habe ich dich immer um mich, auch wenn du einmal verreist bist. Ach, Frank, es wird so schön sein . . . so schön . . .

Frank . . .

Susanne Braun schlief. Das Meer wiegte sie sanft in den Traum, und das Rauschen der Wellen draußen vor den Bullaugen war wie eine feine, einschläfernde Melodie, die überirdische Hände wie auf einer großen Harfe spielten.

Majestätisch zog das Schiff durch die Nacht. Die Positionslampen gingen im hellen Mondschein fast völlig unter. Silbern spiegelte der Atlantik.

Kim Brake reichte Jens Vondel die Hand.

»Mach's gut, Jens«, sagte er. »Um vier Uhr löst Johnny dich ab.«

»Gute Nacht, Käpt'n!« Vondel grüßte und zog an seiner Pfeife.

Schäumend zog die ›Giesela Russ‹ nach Westen.

Amerika entgegen.

15

Am frühen Morgen – Dr. Yenkins war noch im Morgen-
mantel und las gerade die neuesten Nachrichten in der
Frühausgabe der Cleveland News – schellte das Telefon
auf dem breiten Schreibtisch.

Ein Brötchen kauend nahm Dr. Yenkins den Hörer ab
und meldete sich. Der Sekretär von Professor Krausz war
am Apparat.

»Verehrter Mister Yenkins«, sagte er. »heute früh kam
die Antwort von Bord der ›Giesela Russ‹, mit der sich der
Herr Professor auf der Rückreise befindet. Die Nachricht,
die ich Ihnen jetzt übermitteln muß, ist leider nicht sehr
gut!«

»Sie wollen mir wohl einen kleinen Schreck am Morgen
versetzen«, sagte Yenkins und verzog sein Gesicht, was
der andere nicht sah, aber an der Stimme hörte.

»Das kann man wohl sagen. Der Herr Professor telegra-
fierte nämlich zurück, daß er eine Assistentin aus Europa
mitbringt. Sie ist mit ihm an Bord der ›Giesela Russ‹. Da
kann man leider nichts machen.«

»Ich fürchte, da haben Sie leider recht.« Yenkins biß erneut in sein Brötchen. »Wenn ich das dem armen Frank
Barron sage, verliert er den letzten Mut. Er ist sowieso
schon reichlich verzweifelt. Was machen wir da bloß?«

»Am besten warten wir, bis der Herr Professor zurückkommt.«

»Das wird wohl das Beste sein.« Yenkins setzte sich auf
die Kante seines Schreibtisches. »Etwas anderes wird uns
auch überhaupt nicht übrig bleiben! Jedenfalls danke ich
Ihnen für Ihre Hilfe und für die prompte Information.« Er
legte auf und stützte das Kinn in die hohle rechte Hand,
den Ellbogen auf seinen Knien abstützend.

Frank darf von diesem Telegramm vorerst nichts erfahren. Ich werde ihm sagen, daß Krausz ausweichend ge-
antwortet hat und erst persönlich mit uns sprechen will,
ehe er eine Auskunft gibt oder sich entscheidet. Aber auf

jeden Fall will ich mit Terry McCray sprechen – sein Wort gilt in Washington recht viel. Er könnte vielleicht eine Ausnahmebestimmung für Susanne durchsetzen . . .

Nach einem erfrischenden Bad fuhr Dr. Yenkins hinaus zu den Ohio Steel-Werken und ließ sich bei Terry McCray melden. Er wurde sofort vorgelassen und ließ sich aufseufzend in einen der tiefen Sessel, die McCray vor seinem Schreibtisch gruppiert hatte, fallen.

McCray, ein großer, breiter Mitt-Sechziger, der sich vom kleinen Schlosser zum Chef der Ohio Steel Company emporgeboxt hatte und alles das besaß, was man von einem nüchternen Denker und einem eiskalten Geschäftsmann erwartete, außerdem aber auch mit der Seltenheit gesegnet war, ein Herz für andere Leute zu besitzen, nickte Dr. Yenkins zu und bot ihm eine Zigarre an.

»Kommen Sie, um den armen Barron in die Irrenanstalt abzuholen?« fragte er dann mit tiefer Stimme.

»Wieso?« Yenkins staunte ehrlich. »Was ist denn mit ihm?«

»Professor Krausz hat schon eine Assistentin.«

»Was? Frank weiß es schon?«

»Er hat eben in Professor Krausz' Geschäft angerufen!«

»Dann komme ich zu spät. Ich wollte nämlich mit Ihnen besprechen, wie dem armen Kerl und seiner tapferen Susanne zu helfen ist. Ein Visum wird sie ja wohl nie bekommen.«

McCray schüttelte den wuchtigen Kopf. »Da sehe ich auch schwarz. Im Moment jedenfalls.«

»Es geht vordringlich darum, das Mädchen erst einmal bis an unsere Küste zu bringen. Dann kann man ja immer noch den gerissenen Jack Crecco einschalten, der sie ins Land schleust. Es ist nur die Frage: Wie bekommen wir sie auch aufs Schiff und wie kann sie die Zollkontrollen passieren!«

»Als blinder Passagier!«

Dr. Yenkins winkte ab. »Bester Mr. McCray! Das ist doch wohl ein Scherz! Eine junge hübsche Dame im Kohlenbunker? Tagelang ohne Licht, immer in der Angst, entdeckt zu werden! Tagelang in einem Versteck kauernd, das von Gefahr umgeben ist. Das hält ja ein Mann kaum aus! Ausgeschlossen!«

»Aber anders geht es doch nicht!« McCray zog an seiner Zigarre und runzelte die Stirn. Er dachte nach. »Ich habe schon eine Möglichkeit erwogen, bester Yenkins. Wir schicken eine große Überseekiste nach Hamburg, lassen Sie dort von unserem Vertrauensmann mit Proviant auffüllen und stecken diese Susanne Braun hinein. Dann wird sie als Rohrstahl zurücktransportiert! Ganz gefahrlos!«

»Schön«, Yenkins nickte. »Aber wie wollen Sie Susanne Braun finden? Sie ist seit Tagen mit unbekanntem Ziel aus Köln verzogen!«

»Aber dann ist ja alles Reden von vorneherein umsonst«, meinte der logisch denkende McCray. »Wenn man von einem Menschen nicht weiß, wo er ist, kann man ihn auch nicht in die USA holen!«

Dr. Yenkins schaute den Stahlkönig verblüfft an, zog dann an seiner Zigarre, blickte auf seine Bügelfalten und lächelte.

»McCray, Sie sind klüger als wir alle zusammen. Natürlich haben Sie recht! Wer nicht da ist, kann nicht herübergeholt werden! Das ist ein gutes Argument. Warten wir also, bis Susanne Braun wieder auftaucht – bis sie vielleicht in Hamburg steht und uns schreibt: So, nun helft mir weiter. Dann kann Ihre komische Übersee-Stahl-Kiste noch immer in Aktion treten!«

Er erhob sich und drückte McCray die dicke Hand. »Das war ein guter Gedanke. Ich gehe jetzt gleich zu Frank Barron und versuche ihm das klarzumachen. Wird nicht so einfach sein. Ich persönlich glaube übrigens, daß uns Susanne irgendwie entgegenkommt. – Umsonst geht kein Mädchen auf große Fahrt und verheimlicht ihr Ziel so konsequent! Die hat etwas vor – passen Sie auf, McCray – diese Susanne Braun wird uns alle in Erstaunen versetzen. Es ist eigentlich ganz schön beschämend, daß wir Männer, die Krone der Schöpfung, wie wir uns so gerne nennen, nichts tun können und uns von einem Mädchen vielleicht zeigen lassen müssen, was Mut und Entschlußkraft ist!«

Er hob die Schultern und sah McCray resigniert an.

»Manchmal sind Frauen doch dem Mann überlegen, vor allem wenn das Herz die entscheidende Rolle spielt. Da sind wir arme Knaben, die mit dem Finger im Mund daneben stehen und hilflos ›Bäh‹ sagen. Ich habe das Gefühl, diese Susanne macht uns noch etwas vor . . .«

Als Dr. Yenkins wieder draußen auf dem Flur stand und durch den langen Gang des Verwaltungsgebäudes blickte, dachte er angestrengt darüber nach, wie er mit Frank Barron überzeugend sprechen sollte. Er lehnte sich an das Geländer der breiten Treppe und steckte sich eine Zigarette an.

Es ist verdammt schwer, dachte er, einem Verliebten Vernunft zuzusprechen.

16

An einem herrlichen Sonnentag standen Susanne und Professor Krausz an der Reling und unterhielten sich über Susannes Zeit als Kunststudentin. Da tauchte in der Ferne schemenhaft die Inselgruppe der Azoren auf.

Susannes Herz krampfte sich plötzlich zusammen. Land! Zwar sollte die ›Giesela Russ‹ dort keinen Hafen anlaufen, aber in Susanne klomm trotzdem Angst empor. Solange sie um sich herum nichts als Wasser wähnte, hatte sie sich sicher gefühlt. Könnte es nun nicht sein, daß Kapitän Brake es sich anders überlegt hatte und seinen blinden Passagier nicht doch lieber loswerden wollte? Vielleicht siegte das Pflichtgefühl in ihm. Oder fürchtete er um seine Existenz? Immerhin hatte sie, Susanne, ihn in

eine riskante Situation gebracht. Wenn die Sache heraus-
kam, konnte das sein Kapitänspatent kosten.

Susanne wurde mit einem Mal richtig bewußt, daß sie
mit ihrem Ziel vor Augen die Konsequenzen für die anderen nicht bedacht hatte. Der Gedanke schmerzte sie sehr.
Auf keinen Fall sollten andere für ihr Glück bezahlen.

Susanne schnürte es die Kehle zu. Unsicherheit und
Angst legten sich über die glückselige Unbeschwertheit
der letzten Stunden.

Professor Krausz merkte sofort, daß in seiner Ge-
sprächspartnerin eine Veränderung vorgegangen war.
Als er die langsam größer werdenden Inseln sah, glaubte
er zu wissen, was Susanne bedrückte.

»Machen Sie sich keine Gedanken, mein Kind. Solange
ich in Ihrer Begleitung bin, können Sie sich sicher fühlen.«

Susanne lächelte etwas gequält. Ihr Gesicht bekam dadurch einen rührend-kindlichen Ausdruck.

»Ich gebe zu, daß ich beim Anblick der Inselgruppe ein
wenig verzagt wurde«, sagte sie leise.

Sie trat von der Reling zurück und legte sich unter einen
der breitgestreiften bunten Sonnenschirme. Professor
Krausz rückte einen kleinen Tisch in ihre Nähe, auf dem
eine Glasschüssel mit herrlichem, frischem Obst stand,
und setzte sich dann neben Susanne in einen bequemen
weißen Korbsessel.

»Wissen Sie übrigens, daß unser Kapitän Ihnen Ihre Er-
zählung anfangs nicht so recht glauben wollte?« sagte er,
als sei es eine Nebensächlichkeit.

»Oh!« Susanne fuhr alarmiert auf und wurde augenblicklich blaß vor Angst.

»Will er mich doch absetzen und der Polizei übergeben?«

»Nein, nein.« Der Professor hob beruhigend die Hand.
»Es ist nur so, daß ein Mann sich nicht so recht vorstellen
kann, wie ein Mädchen allein, nur mit dem Willen, seinen
Liebsten zu sehen, einfach ein Schiff, das nach Amerika
fährt, besteigt, sich im Ladebunker versteckt und auf die

Dinge harrt, die da kommen werden. Männer tun wage-
mutige Dinge öfters; sei es aus Abenteuerlust, aus Angst
vor gerichtlichen Strafen, aus Hunger oder Not. Aber ein
Mädchen, eine Studentin, die nichts anderes will, als eben
bei ihrem Verlobten sein, das ging dem alten Kim Brake
nicht ganz ein. Deshalb hat er einmal in Ohio angefragt.«

»Und?« Susanne sprang auf. Ihre Augen leuchteten.
»Hat er Frank telegrafiert? Mein Gott, sagen Sie es mir,
Herr Professor, sprechen Sie doch . . . hat er Franks
Antwort da? Ich wollte den Kapitän schon immer bitten,
Frank mitzuteilen, daß ich zu ihm komme . . . aber ich
habe nie den Mut gehabt, ihm das zu sagen . . .!«

Krausz schüttelte den Kopf.

»Nein. Er hat die Polizei gefragt. Es stimmt, sagte er mir
vorhin. Ein Frank Barron wohnt in Cleveland, Ohio, und
ist Ingenieur bei der Ohio Steel Company. Selbst daß er
eine deutsche Braut mit Namen Susanne Braun hat, weiß
man bei der Polizei. Ihr Verlobter wollte nämlich vor einem halben Jahr über das Präsidium einen Paß für Sie beantragen.«

Susanne hatte die Hände auf das Herz gepreßt und
schaute über das Meer.

»Und ich darf mit nach Amerika fahren?» flüsterte sie.

»Aber ja. Haben Sie jemals daran gezweifelt?«

Sie nickte. Wieder kamen ihr die Tränen, aber dieses
Mal waren es Tränen des Glücks und der Freude. Ein
Schluchzen ließ ihren schlanken Körper erbeben. Dann
sank sie auf den Liegestuhl zurück und bedeckte das Gesicht mit beiden Händen.

Beruhigend streichelte ihr Professor Krausz über die
braunen Locken und hob mit der Hand ihr tränenüber-
strömtes Gesicht zu sich empor.

»Ich kann gleich zum Funker gehen und eine Nachricht
an Ihren Frank schicken«, sagte er leise.

»Ist das wirklich wahr?« Susanne sah ihn mit ihren
braunen Augen an, als könne sie das alles noch nicht fas-
sen.

»Der Funker soll Ihrem Frank mitteilen, daß wir am 14. in New York ankommen. Er soll sich dann am Hafen bereithalten und alles Weitere abwarten.«

»Und einen Gruß soll er mitbestellen ... von mir. Nein, keinen Gruß, einen Kuß. Ja? Ob er das tut? Einen Kuß für Frank von Susanne, soll er schreiben ...«

Sie schlug wieder die Hände vor die Augen und ließ sich nach hinten in den Liegestuhl fallen. Dann fielen die Arme an den Seiten herab, und mit geschlossenen Augen lag sie in der Sonne und ließ die Tränen von den warmen Strahlen trocknen.

Professor Krausz hatte sich erhoben und war zur Brücke gegangen, an der Jens Vondel von Kim Brake einige Anweisungen für die Navigation des Schiffes erhielt. Krausz berichtete dem Steuermann und dem Kapitän das bewegende Gespräch, das er gerade geführt hatte. Jens Vondel wurde daraufhin beauftragt, die Nachricht dem Funker zu übermitteln, damit er sie gleich durchgeben konnte. Nachdem der Kapitän noch ein paar belanglose Worte mit ihm gewechselt hatte, ging Professor Krausz in seine Kabine, um seine Erschütterung bei der Lektüre seiner Kunstbücher zu verlieren.

Eine solche Liebe muß herrlich sein, dachte er ein wenig wehmütig. Ich habe sie nie kennengelernt. Ich war immer allein, ich stand immer im Kampf um das tägliche Leben und habe nie einen Menschen gehabt, bei dem ich mich ausruhen konnte und der mir die Sorgen von der Stirn streichelte. Ich habe immer nur gekämpft und danach getrachtet, voranzukommen. Und wenn ich einen Menschen fand, so liebte er mein Geld, nicht mich, den Menschen! Da ekelte ich mich und blieb wieder allein ... bis jetzt, wo es zu spät ist, wo der Körper in über siebzig Jahren heißer Kämpfe verbrannt ist. Einmal hätte auch ich gerne einen Menschen geliebt, richtig aus der Seele heraus geliebt ... so wie Susanne ihren Frank ... aber wie sollte mir bei meinem Schicksal eine solche Liebe widerfahren? In meiner ursprünglichen Heimat Österreich konnte ich nur kurze Zeit unbeschwert und ohne Sorgen meinem Beruf als Antiquar und Kunsthändler nachgehen. Dann kam sehr schnell die Angst vor dem Haß, mit dem meine Familie ihrer jüdischen Abstammung wegen verfolgt wurde. Verzweifelt hatten wir die Augen zunächst vor der Wahrheit verschlossen. Wie grausam wurden sie uns geöffnet. Als 1938 die deutschen Truppen in Österreich einmarschierten, war es zu spät. Meine ganze Familie wurde gefangengenommen und ins Ungewisse deportiert. Die furchtbare Zeit in Buchenwald und Dachau haben mein Wesen grundlegend verändert. Als ich 1939, wie durch ein Wunder, das Lager und dann Deutschland verlassen konnte, entschloß ich mich, nach Amerika zu gehen, da ich innerhalb von zwei Monaten das Land verlassen mußte. Dort erhoffte ich mir die Freiheit und Liberalität, die ich suchte und brauchte. Nur mit dem, was ich auf dem Leibe trug, und der Immigrationsurkunde schiffte ich mich ein. Es folgten Jahre des Aufbaus und der Selbstfindung. In relativ kurzer Zeit war ich dann einer der bedeutendsten Antiquare der USA mit dem größten und wertvollsten Sortiment geworden. Schöne Jahre waren es – sicherlich – zumeist Jahre der Arbeit, des Verzichts – und auch Jahre ohne jegliche Liebe? Nein, ich darf nicht ungerecht meinem Schicksal gegenüber sein.

Krausz blätterte in seinen Kunstbüchern und vertiefte sich in die Werke Botticellis. Das wurde meine große Liebe, dachte er dabei. Das ist meine Welt. Die Unsterblichkeit, das Ewige im Menschen – die Kunst. Sie kann nicht verletzen, sie schmeichelt nicht um Geld, sie ist rein und edel. In ihr suche ich das wahre Antlitz des Menschen, die tiefe Seele, die keiner ahnt. Sie wurde meine große herrliche Geliebte – die Kunst . . .

Die letzte Freude eines alten Mannes. Es erfüllte ihn mit Freude und Stolz, auf dieser Reise wieder wunderschöne, seltene und kostbare Schätze erworben zu haben. An einer Errungenschaft hing sein Herz besonders. Aus einer

Privatsammlung in Berlin hatte er eine Boccacio-Erstausgabe aus dem Jahre 1476 erwerben können. Er hütete sie wie seinen Augapfel und dachte schon mit Wehmut an den Tag, an dem ein interessierter Sammler sie wegkaufen würde. Er ließ sich im Sessel zurücksinken und vertiefte sich erneut in seine Lektüre.

Durch das Bullauge hörte man die Wellen an die Bordwand schlagen.

17

Dr. Percy Yenkins hatte sich entschlossen, doch nicht sofort mit Frank Barron zu sprechen, sondern er hatte es vorgezogen, nach Hause zu fahren. In seiner herrlichen Villa, am Fenster mit Blick zum Erie-See sitzend, erwartete er den Besuch und die Schimpfkanonade seines jungen Freundes.

Doch Frank Barron kam nicht. Vergeblich wartete Dr. Yenkins den ganzen Nachmittag, fuhr dann mit seinem Motorboot auf den See und angelte. Als auch gegen Abend Frank nicht erschien, wurde es Yenkins ein wenig unheimlich, und er rief ihn an.

Frank lag auf seiner breiten Couch und las ein Buch. Gähnend nahm er den Hörer ab und lachte, als er Yenkins am Apparat hörte.

»Na, Percy, so spät noch? Hast wohl Rätsel geraten, warum ich nicht zu dir kam? Zuerst keine Reaktion auf die Nachricht, daß dieser Professor Krausz schon eine Assistentin hat, und jetzt lache ich auch noch! Das geht wohl über deinen Verstand . . .«

»Ehrlich gesagt, ja«, meinte Yenkins sehr verwundert. »Hast du etwa etwas von deiner Susanne gehört?«

»Das nicht gerade. Es muß aber etwas in der Luft liegen. Direktor McCray sagte mir am Nachmittag, daß ihm ein Freund bei der Polizei mitteilte, heute vormittag habe sich bei ihm jemand nach mir erkundigt. Telegrafisch. Woher, das konnte er nicht sagen! Jedenfalls von Übersee – das ließ er durchblicken.«

»Die Sache wird langsam immer geheimnisvoller«, sagte Dr. Yenkins interessiert und setzte sich auf die Schreibtischplatte.

»Und weiter?«

»Weiter nichts. Ich aber sehe daraus, daß mit Susanne etwas los ist. Wer hat denn sonst Interesse daran, sich nach mir zu erkundigen? Vielleicht hat Susanne einen Reeder gefunden, der sie mitnimmt? Und zur Sicherheit fragte er an, ob ich auch wirklich existiere. Wenn das wahr ist – Mensch, Percy –, dann mache ich einen Luftsprung über den höchsten Wolkenkratzer hinweg!«

»Das paßt genau zu dem, was ich auch zu McCray sagte: deine verteufelt mutige Susanne macht uns Männern noch etwas vor! Gratuliere zu so einer Frau! Mit der kannst du am Nordpol eine Eisbude aufmachen – und du würdest noch nicht einmal pleite dabei gehen!«

Sie lachten und legten dann den Hörer auf. Abwarten, dachten beide. Jetzt ist Warten keine Qual mehr, sondern höchste Spannung. Irgend etwas liegt in der Luft und drängt auf Entscheidung. Und es wird der Zeitpunkt kommen, wo man eingreifen kann.

Zwei, drei Tage vergingen so. Frank Barron arbeitete in seinem Konstruktionsbüro mit doppeltem Eifer. Dr. Yenkins nahm seine in den letzten Tagen etwas vernachlässigte Anwaltspraxis wieder voll in Anspruch. Abends trafen sie sich im Club, aßen in Yenkins' Villa oder fuhren in ein Varieté-Theater. Am vierten Tag platzte in Franks Wohnung die Sensation, auf die sie still und ohne sie zu erwähnen gewartet hatten.

Ein Bote der Ohio Steel Company brachte Frank Barron einen kleinen Brief. Von Herrn Direktor McCray, sagte er dabei. Er soll abgegeben werden – das Weitere stünde in dem Schreiben.

Mit zitternden Händen brach Frank das Kuvert auf und

entnahm ihm ein Telegrammformular. Dr. Yenkins, der ihm über die Schulter schaute und den Text mit einem Blick schneller überflog als der nervöse Frank, jauchzte auf, hieb Frank auf die Schulter und schrie:

»Gewonnen! Menschenskind! Wir haben gewonnen! Das kostet eine Flasche!«

Bebend setzte sich Frank in seinen Sessel und las mit schwankender Stimme das Telegramm vor:

an Bord der ›Giesela Russ‹ stop Susanne Braun befindet sich auf Überfahrt nach New York stop erwarten Sie am vierzehnten im Hafen stop einen Kuß für Frank von Susanne stop Brake Kapitän.

Eine Weile war es still in dem großen Raum. Frank Barron war das Telegramm aus den Händen gefallen und zu Boden geflattert. Wie versteinert saß er da, starrte vor sich hin und bewegte die Lippen, als wolle er etwas sagen.

»Sie kommt!« sagte er endlich, als müsse er jedes Wort aus seiner trockenen Kehle ringen. »Sie kommt allein nach Amerika, allein über den Atlantik . . . das ist unglaublich . . .«

»Das ist Liebe«, sagte Dr. Yenkins laut. »Das ist wahre Liebe, die keine Grenzen kennt! Und bestimmt hat Susanne kein Visum und ist auf eigene Faust unterwegs.«

»Glaubst du?«

»Sicherlich. Ich habe in den letzten Tagen eine verdammt hohe Achtung vor deiner Braut bekommen. Das Mädel ist nicht mit Gold zu bezahlen!«

»Ich würde sie auch nie verkaufen«, scherzte Barron schwach.

Dr. Yenkins ging an die Karte von Amerika, die über Franks Schreibtisch an der Wand hing, und blieb vor ihr stehen. Er legte seinen Zeigefinger auf einen großen, großen roten Punkt: New York.

»Für uns heißt das jetzt, am vierzehnten auf der Wacht zu sein und in New York Susanne an Land zu bringen.«

»Unter Umgehung der Polizei?«

»Natürlich. Wird sie erwischt, kannst du ihr gleich wieder Adieu sagen. Du weißt ja, was mit illegalen Einwanderern passiert. Sie werden nicht einmal mehr interniert, sondern kommen sofort in ein Gefängnis, von wo aus sie dann nach Verbüßung ihrer Strafe nach Europa abgeschoben werden. Dieses Schicksal müssen wir deiner Susanne auf alle Fälle ersparen. Aber dazu haben wir ja Gott sei Dank unseren lieben, schweren Jungen Jack Crecco.«

»Du willst wirklich diesen Gangster einschalten?« Frank Barron schaute seinen Freund zweifelnd an.

»Aber ja!« Der Rechtsanwalt nickte lebhaft. »Wenn jetzt einer helfen kann, ist es Crecco. Der Bursche kennt jeden Winkel an der Küste und schmuggelt eine Kompanie vor den Augen der Polizei an Land.«

»Na, na, na«, meinte Frank ungläubig.

»Du wirst schon sehen. Warte es ab. Morgen fliegen wir erst einmal nach Atlantic City. Dort wohnt der liebe Crecco nämlich. Dann werden wir schon weiter sehen.«

Atlantic City besitzt wie jede größere Stadt schöne und weniger attraktive Stadtviertel. Den Teil, in dem Jack Crecco wohnte, konnte man getrost und ohne Übertreibung ein Drecknest nennen. Nicht überall in dieser Stadt ist es gerade so schmutzig. Gar nicht so weit entfernt, beginnen bereits die breiten Straßen mit großen und teuren Geschäften. Aber für Jack Crecco waren diese Viertel zu vornehm für seine Transaktionen, die sich größtenteils erst bei Einbruch der Dunkelheit abspielten.

Crecco war in der Zeit der Prohibition berühmt geworden, jener Epoche der amerikanischen Geschichte, in der man den Alkohol verbot und dadurch den Konsum an Alkohol um 400% steigerte. Denn wer vorher nicht trank, wurde jetzt durch das Verbot auf diesen Genuß erst recht aufmerksam und begann Geschmack auf alkoholische Getränke zu bekommen. Für Schwarzgeschäfte bedeutete die Prohibition eine ausgesprochene Blütezeit. Alles, was die Schmuggler auf ihren schnellen Motorbooten außerhalb der Drei-Meilen-Zone aufluden und unter Feuergefechten mit der Wasserschutzpolizei und den Zollbeamten an Land brachten, verkauften sie mit 300 % Aufschlag.

Unter diesen Schmugglern, an der Spitze ›König Al Capone‹, war Jack Crecco einer der bekanntesten und raffiniertesten Gauner. Während man Al Capone ab und zu faßte und gegen Kaution freilassen mußte, entwischte Crecco fast stets. Er kannte die Küste und ihre Schlupfwinkel besser als seine Hose, von der er überhaupt nicht viel hielt und deshalb auch ebensowenig pflegte wie sein Hemd und seine Fingernägel. Für Jack Crecco gab es auf der Welt nur eine große Leidenschaft, der er mit allen Mitteln huldigte: Der Kampf gegen das Gesetz und die Behörde.

Als deshalb ein kluger Senat den Alkohol wieder frei verkaufen ließ und die Prohibition aufhob, wurde Crecco nicht wie so mancher Schmuggler arbeitslos und entwickelte sich zum Killer, sondern er suchte sich einen anderen Job. Er fand ihn im Schmuggel von Menschen.

Dieses Gebiet regierte er nach drei Jahren allein, nachdem er kleine Konkurrenzen auf rätselhafte Art verschwinden ließ. Bald gab es an der nordamerikanischen Küste nur noch die Motorboote Creccos, wenn es hieß, einen Einwanderer illegal in die Staaten zu schleusen. Was er bei diesem Geschäft verdiente, machte den Verlust wett, den er bei der Aufhebung der Prohibition einstecken mußte.

Dr. Yenkins kannte Crecco seit langen Jahren. Crecco kam zu ihm, wenn er einmal einen juristischen Rat brauchte, und er benötigte in letzter Zeit so manchen Ratschlag.

»Du wirst alt, Jack«, sagte Yenkins dann immer. »Früher haben die Cops dich nie erwischt.«

Dann war Crecco zerknirscht, rauchte eine nach der anderen und mußte sich mit ein paar Gläsern schottischen Whiskys beruhigen, ehe er wieder der alte war und rauh lachte.

»Du haust mich schon wieder raus, alter Rechtsverdreher!« lachte er. »Wenn du es nicht schaffst, dann kriegst du von mir so viele Ohrfeigen, wie ich Tage aufgebrummt bekomme!«

Dr. Yenkins kam nie in Gefahr, diese Abrechnung begleichen zu lassen. Er fand immer einen Weg, den alten Jack Crecco, der mittlerweile allen Polizeistationen der Küstenstaaten bekannt war, herauszuhauen und wieder nach Atlantic City zu bringen, wo er in seinen dreckigen Gassen untertauchte und in einem riesigen Kellergewölbe lebte, das wie ein Fuchsbau mehrere Ausgänge besaß und wie ein Labyrinth nicht zu übersehen war. Auch Dr. Yenkins fand sich darin nicht zurecht und war auf die Führung Creccos angewiesen, wenn er ihn in Atlantic City besuchte.

Am Abend des nächsten Tages standen Frank Barron und Dr. Yenkins auf der regennassen Straße, von der die einzelnen, verwinkelten Gassen abgingen, die in die düsteren Viertel von Atlantic City führten. Yenkins sah auf seine Armbanduhr und hob in seinem feuchten Trenchcoat die Schultern, als friere er.

»Noch eine halbe Stunde, my Boy,« meinte er zu Frank, der interessiert die etwas unheimliche Umgebung betrachtete. »Der alte Fuchs ist jetzt noch nicht im Bau. Schlafen tut er woanders. Tagsüber verkriecht er sich auch irgendwohin. Nur des Nachts haust er in seinem Kellerloch, aber selbst dort kann man ihn nicht finden.«

»Ein ganz schön schwerer Junge«, nickte Frank.

»Es geht«, sagte Dr. Yenkins trocken.

»Knapp zwei Zentner.«

Sie lachten über dieses Wortspiel und bummelten die Straße hinauf und hinab. Kritische Augen aus den Haustüren und hinter den Fenstervorhängen musterten sie. Wie ein Lauffeuer hatte es sich unter den Bewohnern der winkligen Gassen herumgesprochen, daß. höchstwahrscheinlich zwei auf Zivilisten getarnte Cops auf Streife waren und durch die Straßen patrouillierten. Dicke Luft im Viertel! Nun wurden die beiden beobachtet. Ein Vertrauter Creccos lag in einer Haustür auf der Lauer und ging dann grinsend davon, als er Dr. Yenkins erkannte.

»Idioten!« sagte er zu den anderen Spähenden. »Das ist der Rechtsanwalt von Jack. Und der andere wird ein neuer Anwalt sein, der nach Kundschaft sucht. Ihr könntet euch ja mal melden . . .«

Und er lachte meckernd.

Jack Crecco fuhr von der Seeseite her in seinen Keller ein. Das war ein Trick von ihm, den selbst Dr. Yenkins nicht kannte. Ein Teil des Kellergewölbes war mit Wasser gefüllt und wie eine Schleuse gebaut, durch die man direkt ins freie Meer kommen konnte. So war es möglich, seine ›Fahrgäste‹ einfach von der See verschwinden zu lassen und sie durch seinen Keller an Land zu bringen. Dies machte ihn zum gesuchtesten Menschenschmuggler, denn die Polizei stand ratlos vor der Küste, wenn das Boot, das sie per Funk schon der Zollstreife gemeldet hatte, plötzlich verschwunden war, als habe es sich in Luft aufgelöst. Man sprach dann vom ›Crecco-Phänomen‹, ein Ausdruck, der schon in der Presse geläufig war und nur noch unter der Abkürzung ›CP‹ gebraucht wurde.

Wenn in der Zeitung stand: ›Wieder ein CP‹, dann wußte jeder, was gemeint war, und die Polizei mußte eine erneute Schlappe einstecken.

Dr. Yenkins nickte Frank Barron zu und steckte beide Hände in die Manteltasche.

»Es ist soweit. Komm! Und vergiß nicht, Crecco ein paar nette Worte zu sagen. Er hat das so gern. Der alte Kerl ist eitel wie eine Diva. Lob' seine Erfolge . . . das ist der beste Weg für Schönwetter.«

Vor einem Haus, das windschief an der Kaimauer lag, auf der einen Seite halbverdeckt durch das Endstück eines langen Schuppens, aus dem es nach Apfelsinen und faulen Bananen roch, machte Dr. Yenkins halt.

»Wir sind da«, sagte er leise. »Wenn wir Glück haben, empfängt er uns selbst. Ansonsten werden wir erst von einigen Mitarbeitern auf spezielle Art begrüßt und eine Stunde lang durchsucht.«

»Ich denke, er kennt dich so gut, Percy?« fragte Frank unsicher.

»Natürlich. Aber dich nicht, mein Bester. Und der intimste Freund taugt in diesen Kreisen nichts, wenn er einen Fremden mitbringt! Selbst ich nicht. Aber wie gesagt: wenn wir Glück haben, entgehen wir dieser lästigen Sache ja.« Sie hatten wirklich Glück.

Jack Crecco kam ihnen im Hausflur entgegen und gab Dr. Yenkins die Hand. »Heute ist nichts, mein Bester«, sagte er, und Frank stellte fest, daß der alte Gangster eine angenehme, volle, tiefe Stimme hatte. »Bis jetzt ist alles ganz gut geglückt, Doc.«

»Das höre ich gern.« Dr. Yenkins klopfte ihm auf die Schulter und zeigte dann auf Frank Barron. »Mein Freund Frank Barron, ein Deutscher, hat nämlich einen Auftrag für dich, alter Knabe. Du sollst für ihn ein nettes, junges Mädchen in die Staaten holen.«

»Süßer Käfer?«

»Wie Honig, Jack. Hat Augen wie ein paar Wagenräder nach der Schmiere.«

»Junge! Junge! Und der Schmetterling kommt aus dem alten Europa? Ist wohl verlobt mit dem jungen Freund da?«

»Du bist ein Genie, Jack«, lobte Dr. Yenkins schnell.

Frank erinnerte sich daran, was der Rechtsanwalt geraten hatte und nickte.

»Ich hörte schon von Ihren großen Erfolgen«, sagte er klug. »Es ist fast eine Schande, nicht von Jack Crecco in die Staaten geholt zu werden. Gehört zum guten Ton, was?« Er lachte, wie er es bei Yenkins gesehen hatte, und hieb Crecco auf die Schulter. »Wenn man jemanden fragt: Wo kommst du her, und der antwortet: ›Crecco hat mich geholt‹, dann kriegt man überall Kredit!«

Jack Crecco strahlte und sah Dr. Yenkins an. »Der Junge ist richtig«, sagte er begeistert. »Der weiß, was sich gehört.« Und zu Frank gewandt, fragte er: »Wer lotst die Kleine denn bis hierhin?«

»Sie kommt mit der ›Giesela Russ‹ nach New York. Ungefähr am vierzehnten soll das Schiff hier sein.«

»Am vierzehnten? Kenne die ›Giesela Russ‹. Kim Brake fährt sie, was? Der Kerl ist unbestechlich . . .«

»Vielleicht macht er aber dieses Mal eine Ausnahme.«

»Der? Nie! Ein sturer Bock!«

»Wir stehen mit ihm schon in telegrafischer Verbindung. Es wird deine Aufgabe sein, wie immer außerhalb der Drei-Meilen-Zone zu warten, bis das Schiff kommt. Dann nimmst du ganz einfach das Mädchen an Bord und bringst es hierher . . .«

»Einfach hierher . . .« Jack Crecco lachte dröhnend. Sie gingen den dunklen Flur entlang, stiegen eine Reihe Treppen hinab und kamen in das Labyrinth der Kellergänge, in dem sich kein anderer auskannte als Crecco selbst. Auf einmal befanden sie sich in einem hell erleuchteten Raum, der gemütlich mit Clubsesseln und einer Hausbar eingerichtet war. Jack Crecco füllte drei Gläser mit französischem Kognak und kratzte sich beim Austrinken den Kopf.

»Am vierzehnten ist es ganz schlecht, Gentlemen«, meinte er nachdenklich. »Ich habe meine Informationen, wißt ihr, die kosten zwar eine Stange Geld, aber sie bringen das auch wieder ein. Am vierzehnten ist ein großer Mist im Gange. Vom dreizehnten bis fünfzehnten halten die Wasserpolizei, der Zoll und der FBI eine Art Manöver ab. Mit allem Drum und Dran. Da käme ich genau in die Schußlinie der scharfen Brüder. Das riskiert nicht einmal ein Crecco!«

»Schweinerei!« sagte Dr. Yenkins ehrlich. Er sah Frank Barron groß an und ging dann im Raum auf und ab. »Früher kann die ›Giesela Russ‹ nicht kommen . . . und höchstens einen Tag später; nicht aber drei oder vier Tage! Dann gilt sie als überfällig, und der Rummel ist vollkommen! Verdammt noch mal!«

Jack Crecco trank schon den vierten Kognak und lebte richtig auf. Er setzte sich auf die Lehne von Franks Sessel und spielte mit seinen kurzen, dicken Fingern.

»Es gäbe da einen Weg, Gentlemen, aber der ist ziemlich der einzige und verrückteste.«

»Und der wäre?« rief Frank Barron.

»Ihr holt das Mädchen mit dem Flugzeug ab.«

»Verrückt!« sagte Dr. Yenkins laut.

»Sage ich ja«, verteidigte sich Crecco.

»Woher das Flugzeug nehmen?«

Frank sah sich nach Yenkins um, der plötzlich stehenblieb.

»Und wo wolltet ihr auch landen?« sagte Crecco kleinlaut. »Wenn das dämliche Manöver nicht wäre, würde ich das Mädchen in die Staaten holen wie ein Paket Schmierseife. Aber so . . . « Er trank noch einen Kognak und unterdrückte ein lautes Rülpsen. »Ich könnte das Mädchen höchstens von der ›Giesela Russ‹ holen und mit ihr drei Tage auf See herumschaukeln, bis das Manöver zu Ende ist. Dann ist die Sache ein Kinderspiel. Aber dann muß die Kleine drei Tage und drei Nächte in einem Motorboot hausen – mit mir allein!« Er zwinkerte mit den Augen und tat sehr wichtig, obwohl jeder wußte, daß er Susanne nie anrühren würde. »Man muß dabei verdammt seefest sein«, fügte er hinzu. »Für Säuglinge mit schwachem Magen ist das nichts . . .«

»Für Susanne auch nicht«, sagte Frank Barron.

»Ach, Susan heißt der Käfer?« Jack Crecco schob Frank ein neues Glas Kognak hin.

»Trink, my Boy – wenn dir der alte Jack nicht helfen kann, hast du einen Kognak nötig!«

Dr. Yenkins wanderte wieder im Zimmer hin und her. Er war völlig in Gedanken versunken. Crecco stieß Frank an und meinte: »Der knobelt wieder was aus! Wetten, daß er einen Weg findet?«

»Hoffentlich«, sagte Frank schwach. »Hoffentlich, Jack!«

Dr. Yenkins blieb plötzlich stehen und sah die beiden groß an, als erwache er aus einem Traum.

»Gehen wir, Frank«, sagte er mit müder Stimme. »Irgendwie bekommen wir deine Braut schon in die Staaten. Und wenn Crecco zu feig ist . . . «

»Halt's Maul!« schrie der Gangster aufgeregt. »Ich lasse mich nicht in sinnlose Unternehmen ein! Ich mache nur was sicher ist! Mein Hals ist mir lieber als eure Susanne.«

»Du hörst noch von uns, Crec«, meinte Dr. Yenkins und winkte Frank zu, der sich erhoben hatte. »Und jetzt führe uns aus deinem Rattenloch wieder heraus, alter Junge. Hätte nicht gedacht, daß du mich mal sitzen läßt . . .«

Beleidigt schob sich Crecco an den beiden Männern vorbei und übernahm die Führung durch das unübersichtliche Kellergewölbe. Am Ausgang des Lagerschuppens gab er ihnen die Hand und sah sich nach allen Seiten sichernd um.

»Wo kann ich euch erreichen, wenn mir etwas einfällt?« sagte er leise.

»Cleveland, 3 46 72.«

»Und in New York?«

»Idiot!« knurrte Dr. Yenkins. »Wie immer unter der Nummer meiner dortigen Kanzlei.«

»Ist gut, Gentlemen.« Jack Crecco schob die beiden Männer aus der Tür und schloß hinter sich ab. Dann tappte er durch den schwach erleuchteten Gang zurück und schaute an der Rückseite des Schuppens aus einem Fenster über das träge Hafenwasser.

»Sauerei«, sagte er wütend und spuckte hinab ins Wasser. »Der ganze Beruf macht manchmal keinen Spaß mehr . . .«

Dr. Yenkins stieg außerhalb der Gassen wieder in den Wagen, den sie sich geliehen hatten, und blieb dort sitzen, ohne den Motor einzuschalten. Er sah vor sich hin und schien wieder in Gedanken versunken zu sein.

»Du hast auch keine Hoffnung, was, Percy?« riß ihn

Frank in die Wirklichkeit zurück. »Es wird so kommen, wie ich sagte. Susanne kommt in New York an, wird entdeckt, ins Gefängnis gesteckt und wieder abgeschoben! Und in Deutschland wird man sie wegen illegaler Auswanderung anklagen und noch einmal einsperren! Aber das sage ich dir gleich: Dann mache ich nicht mehr mit! Dann kann der ganze Laden hier zum Teufel gehen. Ich fahre zurück nach Deutschland und verzichte auf den Oberingenieur bei der Ohio Steel Company! Susanne ist mir wichtiger als dieser Posten.«

»Nun red keinen Blödsinn«, fuhr ihn Dr. Yenkins barsch an.

»Du bleibst in Cleveland, und deine Susanne kommt ins Land. Wie, das werden wir schon sehen! Und wenn man deine Braut wirklich einsperrt, dann wird sie Crecco eben dort herausholen! Das kann er auch! Laß das Mädchen erst einmal am vierzehnten in den Hafen von New York schlingern. Das andere machen wir dann . . .«

Frank Barron glaubte nicht an diese Worte. Seine Enttäuschung war riesengroß. Selbst Crecco, der mit allen Wassern gewaschen war, wußte keinen Weg. Wie konnte dann Dr. Yenkins etwas erreichen? Die Paragraphen waren eben doch stärker. In Amerika wie auch in Deutschland. Darin waren sich beide Länder gleich. Und der Mensch, der zwischen diesen Paragraphen saß, wurde zermahlen, und seine Schreie hörte man nicht; sie gingen unter im Schnaufen der Beamtenmaschinerie.

Bedrückt flogen sie noch am selben Abend zurück nach Cleveland. Vor dem Apartmenthaus setzte Dr. Yenkins Frank Barron ab.

»Du kommst nicht mit rauf, Percy?« fragte Frank, als er sah, daß Yenkins sitzen blieb.

Der Rechtsanwalt schüttelte den Kopf.

»Nein. Entschuldige bitte. Aber ich will noch die verrücktesten Mittel ausschöpfen, die es gibt, um ans Ziel zu kommen. Ich habe noch etwas vor, und erst wenn meine letzte Idee versagt, stehen wir wirklich am Ende unserer

Kunst und müssen die Entscheidung dem Zufall überlassen.«

»Das habe ich bereits«, sagte Frank geknickt.

»Siehst du.« Dr. Yenkins klopfte ihm auf die Schulter. »Darum gehst du jetzt schön ins Bett und ruhst dich aus. Du brauchst Kraft, mein Bester! Vielleicht müssen wir diese Nacht noch nach Akron. Und da heißt es wach sein!«

»Ich verstehe dich nicht«, sagte Frank erstaunt.

»Später, mein Lieber, später . . . . Vielleicht geht es ganz schnell und ich hole dich bald aus dem Bett! Ich hupe dreimal vor deinem Fenster, dann ist alles in Ordnung, und du kommst sofort herunter.«

Frank sah Dr. Yenkins noch einen Moment überrascht nach, als dieser seinen Wagen startete und sehr schnell davonfuhr. Dann schüttelte er ungläubig den Kopf und fuhr mit dem Fahrstuhl zu seiner Wohnung hinauf.

Mißmutig saß Frank eine Weile unschlüssig auf seiner Couch. Er konnte nicht schlafen, das fühlte er. Dazu trieb ihn die Unruhe zu sehr. Plötzlich hatte er eine Idee. Er griff zum Telefonhörer und wählte die Nummer von Jeff Rider, einem Arbeitskollegen von der Ohio Steel Company, mit dem er sich im Laufe der Zeit etwas angefreundet hatte.

Dieser Jeff Rider war wie er ein ausgezeichneter Ingenieur und in der Firma bekannt wegen seines seltenen und interessanten Hobbys. Er war Amateurfunker und besaß eine Funkanlage, um die ihn manche Profis beneideten.

Als Jeff sich meldete, war Frank zunächst etwas verlegen.

»Entschuldige, wenn ich so spät noch anrufe. Ich habe eine ganz dringende Bitte. Ich brauche deine Hilfe als Funker.«

»Nanu, wem willst du denn zu so später Stunde noch eine Nachricht übermitteln? Etwa dem KGB in Moskau? Mit dem stehe ich sowieso ständig in Verbindung«, alberte Jeff durchs Telefon.

»Ehrlich, Jeff, mir ist nicht zum Scherzen zumute«, sagte Frank.

»Schon gut, schon gut«, beschwichtigte Jeff. »Klar helfe ich dir. Setz dich ins Auto und komm her. Wir werden dann sehen, was ich für dich tun kann.«

»Ich danke dir, Jeff«, erwiderte Frank. »Weißt du, es handelt sich nämlich um meine Braut. Ich habe dir ja schon erzählt, was es für Schwierigkeiten gibt. Und jetzt hat sich . . . «

Jeff unterbrach seinen Freund: »Nun red nicht so lange und komm schon. Ich warte auf dich. Alles andere kannst du mir später erzählen. Bis gleich.«

Frank legte auf, zog seinen Mantel an und verließ eiligst die Wohnung. Vor dem Haus winkte er sich ein Taxi heran und traf schon zwanzig Minuten später vor dem Apartmenthaus, in dem Jeff Rider wohnte, ein.

Jeff erwartete ihn bereits.

»Um was geht es denn? Trink erst mal in Ruhe einen Whisky. Du bist ja ganz aus dem Häuschen«, wollte Jeff beschwichtigen.

»Nein, danke. Sei nicht böse, aber mir ist die Sache so furchtbar wichtig. Außerdem eilt es. Du kannst doch mit deiner guten Anlage einen weiten Radius empfangen, nicht wahr?« fragte Frank hoffnungsvoll.

»Kommt drauf an, wohin?«

»Ich hätte gerne eine Verbindung mit einem Schiff auf hoher See.«

»Schwimmt deine Susanne wohl schon auf dem Atlantik, was«, meinte Jeff neckend.

»Ja.«

»Donnerwetter.« Jeff war ehrlich erstaunt. »Ich denke, ihr habt keine Auswanderungsgenehmigung bekommen. Na, dann hat es ja doch geklappt. Gratuliere!«

»Susanne hat kein Visum und keine Genehmigung. Sie ist illegal auf das Schiff gekommen und muß illegal hierher geschafft werden. Aber das ist eine andere Geschichte. Ich muß Susanne erreichen. Ihr sagen, daß ich auf sie warte. Daß ich stolz auf sie bin, daß sie den Mut nicht verlieren soll, weil wir ihr helfen werden. Und daß ich sie liebe . . . «, fügte Frank leise als letztes hinzu.

»Na, das sind ja tolle Geschichten, die ihr da macht.« Jeff schaute halb besorgt, halb belustigt auf Frank, der mühsam um Fassung rang. »Eure zarte Liebesgeschichte klingt mehr wie ein spannender Kriminalroman«, sagte Jeff kopfschüttelnd. »Aber ich versteh' schon, also komm mit. Wollen sehen, was ich erreichen kann. Meine Frequenzen gehen noch nicht allzu weit. Und gerade aufs offene Meer hinauszufunken, ist ein echtes Problem. Insbesondere, wenn man keine exakten Bestimmungsdaten hat.«

Frank folgte Jeff in dessen selbsteingerichteten Funkraum.

»Wie heißt das Schiff?« fragte Jeff und setzte sich den Kopfhörer auf.

Frank fühlte, wie ihm der Schweiß vor Erregung ausbrach. Er lehnte sich gegen die Wand des kleinen Funkraumes und starrte auf die Hände, die die Sendetaste hielten.

»›Giesela Russ‹«, stotterte er verwirrt. »Du weißt ja, Susanne Braun heißt sie . . .«

Jeff nickte und rückte die Tasten.

»Okay! Und wenn ich den Pott habe, sagst du mir, was ich rüberfunken soll. Aber nicht mehr als eine Minute. Wenn die ganze Sache so heiß ist, wie du geschildert hast, darf uns auf keinen Fall die Küstenwache anpeilen können. Sonst ist es aus mit deinem Baby.«

Frank nickte. Er bebte vor Erregung. Wie gespannt schaute er auf die flinken Finger des Freundes, der den Äther abtastete und hinausrief: Giesela Russ - - - meldet euch - - - Schiff Giesela Russ - - - Kurs New York - - - meldet euch - - - Dringend! Schiff Giesela Russ - - - meldet euch - - -.«

Dann warf Jeff den Hebel auf Empfang und wartete . . . Nichts.

Die Sekunden tropften wie feurige Steine auf Frank herab. Er rang die Hände und merkte, daß sie schweißnaß und klebrig waren.

Der Hebel flog auf Senden.

›Giesela Russ - - - Kurs New York - - - meldet euch. - - Schiff Giesela Russ - - - meldet euch‹

Hebel auf Empfang.

Stille. Völlige Stille. Nur der Strom brummte in den schwarzen Kästen in der Ecke des Raumes.

Jeff wandte sich schnell um und sah Frank erstaunt an.

»Meldet sich keiner! Hast du dich auch nicht vertan mit dem Namen? ›Giesela Russ‹?«

»Nein!«

»Merkwürdig.«

Jeff tastete noch einmal den Äther ab und rief den Namen des Schiffes. Und wieder meldete sich niemand. Da warf er den Hebel herum und nahm seinen Kopfhörer ab.

»Tut mir leid, Frank, aber das Schiff antwortet nicht.«

»Aber das Schiff gibt es, Jeff! Ich habe doch ein Telegramm von Bord der ›Giesela Russ‹ bekommen!« schrie Frank unbeherrscht. Jeff zuckte mit den Schultern.

»Vielleicht schläft der Funker in der Bude . . . das soll vorkommen. Versuchen wir es vielleicht noch einmal am Tag?«

»Dann ist es zu spät. Bestimmt ist es zu spät«, stöhnte Frank. Er lehnte sich an die Wand, alle Farbe war aus seinem Gesicht gewichen. Seine letzte, plötzlich aufgeflammte Hoffnung, Susanne zu fragen, war zerstört, und mit ihr auch seine Widerstandskraft gegen das grausame Schicksal.

Wortlos schwankte er aus dem Funkraum hinaus. Mitfühlend legte Jeff ihm die Hand auf die Schulter. »Tut mir so leid, daß ich dir nicht helfen konnte. Aber ich muß vorsichtig sein. Sonst fliegt die ganze Sache auf, und das wäre doch das Schlimmste. Komm morgen wieder. Ich probiere es dann noch einmal. Vielleicht haben wir mehr Glück, und es klappt.«

Frank nickte. Jeffs Trost konnte ihm das Gefühl der totalen Hoffnungslosigkeit jedoch nicht nehmen. Er verabschiedete sich und fuhr zu seiner Wohnung zurück.

In seinem Zimmer sank er in den Sessel, der am Fenster stand. Wo mochte Dr. Yenkins jetzt sein, grübelte er. Alles ging schief. Es dauerte nicht mehr lange und das Schiff kam in den Bereich der Drei-Meilen-Zone. Dann würde man Susanne schon mit den Lotsen von Bord holen, und sobald die Polizei sie erwischte, war sie verloren.

Der Gedanke ließ ihn aufstöhnen. Es war ein Stöhnen der vollkommenen Ohnmacht und der Verzweiflung. Frank stützte den Kopf in beide Hände und starrte vor sich auf das Muster des Teppichs. Es war ein Buchara-Muster, fein geknüpft und handverknotet.

Er wartete.

Auf was, das wußte er nicht. Vielleicht auf ein Wunder?

Es soll Wunder geben, wenn man fest an sie glaubt, dachte er plötzlich. Dann lächelte er darüber, und es war ein schmerzliches Lächeln, das über seine bleichen Züge glitt.

Wie oft hat man von ›umkämpfter Liebe‹ gesprochen, dachte er. Wie oft hat man darüber gelächelt. Und jetzt ist die Wahrheit noch viel, viel härter als alles, was man über den Widerstand des Schicksals gehört hat.

Frank Barron trat an das Fenster und schaute hinaus. Hell lag die Straße vor ihm. Von Yenkins noch keine Spur. Ob er etwas erreicht hat, dachte er. Ob er heute noch wiederkommt?

Es ist doch gut, daß der Mensch die Hoffnung nie aufgibt . . .

Das Telefon schellte.

Percy – durchfuhr es Frank, und mit einem Satz sprang er zum Telefonapparat und meldete sich.

Es war wirklich Percy Yenkins.

»Mach dich bereit, Frank, heute nacht noch nach Akron zu fahren, und nimm einen festen und dicken Anzug mit.«

»Wieso? Willst du mit mir zum Nordpol weiterfahren?«

»Nicht ganz so weit! Aber es wird kühl werden diese Nacht.«

Yenkins lachte. »Frank, du bist noch nicht lange genug in Amerika, um unser Tempo zu kennen und zu verstehen. Was du diese Nacht erleben wirst, wird echtes USA-Tempo sein! Aber nun komm, Frank, red nicht zu viel, sondern beeil dich. – Wir haben keine Zeit zu verlieren.«

»So schnell auf einmal?« Frank war verwirrt.

»Ja. Ich fahre jetzt sofort los. Allerdings muß ich noch eben ein paar kleine Sachen erledigen. Wird aber schnell gehen. Dann hole ich dich ab. Und mach dir keine Gedanken, ich habe bei deinem Chef für dich einen Sonderurlaub bis zum 20. herausgeschlagen. Aber jetzt laß uns Schluß machen. Ich muß mich beeilen. Bis gleich also. Bye!«

Gedankenvoll legte Frank den Hörer auf. Er ging in sein Schlafzimmer, packte einen kleinen Koffer mit der nötigsten Wäsche, zog sich einen dunklen Fresco-Anzug an und wartete dann auf das Erscheinen von Dr. Yenkins.

Immer und immer wieder las er im Schein der Tischlampe das Telegramm Susannes.

Ein glückliches Lächeln umspielte seinen Mund.

»Einen Kuß für Frank von Susanne«, sagte er leise und strich mit den Fingern über das zerknitterte Papier. »Einen Kuß . . . ich will dir ein ganzes Leben dafür danken . . . «

18

Noch immer lag der weite Atlantik vor dem Kiel der ›Giesela Russ‹. Nachdem das Schiff die Azoren hinter sich gelassen hatte, nahm es geraden Kurs auf New York. In den langen Wellen des Meeres schaukelte es träge hin und her. Die Passagiere hatten großes Glück mit dem Wetter. Es hatte bis jetzt noch nicht einen Tag geregnet. Auf Deck sonnte und räkelte man sich in der Sonne, und aus einem riesigen Lautsprecher wurden die neuesten Schlager der amerikanischen Radiogesellschaften und die Nachrichten aus Deutschland und den USA übertragen.

Susanne hatte alle Hände voll zu tun, als Stewardeß die Wünsche der Passagiere zu erfüllen. Hier einen Eiskaffee, dort einen Syphon mit Whisky, der eine wollte einen Cobbler blanche, der andere einen Cocktail mit Früchten. Stunde um Stunde jagte sie hin und her, über das Sonnendeck zum Zwischendeck, vom Zwischendeck zum Kiel, von dort quer über das Schiff zum Heck. Dann wieder hinab zur Küche, wo Jim sie jedesmal mit schmachtenden Augen empfing, und wieder hinauf zum Sonnendeck und den wartenden Gästen.

Und immer lächeln. Immer freundlich sein. Immer nicken, nette Antworten geben, nichts vergessen und Namen behalten, die ihr fremder waren als der Urtext der assyrischen Keilschrift von Babylon. Die Füße taten ihr schon nach drei Stunden weh. Nach vier Stunden zitterten die Hände, wenn sie ein Tablett hielt, nach fünf Stunden hatte sie Augenschmerzen und Ohrensausen. Und immer weiter bedienen, immer treppauf, treppab . . . lächeln, freundlich sein . . . auf jeden Wink zur Stelle sein. Und die Sonne schien vom Himmel und dörrte die Kehle aus.

Am Abend sank sie dann nach dem Abendessen mit Professor Krausz und Kapitän Brake todmüde in ihre Koje, kroch mit letzter Kraft in ihre Hängematte und ließ sich in einen tiefen, traumlosen Schlaf schaukeln.

Oft hatte ihr der Professor angeboten, diese Verpflichtung aufzugeben – aber mit dem Willen, sich nichts schenken zu lassen und ihr Versprechen auf jeden Fall zu halten, lehnte sie sein großzügiges Angebot ein ums andere Mal ab und nahm am nächsten Morgen den schweren Dienst wieder auf. Pit und Johnny halfen ihr so gut es ging, nahmen ihr manchen Weg ab, füllten die Drinks in die Gläser, die sie eigentlich selbst zu bereiten hatte, reichten sie hinüber, so daß sie sie nur noch zum Gast zu tragen brauchte. Und doch war es für Susanne mehr als eine Strafarbeit, die ihren zarten Körper, trotz der in ihm wohnenden Energien, sichtlich schwächte.

»Der Alte ist verrückt«, sagte eines Abends Pit zu Johnny und Jim. »Läßt die Susanne vor die Hunde gehen! Und das arme Ding hat einen Dickkopf und macht das mit! Jim, du Holzklotz, fordere sie doch für deine Küche an.«

»Das will sie ja gar nicht«, sagte Jim resignierend. »Sie könnte bei mir wie im Paradies leben.«

»Vielleicht kann ich sie für die Mannschaftsküche kriegen?« meinte Pit. »Kartoffeln schälen – das ist nicht schwer. Und unsere Wäsche stopfen, das kann sie auch im Sitzen. Dabei ruht sie sich vielleicht ein wenig aus. Werde schon dafür sorgen, daß sie keine Berge zum Stopfen bekommt . . .«

Johnny übernahm es, Kapitän Brake von dem Wunsch der ›gesamten Mannschaft‹ zu unterrichten. Kim Brake schaute Johnny groß an und nickte. »Von mir aus braucht das Mädel überhaupt nichts zu tun, aber sie will ja arbeiten!«

»Um so besser, Käpt'n.« Johnny strahlte über das ganze Gesicht. »Dann können wir sie also haben?«

»Von mir aus. Wenn sie will.«

»Danke, Käpt'n.«

Er rannte die Treppen von der Brücke polternd hinab und schnappte sich Susanne, die gerade einen Gin Tonic zum Sonnendeck brachte.

»Schmeiß die Soße ins Meer, Kleene«, schrie er. »Et is Schluß mit der Bedienerei! Jetzt kommst du zu uns und päppelst uns hoch! Wat, da staunste? Komm mit – wir warten schon alle auf dich.«

Und wieder verrann ein Tag auf dem Atlantik. Susanne

saß am Heck an der Reling, schaute auf den Schaum, den die Schiffsschrauben verursachten, indem sie das Meer aufpeitschten, und nähte den Matrosen Knöpfe und Laschen an die Unterhosen. Dem einen setzte sie einen neuen Hosenboden ein, dem anderen erneuerte sie den Zwickel, der dritte hatte sich die Knie durchgewetzt . . . die Nadel fuhr durch den Stoff, während die Haare im Wind flatterten und die Musik, die vom Sonnendeck herüberwehte, gab den Rhythmus an, mit dem Susanne die Nadel durch den Stoff zog.

Das war ein Leben – so richtig gemütlich. Gerade so, wie es sich ein junges Mädchen wünscht, wenn es auf großer Fahrt ist.

Morgens und abends schälte sie in der Mannschaftsküche Berge von Kartoffeln, und es hieß schon am ersten Tag unter den Matrosen, daß die Kartoffeln auf einmal viel besser schmeckten. Das war natürlich Dummheit, aber Susanne freute sich darüber, daß alle auf dem Schiff ihr freundlich gesinnt waren und keiner darunter war, der sie anfeindete. Selbst Kapitän Kim Brake brachte ihr am Abend seine alte Seewetterjacke, mehrere Pfund schwer, und bat sie, ihm einen Knopf daran zu nähen, der beim letzten Sturm verlorengegangen war. Sonst hatte er dies immer allein getan oder Johnny, den Allerweltskerl, damit beauftragt – jetzt aber hatte man eine ›Seemannsfrau‹ an Bord, die für solche Dinge sorgen wollte . . .

So verging die Zeit , und man fuhr durch die leise bewegte See. Wenn die Dunkelheit sich über das Schiff senkte und aus den Kabinen und dem Speisesaal die Lichter über das schwarze Wasser flimmerten, wenn die ›Giesela Russ‹ wie ein Lichtermeer durch die Nacht glitt und aus den Passagierräumen die Musik der Radios klang, saß Susanne meist allein vorne am Bug des Dampfers und starrte auf die Wellen, die der spitze Kiel zerteilte.

Schwarz dehnte sich vor ihr der Atlantik. Weit vorne, unsichtbar, lag der Horizont. Dort schienen Himmel und

Meer aufeinanderzustoßen, und dort sollte auch eines Tages der helle Streifen Land auftauchen, der immer näher und näher kam und eine neue Welt bedeutete, ein neues Land, ein fremder Kontinent . . . eine neue Heimat für Susanne und Frank.

Ob ich mich gut einleben werde? dachte sie und starrte in die Wellen, die am Kiel emporschäumten. Ob ich diesen fremden Lebensrhythmus verstehe, von dem der gute Professor sprach? Dort in den USA ist alles so anders. Dort kennt man keine Ideale mehr, sondern nur den Wert des Dollars. Dort heißt es nicht, was kannst du, sondern was verdienst du! Und wie man sein Geld verdient – das ist egal. Die Hauptsache ist, das Bankkonto ist voll und wächst und wächst. Je mehr Dollars in der Tasche klimpern, um so höher steigt man in der Achtung. Was nützt da ein Studium, was das Ideal, Großes leisten zu wollen. Der Mann, der mit Streichhölzern ein Vermögen erkaufte, ist mehr als der Professor, der jahrelang hungernd in endlosen Nächten entdeckte, daß die Inschrift in einem alten Stein von versunkenen Kulturen längst vergessener Völker kündet.

Susanne stützte den Kopf in beide Hände und zog die Schultern etwas nach vorn, weil sie im Zugwind fröstelte.

Ob ich Heimweh nach Deutschland haben werde? grübelte sie.

Ob ich sie sehr vermisse . . . die deutschen Tannenwälder, die schmucken Fachwerkhäuser in den Dörfern, die deutschen Volkstrachten und die herrlichen Lieder? Ob ich mich zurücksehnen werde zu den stillen Bergseen der Alpen und den geheimnisvollen Tälern des Schwarzwaldes? Ob ich es sehr vermisse, nicht mehr den Rhein zu sehen mit seinen alten, verfallenen Burgen und den lustigen Weinkneipen, dem Siebengebirge und der Lorelei? Es wird eine schwere Zeit werden, die ersten Monate und vielleicht auch Jahre, bis man gelernt hat, daß auch der Strand von Miami so schön ist wie der von Norderney, oder die Wälder an den Hängen der Rocky Mountains die gleichen Tannen haben wie die grünen Hügel des Sauerlandes. Und auch in New York und Cleveland wird es nicht anders sein als in Köln oder Berlin, Hamburg oder München. Autos werden durch die Straßenschluchten fegen, die Lichtreklamen der Geschäfte und der Theater werden am Abend wie ein buntes Märchen sein, und die Masse der Menschen, die aus den Kinos strömt, wird genauso erfüllt von einem Film sein wie der kleine Peter Maier oder der lange Gottfried Schulze vor dem Urania-Palast in Bremen.

Und doch ist es ein fremdes Land. Ist es nicht die Heimat, nicht der Boden, auf dem man als Kind spielte und mit seinem kleinen Blechschäufelchen den Sand durchwühlte, um Backe-Backe-Kuchen zu spielen oder Burgen zu bauen. Und die Straßen, durch die man stolz den ersten Puppenwagen schob und sich von den Nachbarskindern bewundern ließ, sind nicht die gleichen wie die Rolls Road in Chicago oder die Fifth Avenue von New York. Auch wenn Frank da war, wenn man glücklich lebte und einmal selbst ein Kind hatte, das im Sand spielte – es bleibt in der Ferne die Heimat . . . es blieben die dunklen Wälder und die klaren Seen, die leuchtenden Bauernhäuser und der bürgerliche Reichtum der Städte. Es blieb auch immer die Sehnsucht, einmal zurückzukommen und die alten Straßen noch einmal zu sehen. Ach, Frank . . . warum denke ich daran. Ich will doch nicht weinen und will froh und fröhlich zu dir kommen. Nur . . . es ist so schwer, allein mit dir in einem fremden Land, in einer neuen Welt zu sein.

Regungslos sich gegen den dunklen Himmel wie eine geschnitzte Bugfigur abzeichnend, saß sie an der Reling und starrte ins Meer.

Ich werde sehr stark sein müssen, dachte sie.

Ich werde Frank nie zeigen dürfen, daß ich Heimweh habe.

Immer werde ich mit ihm lachen. Werde immer lustig sein.

Nur wenn er weg ist, will ich ein wenig weinen, in mich gehen, wenn ich an Deutschland denke. Ganz still für mich. Und dann werde ich hinausgehen in die Sonne und den weiten Garten und werde an den Rosen riechen, die den Balkon hinaufranken.

Rosen wie in der Heimat. Blaßrote, weiße und gelbe.

»Ich will kein Heimweh haben«, sagte sie halblaut in das Rauschen der Wellen hinein und fühlte doch, wie ihr die Tränen über die Wangen liefen. »Ich will doch stark und mutig sein . . . «

Unter Susannes Füßen rauschte der Atlantik. Wie ein Pflug durchschnitt der Kiel die weite, leicht bewegte Fläche.

Seufzend erhob sich Susanne, um in ihre Kabine zu gehen. Morgen sieht alles bestimmt schon wieder ganz anders aus, dachte sie. Jetzt bloß nicht mutlos werden. Ich wünsche mir ja nichts sehnlicher, als bei Frank zu sein. Er wird mich mein Heimweh schnell verschmerzen lassen. Liege ich erst in seinen Armen, werde ich bestimmt alles vergessen, was mich jetzt noch traurig macht. Ach, könnte Frank doch sofort bei mir sein. Susanne blickte wehmütig zum Horizont, dorthin, wo sie weit in der Ferne Amerika vermutete. Wie lange würde es noch dauern, bis sie ihr Abenteuer überstanden hatte? Wie gut, daß man nie wußte, was das Schicksal einem bescherte.

In solche Gedanken versunken, stieg Susanne die schmale Eisentreppe zum Mannschaftslogis hinunter. In dem engen Flur, von dem aus auf beiden Seiten viele schmale Türen zu den Mannschaftsräumen führten, brannte nur noch die schwache Notbeleuchtung. Susannes Kabine befand sich fast am Ende des langen Ganges. Zu dieser Abendzeit war es hier unter Deck still. Die nicht wachhabenden Matrosen lagen bereits auf ihren harten Pritschen und schliefen. So war Susanne sehr erstaunt, sogar ein wenig erschrocken, als sie plötzlich hinter sich Schritte hörte. Irgend jemand schien ihr zu folgen; er ging gerade die Eisentreppe herunter. Susanne wollte rasch in ihrer kleinen Notunterkunft verschwinden, da vernahm sie ihren Namen.

»Susanne!«

Es mißfiel ihr zwar, daß der Unbekannte sie lediglich mit ihrem Vornamen anrief, aber sie wollte nicht unhöflich sein. So wandte sie sich, wenn auch etwas unwillig, um. Vor ihr stand Karl Mater, der I. Funker der ›Giesela Russ‹.

»Nanu, so spät noch auf den hübschen Beinen«, grinste er Susanne an. »Ich dachte, Sie lägen schon längst in der Koje und würden von Ihrem Frank träumen.«

Es war ganz offensichtlich, daß der Funker getrunken hatte. Während er seine bissigen Bemerkungen losgelassen hatte, war er nahe genug an Susanne herangekommen, daß sie seine Alkoholfahne bemerken konnte. Doch völlig betrunken war Karl Mater nicht. Sein Annäherungsversuch erfolgte nicht unkontrolliert. Susanne beschloß, ihm zwar zu antworten, auf die Anspielungen aber erst gar nicht einzugehen.

»Es war noch so schön, oben an Deck. Ich hatte bisher nie die Möglichkeit, die weite See kennenzulernen. Die Überfahrt ist deshalb für mich ein großes Abenteuer. Um sie voll zu genießen, opfere ich gerne einen Teil meines Schlafs.«

»Was sollte ein hübsches Mädchen wie Sie auch die ganze Nacht lang allein im Bett machen?« fuhr der Funker mit seinen Anzüglichkeiten fort.

Susanne war verwirrt. Sie hatte mit einem Mal ein ungutes Gefühl. Sollte sie schreien – gar um Hilfe rufen? Aber sie wollte Karl Mater auch nicht bloßstellen. Die peinliche Angelegenheit sollte sich für ihn nicht zu einer Affäre ausweiten. Wie wäre es, wenn sie ihn einfach stehenlassen würde? Blitzschnell wollte sie sich umwenden, um zu ihrer Kabinentür zu gelangen. Aber der Funker vereitelte die Flucht, indem er Susanne, noch ehe sie den Drehknopf an der Tür betätigen konnte, am Arm faßte und unbarmherzig festhielt.

»Warum denn so eilig, Puppe? Da drinnen erwartet dich doch niemand, oder? Mußt doch schon lange keinen richtigen Mann mehr gehabt haben. Und da ich auch mal wieder auf eine Frau scharf bin, wären wir beide doch das ideale Paar für eine stürmische Nacht.« Karl Mater grinste frech und zog Susanne näher zu sich heran.

»Lassen Sie mich in Ruhe. Was fällt Ihnen denn eigentlich ein? Warum duzen Sie mich? Sie sind ja betrunken«, protestierte Susanne energisch. Gleichzeitig spürte sie, wie Angst in ihr emporklomm. Sie versuchte, sich loszureißen, doch der Funker hielt ihren rechten Arm fest, als wäre dieser in einen Schraubstock gespannt.

»Na, stell dich doch nicht so an. Soll ich glauben, daß du mit deinem Frank nur Händchen gehalten hast? Und wenn man erst auf den Geschmack gekommen ist, kann man es sich doch nicht auf einmal völlig verkneifen. Siehst du, ich habe als einziger von allen Männern hier an Bord deinen Notstand begriffen. Nun zier dich nicht wie eine heilige Jungfrau. Komm, laß uns in meine Koje gehen. Wetten, daß du deinen Frank schon nach ein paar Minuten vergessen haben wirst? Ich bin nämlich nicht nur für gutes Funken bekannt.«

Karl Mater lachte zweideutig und fuhr Susanne mit seiner Hand in die Bluse. Sie spürte, wie seine Hand ihre Brust umfaßte. Angewidert bog sie den Oberkörper weit zurück und stieß mit der Spitze ihres Schuhs gegen sein Schienbein. Für einen Moment war er verblüfft, doch sofort ging er zu einem neuen Angriff über.

»Warum wehrst du dich denn so, mein Vögelchen? Gehört das bei dir zum Vorspiel?« Der Funker hatte Susanne dabei fest in seine Arme gezogen, und ehe sie sich verteidigen konnte, fühlte sie seine fordernden Lippen auf ihrem Mund. Susanne wollte schreien, konnte jedoch nur ein schwaches Gurgeln von sich geben. Vor Entsetzen glaubte sie fast die Besinnung zu verlieren. Sie merkte, daß sie seinen Kräften nicht gewachsen war. Vorsichtig, um ihn nicht aufmerksam zu machen, legte sie ihren rechten Arm nach hinten und tastete mit der Hand nach dem Drehknopf. Es schien ihr eine Ewigkeit, bis sie ihn gefunden hatte. Blitzartig ein Dreh – die Tür ging nach innen auf, im gleichen Moment drückte Susanne ihre linke Handfläche von unten gegen das Kinn von Karl Mater, dieser taumelte einen Schritt zurück und löste dabei seine Umklammerung. Das nutzte Susanne. Sie sprang in die Kabine – doch es gelang ihr nicht mehr, die Tür zuzuschlagen. Karl Mater hatte seine Überraschung schnell überwunden und seinen Fuß dazwischengestellt.

Mit der Schulter warf er sich gegen die Tür, diese flog auf – durch den Aufprall taumelte Susanne nach hinten. Schon war Karl Mater in der Kabine, die Tür schloß er von innen zu.

Noch ehe Susanne überhaupt richtig begriffen hatte, was vorgefallen war, fühlte sie sich von dem Mann auf die Schlafstelle geworfen. Sein heißer, alkoholgeschwängerter Atem war über ihr. Sie spürte, wie er ihr unter den Rock griff und an ihrem Slip zerrte.

»Muß man dich zu deinem Glück zwingen, mein Schatz?« fragte er gierig.

Susanne wurde von Abscheu ergriffen. Wie automatisch krallte sie ihre Fingernägel in seine Wangen und zog sie mit aller Kraftanstrengung nach unten. Gleichzeitig stieß sie mit ihrem Knie zwischen seine Schenkel.

Karl Mater schnellte zurück. Tiefe rote Striemen zeigten sich auf seinem schmerzhaft verzerrten Gesicht.

Susanne erhob sich rasch und ging zur Tür. Jetzt wollte sie keine Rücksicht mehr nehmen. Karl Mater sollte sie nie mehr belästigen.

»Verlassen Sie sofort den Raum, sonst rufe ich nach dem Kapitän. Glaubten Sie wirklich, ich würde mit Ihnen schlafen? Haben Sie sich denn schon einmal im Spiegel betrachtet? Ich könnte mich ja gar nicht genug schütteln, um all den Ekel zu überwinden, den ich bei jeder Ihrer Berührungen empfände – lieber würde ich als Jungfrau sterben, als mich mit so einem Kretin wie Sie einzulassen. Und nun – raus!«

Der Funker duckte sich. Jeder dieser Sätze traf ihn wie ein Peitschenhieb. Er wußte, daß ihn die Natur benachteiligt hatte. Er war sicher keine Schönheit. Aber nie hatte ihn eine Frau so gedemütigt. Hatte ihm derart mitleidlos ihre Verachtung ins Gesicht geschleudert.

Langsam schleppte er sich zur Tür. Die Schmerzen zwischen seinen Beinen waren bei jedem Schritt spürbar. Diesmal mußte er aufgeben. Er durfte schon froh sein, wenn dieses frigide Aas dem Kapitän gegenüber schwieg.

Grußlos wankte er aus der Kabine. Aber auch seine Stunde würde einmal kommen.

Erleichtert warf Susanne hinter ihm die Tür ins Schloß und verriegelte sie gleich zweimal.

Jetzt erst spürte sie die Spannung, die auf ihr gelastet hatte. Nie hätte sie gedacht, daß ein Mensch so gemein sein könnte. Das Schönste, was Frank und sie verband, hatte dieser brutale Kerl zerstören wollen.

Aber durfte sie deshalb seine Existenz vernichten? Wenn sie den Vorfall dem Kapitän erzählen würde, wäre Karl Mater das letzte Mal zur See gefahren.

Susanne wollte keine Rache üben. Sie beschloß, Stillschweigen zu bewahren. Sollte Karl Mater nur eine Ausrede erfinden, um seinen Kameraden die Ursache der blutigen Striemen im Gesicht zu erklären.

Sie konnte nicht wissen, daß der Abgewiesene von dieser Stunde an auf Vergeltung sann. Und daß ihr Edelmut dem Funker eines Tages die Möglichkeit liefern sollte, ihr zu schaden . . .

19

Frank Barron brauchte nicht allzu lange zu warten. Nach kaum zwei Stunden sah er durch sein Fenster, wie draußen auf der Straße der schwere Wagen von Dr. Yenkins vorfuhr. Der Rechtsanwalt drückte dreimal auf die mehrstimmige Hupe. Barron nahm seinen Koffer in die Hand, warf sich schnell seinen gefütterten Trenchcoat über und eilte hinaus. Yenkins nickte ihm aus dem Auto zu und rief: »Schnell, lieber Frank – wir haben nicht viel Zeit. Wie ich dir sagte, wir müssen noch diese Nacht nach Akron.«

Er riß den Wagenschlag auf. Kaum daß Frank saß, ruckte der Wagen wieder an und brauste durch die stillen, nächtlichen Straßen aus Cleveland hinaus.

Im Schein der Armaturen und schwach erleuchteten Kontrolluhren stach Yenkins' Gesicht scharf und kantig von der Dunkelheit ab. Er hatte den Hut in den Nacken geschoben, eine Zigarette zwischen die Lippen geklemmt, und die Hände steckten wie üblich in seinen hellen Glacéhandschuhen. Frank Barron blickte hinaus auf das unter ihnen wegrasende Band der Straße und schüttelte den Kopf.

»Langsam sehe ich in allem keinen Sinn mehr, Percy«, meinte er zu dem schweigenden Yenkins. »Was sollen wir in Akron?«

»Bekanntlich ist in Akron ein Flughafen«, sagte Yenkins und lächelte mit der Zigarette zwischen den Lippen.

»Ja und? Willst du mir Amerika bei Nacht aus der Vogelperspektive zeigen?«

»Das nur nebenbei! Wir werden auf dem Flugplatz eine Maschine der Ohio Steel-Werke startbereit vorfinden. McCray hat den Bordmechanikern und Piloten soeben telefonisch den Auftrag gegeben. Wir werden ein Wasserflugzeug nehmen, mit ausschwenkbaren Landrädern.«

»Verrückt.«

»Gar nicht! McCray war von meinem Plan begeistert und zögerte keine Minute, mir eine seiner Maschinen zur Verfügung zu stellen. Alles Weitere habe ich schon veranlaßt. Frag jetzt nicht. Du wirst schon sehen . . . «

Langsam begann es in Franks Kopf zu dämmern. Immer klarer sah er den verwegenen Plan Dr. Yenkins' vor sich. Neidlos bewunderte er ihn und erkannte, daß dieser

Mann in den gefährlichsten Lagen mehr Übersicht und Entschlußkraft hatte als er. Was er jetzt unternahm, grenzte an ein tollkühnes Kunststück, das in den USA ebenso selten war wie in dem guten, ruhigen, alten Europa.

»Du willst Susanne abholen?« fragte er den Rechtsanwalt atemlos.

Dr. Yenkins schüttelte zum größten Erstaunen Franks den Kopf.

»Nein, wir werden sie erst einmal besuchen«, antwortete er ein wenig ausweichend. »Hole ich Susanne mit dem Flugzeug in die USA, nimmt sie in Akron oder sonstwo die Polizei in Empfang, die jedes landende Flugzeug aus Richtung Küste unter die Lupe nimmt. Wir machen lediglich einen kleinen Ausflug und werden deine Susanne auf der ›Giesela Russ‹ besuchen.«

»Du bist ein toller Kerl – und ein unbezahlbarer Freund«, sagte Frank leise, aber eindringlich. Yenkins blickte ihn von der Seite an.

»Keine Komplimente, lieber Frank. Das schickt sich unter Freunden nicht. Ich tue nur, was ich kann, um zwei Menschen, die es verdienen, glücklich zu machen! Und außerdem imponiert mir deine verteufelte Susanne. Ihre Fahrt über den Ozean als blinder Passagier – das wäre eine Sensation für unsere Presse, wenn wir damit nicht alles verderben würden!«

Mit grell erleuchteten Scheinwerfern raste das Auto durch die Nacht. Die Bäume an den Seiten der Landstraße flogen wie Schatten an ihnen vorbei, und nur der Lichtkegel fraß sich zitternd durch die Dunkelheit, die hinter ihnen wieder zusammenschlug. Der Motor sang. Weich in der Federung schwang sich der Wagen über jede Unebenheit der Straße. Ein fahler Fleck am Horizont, der sich über den halben Himmel zog, deutete an, daß eine neue Stadt in der Ferne lag, der sie entgegenrasten.

An einer Kreuzung bog Yenkins ab und fuhr etwas langsamer durch einen kleinen Wald. Als sie aus ihm hinausfuhren, lag vor ihnen, schwach erleuchtet, ein weites Feld und an dessen Ende die Asphaltplatte der Rollbahn zum Starten und Aufsetzen der Flugzeuge. Weite Schuppen und Lagerhallen, mit Zeltplanen überzogene Maschinen und kleine rote Tankwagen standen vor dem hell erleuchteten Verwaltungs- und Kartenhaus. Vor dem Eingang der Haupthalle stand eine lange Bank, auf der einige Männer in Lederanzügen saßen und sich erhoben, als Yenkins' Wagen mit quietschenden Bremsen hielt.

»Hallo, Doc«, rief einer der Männer. »Steht alles bereit. Können gleich lospfeifen.«

Dr. Yenkins kletterte aus dem Wagen und nickte. »Sehr gut«, meinte er und tippte sich im Kreise umblickend an den Hut. »Ist mir zwar unangenehm, Leute, daß ihr des Nachts zu den Sternen hinaufklettern müßt, aber es geht nun einmal nicht anders. McCray hat mir aber zugesagt, daß ihr eine Sonderprämie erhalten werdet.«

»Ist schon okay«, meinte der erste Sprecher wieder. »Für 'ne Handvoll Dollar mehr fliege ich Sie zum Mond.« Er lachte dröhnend und ging der Gruppe voraus.

Seinen Koffer aufnehmend stolperte ihnen Frank Barron nach und sah bald vor sich in der Dunkelheit die Umrisse eines großen Flugbootes auftauchen, das sowohl auf dem Wasser wie auf festem Boden landen konnte. Mit abgeblendeten Lichtern stand der Flieger am Rande des Rollfeldes.

Dr. Yenkins kletterte als erster in die Maschine, ihm folgte Frank, dann kamen der Flugzeugführer, der Mechaniker, der Funker und ein Hilfsmechaniker. Drei Männer, die die Bremsklötze wegnehmen und das Flugzeug vom Boden aus einweisen mußten, blieben zurück.

In der weiten, mit weichen Ledersesseln ausgestatteten Kabine knipste Yenkins eine Taschenlampe an und nickte Frank zu.

»Da wären wir. Du wirst jetzt einen besonders komfortablen Nachtflug über die USA erleben. Habe keine

Angst, wenn es gleich einen Ruck gibt – dann schweben wir nämlich schon in der Luft, und aussteigen ist dann verboten.«

Frank lächelte nur schwach über diesen Witz und beugte sich zu dem runden Fenster vor.

Bei dem Lärm der startenden Motoren konnte man kaum merklich, vom Boden und nahm Kurs auf den Wald, sich, die Männer rissen die Bremsklötze weg – dann rollte die Maschine langsam an, hob sich dann sacht, kaum merklich vom Boden und nahm Kurs auf den Wald, aus dem Yenkins und Frank vorhin hinausgefahren waren.

Höher und höher stieg die Maschine, weit unter ihr lag jetzt der Flugplatz von Akron mit seinen kleinen Gebäuden, die bald nur noch Lichtkleckse waren. Dann tauchte im Dunst der Nacht das Lichtermeer der Stadt Akron auf. Grell erleuchtete Wolkenkratzer, die in die Wolken schienen, breite Bänder voller Lichterflut, Straßen und Plätze, ein riesiger, blitzender Diamant der Nacht . . .

Die Maschine zog eine weite Schleife über Akron und nahm den geraden östlichen Kurs. Die Motoren brummten jetzt leiser. Man merkte kaum, daß man flog. Bequem und leicht saßen Yenkins und Frank in ihren Sesseln.

»Mein erster Flug«, meinte Frank und starrte aus dem Fenster hinab auf die dunkle Landschaft unter ihnen, die nur ab und zu von Lichtpunkten unterbrochen wurde. »Es ist herrlich, so frei und unbeschwert über allem zu schweben.«

Dr. Yenkins nickte. Er blickte angestrengt auf eine Karte, die auf seinen Knien lag.

»Bei der Position, die die ›Giesela Russ‹ im Moment hat, müßten wir in zirka fünf Stunden da sein«, sagte er. Yenkins blickte auf und lächelte. »Was wird wohl deine Susanne sagen, wenn du so plötzlich aus dem Himmel vor ihre Füße fällst?«

»Susanne?« Frank sah vor sich hin. »Sie wird sagen: Nanu, du hast dich aber verändert. Das Geld hättest du

dir allerdings sparen können – mit der Bahn ist es nämlich billiger . . . «

Und Dr. Yenkins lachte und beugte sich wieder über
seine Karte. »Etwas anderes hätte ich auch von deiner Susanne nicht erwartet«, rief er lustig. »Ich glaube, die macht
aus dir einen mustergültigen Ehemann.«

20

Kim Brake stand auf der Brücke und hatte die neueste Po-
sitionsmeldung in der Hand, die Jens Vondel errechnet
hatte. Susanne Braun stand neben ihm und lieferte ihm
die Lederjacke, mit einem neuen, doppelt angenähten
Knopf ab.

»Jetzt dauert es nicht mehr allzu lange«, sagte er zu ihr
und fuhr mit der Hand über seinen ergrauten Schädel.
»Dann sehen wir die Freiheitsstatue vor uns, und der richtige Kampf beginnt erst. Bis jetzt haben Sie ein leichtes
Spiel gehabt, Susanne, und wir haben auch Ihren Frank
benachrichtigt. Ist erst aber einmal New York in Sicht,
dann kann Ihnen von uns keiner mehr helfen. Dann sind
Sie wieder der blinde Passagier, und zwar einer, von dem
wir keine Ahnung hatten, und der erst entdeckt wird,
wenn der Hafen in Sicht ist. Es kann dann viel Aufregung
geben, Susanne.«

»Ich fürchte mich nicht«, sagte das Mädchen fest.

»Man wird Sie unter Umständen tagelang verhören.«

»Das kann man, ich werde schweigen, bis Frank kommt
oder Professor Krausz mir weiterhilft.«

Kim Brake sah mit Bewunderung auf das schmale Mädchen, das soviel Energie ausstrahlte. »Ich will Ihnen beide
Daumen drücken«, sagte er herzlich. »Und die ganze
Mannschaft mit! Aber Sie dürfen sich nicht wundern,
wenn ich Sie vor den amerikanischen Kontrolloffizieren
hart anpacken werde. Sie sind immerhin ein mir unbe-
kannter blinder Passagier.«

»Verstehe, Käpt'n!« Susanne Braun sah Brake fest an. »Wenn ich bis zur Freiheitsstatue gekommen bin, dringe ich auch in die Freiheit ein.«

Ein summendes Geräusch ließ sie emporblicken. Noch über den Wolken, nur sichtbar zwischen der aufgerissenen Wolkendecke, kreiste ein Flugboot. Immer und immer wieder kurvte es um das Schiff herum, verlor an Höhe und kreiste dann, schräg auf der Seite liegend, um den Dampfer, niedrig genug, daß man die kleinen Fenster an der Seite des Rumpfes sehen konnte.

In der Funkbude der ›Giesela Russ‹ war Hochbetrieb. Immer und immer wieder beantwortete der II. Funker die Sprüche des Flugbootes, während Johnny, mit dickem Schweiß auf der Stirn, daneben saß.

»Jetzt haben sie 'se! Verdammt!« fluchte er. »Hat so ein Krüppel in Bremerhaven die Schnauze nicht halten können! Wat funkt der Bursche?«

Der II. Funker sah auf und las vor: »An das Schiff Giesela Russ: Ist Susanne Braun an Bord? Ist Susanne Braun an Bord? Meldet, ob Susanne Braun an Bord . . .« Der Funker drehte das Gerät auf Senden und antwortete dem Flugzeug.

»Himmel-Hosennaht und Schnauze!« schrie Johnny. »Jetzt geht die Kleine in die Verbannung! Wer der wat tut, dem polier ick die Fresse!«

Kim Brake und Jens Vondel, an ihrer Seite Susanne und Professor Krausz, sahen gespannt auf das Manöver, das sich ihren Augen bot. Das Flugzeug kurvte eine weite Acht, glitt dann zu Wasser, tanzte ein wenig auf den Wellen und schwenkte dann auf den Kurs der ›Giesela Russ‹ ein. Mit gedrosseltem Motor und schwach wirbelnden Propellern lief es auf das Schiff zu und gab durch rote Leuchtkugeln, die hoch in den blauen Himmel zischten, das Signal, das Schiff zu stoppen.

»Verflucht!« brüllte Kim Brake. »Die befehlen uns, zu halten! Bestimmt ein Polizeiflugzeug! Susanne – Sie verschwinden sofort unter Deck! Sie sind einfach nicht mehr da. Hier können uns die Brüder nichts wollen. Wir sind außerhalb der Drei-Meilen-Zone und daher unantastbar! Los, los – verschwinde . . . !«

Durch die Hintertür der Brücke rannte Susanne, gefolgt von Pit, die Eisentreppe hinunter, eilte durch unbekannte niedrige Gänge, klomm neue Leitertreppen hinauf und befand sich plötzlich im Maschinenraum. Ölverschmierte Heizer nahmen sie in Empfang, versteckten sie in einem leeren Frischwasserbunker und warfen ihr Brot und Wurst hinterher, falls der Aufenthalt länger dauern sollte. Das ganze Schiff schien wie ein einziger Mann zu sein – jeder wußte in diesem Augenblick, was er zu tun hatte, und fühlte sich mitverantwortlich, daß Susanne Braun nichts geschah.

»Ich bleibe hier stehen«, schrie Pit zu Susanne in den dunklen Bunker hinein. »Ich halte hier Wache. Und wenn einer kommen sollte, aus dem mache ich Gehacktes . . .«

Zitternd vor Aufregung kroch Susanne bis an den hinteren Rand des Kessels und setzte sich dann an die eiserne Wand. Das Herz klopfte ihr bis zum Hals, in den Schläfen summte und rauschte das Blut.

Mein Gott, betete sie heimlich, mein Gott, laß mich nicht jetzt schon scheitern. Mach, daß ich wenigstens Frank noch einmal sehen kann, ehe man mich nach Europa zurückschafft.

Beide Hände an das Herz gepreßt, lauschte sie, was draußen vor sich ging.

Aber es blieb still. Keiner kam in den Kesselraum – nur Pit hörte sie pfeifen und herumhantieren. Und das beruhigte sie sehr, so sehr, daß sie begann, neuen Mut zu schöpfen . . .

An Deck standen unterdessen Professor Krausz und Kim Brake an der Reling, während Jens Vondel das Anlegemanöver leitete. Als das Flugzeug längsseits der ›Giesela Russ‹ lag, wurde eine Tür herausgeklappt, und das Gesicht eines Mannes erschien in der Öffnung. Er ergriff das Seil, an dem er einen Laufsteg herüberzog, und dann betraten zwei Männer in hochgeschlossenen Trench-coat-Mänteln das Schiff, gingen auf den an seinen Ärmel-streifen erkenntlichen Kapitän zu und grüßten höflich.

»Entschuldigen Sie die Störung, Kapitän«, sagte der eine von ihnen und verbeugte sich. »Mein Name ist Dr. Percy Yenkins . . .«

»Oh!« rief Professor Krausz verwundert.

»Und dieser junge Mann hier –«, er wies auf den ande-ren Ankömmling, »– ist Ingenieur Frank Barron . . .«

Kapitän Kim Brake sagte zunächst nichts. Er blickte von einem zum anderen. Dann platzte er laut heraus, lachte, daß es über das ganze Deck schallte und die Passagiere auf dem Sonnendeck erstaunt den Kopf schüttelten.

»Frank Barron«, rief er und drückte den beiden die Hand. »Kinder – was waren wir doch für Idioten . . . !«

Als sich klappernde Schritte der Eisenleiter näherten, klopfte Pit an den Frischwasserkessel und nahm eine dicke Eisenstange vom Boden auf. Susanne kroch in sich zusammen, ihr stockte der Atem. Sie hielt sich beide Oh-ren zu, schloß die Augen und dachte nur eins: Das ist das Ende! Jetzt ist es vorbei! Es war alles umsonst!

Adieu, mein lieber, liebster Frank . . .

Pit schaute empor zu dem Deckeinschnitt, in den die ei-serne Leiter hineinragte. Dort erschienen erst zwei schwarze Schuhe, dann eine weiße Seemannshose. Der Käpt'n, natürlich der muß ja auch mit, dachte Pit . . . Dann stand Kim Brake im Kesselraum und schaute em-por. Dort erschien auf der Leiter ein älterer, seriös ausse-hender Mann, dem ein zweiter folgte, der sichtlich nervös und ungeduldig beim Herabsteigen schon in alle Ecken blickte.

Das ist er! dachte Pit und wiegte die Eisenstange in den Händen. Der scharfe Hund kann es nicht abwarten. Na, wir werden ja sehen . . .

Kim Brake trat zu Pit und klopfte ihm freundlich auf die Schulter.

»Na, Pit, wo ist Susanne?« fragte er väterlich.

Pit glotzte ihn dumm an und schüttelte den Kopf. »Was für eine Susanne? Wir haben doch keine Susanne an Bord?« meinte er vorwurfsvoll. Dabei warf er einen Blick auf die beiden Herren, die ihn gleichfalls anlächelten.

»Ach, nee!« Kim Brake lachte laut. »Wußte nicht, daß wir mit einem Geist zusammenlebten, und daß Unsichtbare Knöpfe annähen oder Kartoffeln schälen. Na los, mein Junge, wo hast du sie versteckt?«

»Vielleicht im meiner Tasche?« Pit wurde frech und hob die schwere Eisenstange. »Und wer mir in die Tasche greift, dem bumse ich eins auf den Schädel!« schrie er.

Die beiden unbekannten Männer traten vor dem wütenden Riesen ein wenig zurück, während der Kapitän weiter lächelte.

»Die beiden Herren wollen Susanne abholen«, sagte er begütigend. »Nun sag schon, Pit, wo Susanne ist . . .«

»Weiß ich nicht!« Pit lehnte sich gegen den Kaltwasserkessel und stierte die Gruppe vor sich an. »Sucht sie doch, ihr Polizeihunde . . . «

»Ach so!« Dr. Yenkins lachte befreit auf und trat näher. »Sie denken, daß wir von der Polizei kommen? Im Gegenteil. Wir sind hier, um Susanne vor der Polizei zu schützen. Ich bin Rechtsanwalt Dr. Percy Yenkins, und dieser Herr hier – Sie werden staunen – ist Susannes Bräutigam, Frank Barron.«

Ehe Pit eine Antwort geben konnte, ertönte im Inneren des Kessels ein lauter Schrei, die schwere Eisentür flog auf, ein zerzauster brauner Mädchenschopf fuhr heraus, und zwei Arme streckten sich den Männern entgegen.

»Frank«, schrie Susanne . . . »mein Frank . . .« Dann sank sie an der Kesselöffnung zusammen, und ihr Kopf fiel auf die Eisenplatte.

»Susanne!« Frank Barron war hinzugesprungen und zog das ohnmächtige Mädchen aus dem Kessel. Pit und Kim Brake packten mit an, während Dr. Yenkins danebenstand und auf sein Seidentaschentuch eine halbe Flasche Kölnisch Wasser ausschüttete. Damit rieb er Susanne die Schläfen ein und kühlte ihre Stirn.

Wie ein Kind trug Frank Barron Susanne auf seinen Armen und hastete mit ihr die steile Eisentreppe empor. Dabei stammelte er irre und unverständliche Worte, Kosenamen und Satzfetzen, küßte ihren leblosen Mund, ihre geschlossenen Augen, ihre braunen Locken und bettete sie dann oben an Deck in einen Liegestuhl, während Pit in die Küche raste und eine Kanne Wasser holte.

Als Susanne die Augen aufschlug und sich mit einem tiefen Seufzer dehnte, sah sie in die Augen Franks, der sich über sie beugte. Glücklich schloß sie rasch wieder die Lider und zog Franks Kopf zu sich hinab.

»Du bist da, Liebster«, flüsterte sie. »Endlich bist du da . . . es war so schwer . . . ich hatte solche Angst . . . immer vom ersten Tag an . . . aber keiner durfte es wissen oder sehen. Nun bist du bei mir, nun kann nichts mehr geschehen. Nun ist ja alles gut . . .«

Sie fühlte, wie er sie küßte, und empfand diesen Kuß wie einen Ruf zu einem neuen Leben. »Fahren wir jetzt zusammen nach Amerika?« fragte sie leise und streichelte Franks Haare. Dann klammerte sie sich an seinem Nacken fest und sah ihn groß an. »Kommst du mich abholen, Frank?«

Frank konnte nicht antworten. Seine Stimme versagte ihm vor Rührung und Glück. Aber seine Augen leuchteten und drückten in ihren Strahlen mehr aus, als sein Mund sagen konnte.

»Wir werden Susanne an Bord unseres Flugbootes nehmen«, erklärte Dr. Yenkins in diesem Augenblick Kim Brake. »Wir wassern dann wieder vor Atlantic City, außerhalb der Drei-Meilen-Zone, wo uns mit einem Motorboot ein gewisser Jack Crecco erwartet. Fachmann für Menschenschmuggel en gros und en detail!«

Frank hörte die Worte Dr. Yenkins und fuhr herum.

»Was sagst du da? Wir nehmen Susanne mit? Aber du hast doch gesagt . . . du wolltest doch nur . . . oh, Percy!«

Susanne begriff die Situation schneller als Frank. Jubelnd sprang sie auf Dr. Yenkins zu und umarmte ihn stürmisch. Dann wandte sie sich wieder zu Frank um und rief, alle Glückseligkeit der Welt in ihrer Stimme: »Mein Liebling! Ich komme mit! Jetzt sind wir zusammen. Endlich habe ich dich wieder!«

Dr. Yenkins ging zu Frank und nahm ihn am Arm.

»Entschuldige, Frank, ich wollte dir von all meinen Unternehmungen vorerst nichts erzählen. Es hätte dich ja doch zu sehr aufgeregt. Und für dieses Unternehmen braucht man nun einmal starke Nerven. Außerdem wußte ich ja nicht genau, was ich hier auf der ›Giesela Russ‹ vorfinde. Ob der Kapitän überhaupt einverstanden ist. Deswegen habe ich dir gegenüber nur von einem Besuch gesprochen. Mit Jack Crecco habe ich auch schon alles klargemacht. Der Bursche war, als ich noch einmal mit ihm telefonierte, doch bereit, uns gleich zu helfen. Die Sache ist nicht ungefährlich, aber jetzt müssen wir es wagen! Laß uns aber jetzt nicht noch mehr Zeit verlieren. Wir haben ja schließlich eine kleine Verabredung«, fügte er augenzwinkernd hinzu.

»Ach, Percy – wie soll ich dir je danken. Wie können Susanne und ich das jemals wieder gutmachen?«

»Schluß!« Yenkins winkte ab. Rührung überkam ihn, als er in die strahlenden Augen der beiden Verliebten blickte.

Im allgemeinen Trubel hatte niemand bemerkt, daß schräg unter ihnen auf der Treppe, die zum Mannschaftsdeck hinunterführte, der Funker Karl Mater hockte und mit schadenfrohem Gesicht und haßerfüllten Augen die Unterhaltung der Gruppe angehört hatte. Leise schlich er sich nun die Treppen hinunter, lief den Flur der Mannschaftslogis entlang und schlenderte dann, scheinbar gelassen, zum Funkraum, um den II. Funker abzulösen.

Inzwischen hatte Dr. Yenkins sich wieder zu Kapitän Kim Brake umgewandt.

»Was geschieht denn nun weiter mit Susanne, wenn ihr

sie vom Boot herunterhabt?«, fragte Brake den Rechtsanwalt.

»Sie wird bei mir am Erie-See wohnen, bis Professor Krausz es erreicht hat, daß sie bei ihm beschäftigt werden kann und Susanne offiziell ein Visum bekommt. Daß sie dann schon längst bei uns ist, hat nicht viel zu sagen.« Zu Professor Krausz gewandt, fuhr Yenkins fort: »Sie haben uns ja mit Ihrem Telegramm einen mächtigen Schrecken eingejagt. Als wir hörten, Sie brächten eine Assistentin aus Europa mit, schwammen uns alle Felle weg. Wer konnte ahnen, daß diese Assistentin bereits Susanne war.«

»Schicksal, meine Herren!« meinte Professor Krausz ernst. »Ich glaube an solche Fügungen! Über Susannes Unternehmungen stand ein guter Stern . . .«

»Und er wird den beiden auch weiter leuchten«, sagte Yenkins fest. »Eben – weil sie an das Glück glauben . . .«

Eine Stunde später war alles zur Abfahrt bereit. Johnny, Pit, der unglückliche Jim, dem die Tränen in den Augen standen, Kim Brake, Jens Vondel und Professor Krausz standen an der Reling und gaben Susanne und den beiden Männern die Hand. Es war ein Händedruck, wie er nur zwischen Menschen ausgetauscht wird, die wissen, was Freundschaft und Dank bedeutet. Etwas wie Trauer und Abschiedsschmerz klomm in Susannes Brust empor. Sie trat zu Johnny, Pit und Jim und umarmte sie.

»Ihr seid gute Jungs und fantastische Freunde«, sagte sie mit bebender Stimme, in der die unterdrückten Tränen mitschwammen. »Euch habe ich viel zu verdanken. Ohne euch wäre die Fahrt die Hölle gewesen. So wurde sie eine Fahrt, die ich nie vergessen werde.«

Jim wandte sich ab und rannte in seine Küche, ohne sich noch einmal umzusehen. Laut krachte die Tür zu. Johnny blickte zu Boden.

»Der heult jetzt«, sagte er selbst mit weinerlicher Stimme.

»Mensch, wäre ick doch jetzt uff'm Kurfürstendamm, statt uff diesem Pott! Susanne, mach's gut und schreib auch mal. Dat interessiert uns doch, wie du et in USA jetroffen hast . . . «

Pit nickte. Der lange wortkarge Mann schluckte tief und preßte die Lippen fest aufeinander.

»Jo«, knirschte er. »Schreib mal, Susanne. Und alles Gute, Susanne. Vergiß uns nicht ganz.« Dann versagte auch ihm die Stimme, und er trottete weg, ein Riese, der vor Trauer den Kopf hängen ließ.

»Wir sehen uns in fünf Tagen wieder, Susanne«, sagte Professor Krausz. »Ich komme zu unserem Freund Yenkins hinaus. Und Sie, lieber Frank Barron, stehen jetzt unter Beobachtung! Wenn Sie unsere Susanne nicht glücklich machen, werden Sie von uns allen zerrissen! Denn Susanne ist unser aller Schützling – wir alle sind für sie verantwortlich.«

»Das will ich wohl meinen«, sagte Jens Vondel laut.

Frank Barron sah von einem zum anderen.

»Sie haben alle geholfen, daß Susanne zu mir kommen konnte. Sie sollen auch alle sehen, daß eure Hilfe nicht umsonst war.«

An einer Strickleiter kletterten die drei hinab auf die breiten Schwimmer des Flugbootes, von denen aus eine kleine Treppe ins Innere des Flugzeuges führte. Noch einmal blickte sich Susanne Braun um und winkte zu den Männern zurück, die in einer Reihe an der Reling standen. Dann trat sie in das Flugboot und setzte sich still und ein wenig bedrückt an eines der Fenster.

Jetzt verlasse ich deutschen Boden, durchfuhr es sie. Jetzt bin ich in der Fremde. Jetzt reiße ich die letzte Brücke ein, die mich mit Europa verbindet. Dort stehen sie alle – Kim Brake, Jens Vondel, Johnny, Pit und der heulende Jim. Die bunten Wimpel wehen am weißen Leib des Schiffes. Golden leuchten die Buchstaben des Namens ›Giesela Russ‹ – ein Name wie ein Volkslied – und alles wird gleich unter mir entschwinden – wird verlöschen, wie alles, was hinter mir liegt. Hinauf geht es, der Sonne entgegen, in ein neues Leben. Unbekannt und geheimnisvoll, und doch glücklich und froh, weil Frank an meiner Seite ist . . .

Die Außentür klappte. Susanne sah, wie die Leinen abgeworfen wurden, wie Pit die Seile einzog und die Strickleiter an Bord hievte. Dann erklang ein Dröhnen, der Leib des Flugzeugs erzitterte, und dann entfernten sie sich von dem Schiff, das weiß und grell leuchtend in der Sonne lag.

Susanne schloß die Augen und legte den Kopf an Franks Brust. Ich kann es nicht sehen, durchzuckte es sie. Ich kann nicht hinschauen, wie die Heimat versinkt. Ich muß schreien, ja ich würde es tun, wenn Frank mich jetzt nicht zärtlich streicheln würde. Wie gut er mich versteht, wie er meine Seele kennt.

Oh, Frank, streichle weiter . . . es ist so schwer, der Heimat Adieu zu sagen . . .

Als sie flogen, schaute Susanne noch einmal aus dem Fenster. Sie waren jetzt hoch über dem Schiff, das unter ihnen mit schäumendem Bug durch das Meer rauschte. Grüßend zog die Maschine eine große Schleife über der ›Giesela Russ‹, deren bunte Wimpel und Sonnenschirme zu ihnen hinaufleuchteten. Grell durchschnitt ein Heulton die klare Luft. Kim Brake ließ die Sirene ziehen und grüßte zurück. Auf Wiedersehen, Susanne, hieß das. Mach es gut, Mädchen. Wir werden in Deutschland an dich denken.

Höher und höher schraubte sich das Flugboot. Jetzt war das Schiff nur noch ein glänzender Punkt auf einer leicht gekräuselten blauen Fläche. Dann verschwand es ganz unter der Wolkendecke. Das Flugzeug nahm geraden Kurs auf Amerika.

In ihrem Sessel zurückgelehnt saß Susanne neben Frank und Dr. Yenkins. Man sprach lange kein Wort, sondern sah stumm aus dem Fenster auf die sich immer neu formenden Wolkengebilde unter ihnen.

»Sie haben Mut, Susanne«, sagte Yenkins endlich.

»Mut? Wieso?«

»Kein Mann hätte das gewagt, was Sie taten! Ich bin ehrlich, ich gäbe viel darum, wenn ich mich Ihr Freund nennen dürfte . . . «

»Das sind Sie schon längst, Dr. Yenkins«, sagte Susanne ehrlich. »Franks Freunde sind doch auch meine.«

»Ich bewundere Sie, Susanne.« Yenkins sah stur aus dem Fenster, während er sprach. »Ich hätte nie gedacht, daß ich einer Frau so etwas sagen könnte.«

»Und sie verdient es gar nicht.« Susanne schüttelte den Kopf. »Daß ich zu Frank komme, war doch selbstverständlich.«

»Es war eine einmalige Leistung . . .«

»Nein. Es war Liebe, nichts als Liebe.« Sie schaute Frank an und ergriff seine Hand. Glücklich hielten sie sich fest und schauten sich in die strahlenden Augen. Brummend zog die Maschine über den Wolken dem Festland, der Freiheit entgegen.

»Denn es gibt nichts auf dieser Welt, was wahre Liebe hemmen könnte«, sagte Susanne schlicht und leise. »Wenn ein Herz ein anderes sucht, fallen alle Grenzen.«

»So ist es«, sagte Frank Barron und legte seinen Arm um Susannes Schultern. »Denn das größte Recht des Menschen ist sein Recht auf Glück, und nur das Glück ist vollkommen, welches er sich mit eigener Kraft erkämpft.«

Dr. Yenkins nickte. Er beugte sich etwas vor und deutete mit der Hand hinaus, wo die Wolkendecke etwas lichter wurde und sich der Atlantik zeigte.

»Dort unten liegt es, euer Glück«, sagte er froh. »Ich habe es Frank immer gesagt, wenn er verzweifeln wollte: Keine Angst, das Mädel wird es machen. Sie hat mehr Unternehmungsgeist als wir beide zusammen. Das ist eine Tochter des Glücks. Und so ist es nun geworden: Susanne fährt nach Amerika.«

Hell leuchtete die Sonne über dem blauschimmernden Atlantik.

21

Unterdessen schwamm Jack Crecco mit seiner hochsee-
tüchtigen Motorjacht im Atlantischen Ozean. Er war
etwa 100 Meilen von der Küste Amerikas entfernt und
hielt sich, wie mit Dr. Yenkins vereinbart, in der Hud-
son-Rinne.

Crecco stand an Deck, rauchte eine Pfeife und erwartete, ständig in den Himmel starrend, das Flugzeug. Ab und
zu schaute er auf die Uhr, die er am Handgelenk trug, und
schüttelte den Kopf.

»Unpünktliche Bande!« schimpfte er. »Wenn ich weiter
herumgondele, wird noch die Küstenpolizei auf mich
aufmerksam.«

Dann legte er sich in einen der auf Deck stehenden Lie-
gestühle und fixierte weiter den Horizont.

Dr. Yenkins hatte mit Crecco in der Nacht noch alles genau durchgesprochen. Das Wasserflugzeug der Ohio
Steel Company sollte Susanne von der ›Giesela Russ‹ abholen, dann würde es neben Creccos Jacht erneut wassern, Crecco sollte das Mädchen übernehmen und es einige Kilometer von Atlantic City entfernt an Land setzen.
Dort würde Susanne kurze Zeit später von Frank mit dem
Wagen abgeholt.

Der Plan war einfach, gut und ohne Schwierigkeiten
auszuführen. Aber etwas schien nicht geklappt zu haben.
Denn der Zeitplan war nicht eingehalten worden. Nach
den Berechnungen hätte das Flugzeug bereits vor einer
Stunde neben Crecco niedergehen sollen. Doch auch jetzt
war noch nicht einmal ein Punkt am Himmel zu sehen.
Das machte Crecco besorgt. Bei seinem Geschäft kam es
auf absolute Pünktlichkeit an, denn oft konnte eine Sekunde über Gelingen oder Scheitern eines Plans ent-
scheiden.

So lag er da, starrte in die Ferne und brummte saftige
Flüche auf alle Verliebten und auf Dr. Yenkins im beson-

deren, der anscheinend zu schwach war, die Begrüßung zwischen den beiden abzukürzen.

Unten im Motorraum stand ein junger Bursche mit einem sommersprossigen Gesicht und beobachtete die Maschine. Er kletterte jetzt die Treppe herauf und rief Crecco zu: »Noch nichts, Boß?«

»Halt's Maul!« schrie Crecco aufgebracht. »Meinst du, ich liege hier und zähle aus Vergnügen die fliegenden Fische? Verschwinde!«

»Schon gut, Boß!« besänftigte der Junge und verschwand wieder im Maschinenraum. Dort drehte er zum Zeitvertreib an einigen Knöpfen, und gleich darauf war außenbords ein lautes Zischen zu vernehmen. Crecco raufte sich die Haare und stampfte mit den Füßen auf. »So ein Idiot!« schrie er wild. »Macht die ganze See verrückt!« Er rannte zur Luke und brüllte hinab: »Aufhören! Nimm deine Flossen von der Maschine!«

»Okay, Boß! War ja nur ein Versehen.«

Dann war es wieder still. Die Motorjacht schaukelte mit gedrosseltem Motor auf der leichten Dünung. Jack Crecco lag weiter im Liegestuhl und suchte mit seinem Fernglas unter Verwünschungen den Horizont ab.

Crecco konnte nicht wissen, daß Dr. Yenkins außer Sichtweite der ›Giesela Russ‹ den Kurs des Flugbootes hatte ändern lassen. Er hielt nicht auf die Küste zu, sondern nahm in einer großen weiten Schleife Kurs auf den offenen Atlantik.

Frank, der es bemerkte, sah Dr. Yenkins erstaunt an.

»Gefahr?« fragte er so leise, daß es Susanne, die vorne im Cockpit saß und auf das in der Sonne leuchtende Meer blickte, nicht hören konnte.

»Nein. Nur Vorsicht. Ich hatte nie beabsichtigt, Susanne bei Crecco abzusetzen. Der Plan, den ich mit ihm durchsprach, war ein Ablenkungsmanöver. Es hätte ja sein können, daß uns auf dem Schiff doch irgend jemand nicht wohlgesonnen wäre. Dieser sollte dann auf eine falsche Spur gesetzt werden.«

Stumm drückte Frank die Hand des väterlichen Freundes.

»Du denkst wirklich an alles. Susanne und ich haben unser Glück nur dir zu verdanken. Aber sag: Was hast du nun vor?«

»Bei Hereinbrechen der Dunkelheit werden wir etwas nördlich von Bangor das Festland erreichen und kurze Zeit später auf einem kleinen See, nahe der Grenze zu Kanada, zwischenlanden. Am Ufer wartet bereits ein Wagen der Company auf Susanne. Der Fahrer ist absolut zuverlässig. Er wird deine Verlobte wohlbehalten nach Cleveland bringen. Das Flugzeug fliegt mit dir und mir nach Akron zurück. Dort steigen wir aus und erzählen jedem, auch wenn er es nicht hören will, welch herrlichen Ozeanflug wir hatten. Die Flughafenkontrolle wird jedenfalls nicht den geringsten Anlaß zum Argwohn haben.«

»Einfach genial. An dir ist ein Verbrecher verlorengegangen . . .«

»Vorsicht, Frank. Immerhin bin ich Rechtsanwalt geworden . . .«

Während in dem Wasserflugzeug mit solchen Flachsereien die Stimmung immer höher stieg, sank auf der Motorjacht Creccos die Laune auf den absoluten Tiefpunkt.

Von Stunde zu Stunde wurden die Flüche des Italieners immer drastischer. Der junge Maschinist wagte nicht mehr, sich blicken zu lassen. Crecco befand sich in einem Stadium, in dem er eines Affektmordes fähig gewesen wäre. Er rannte auf dem Deck hin und her und schrie in den langsam sich zum Abend neigenden Himmel hinein.

»Idioten!« brüllte er. »Schafsköpfe! Ich fahre zurück! Ich bin doch kein Wartesaal! Macht euren Dreck alleine! Ich haue ab . . .«

Aber er blieb! Und das war typisch für Jack Crecco. Wenn er einmal etwas versprochen hatte, hielt er es auch, selbst wenn er sich dabei Gallenkoliken holte.

Als die Nacht kam, setzte er die roten Positionslichter. Dann rauchte er eine Pfeife nach der anderen, bis er schließlich die Pfeife ins Wasser warf und große Lust hatte hinterherzuspringen, um seine Wut abzukühlen.

Doch plötzlich überlegte er. Ein Gedanke hatte in ihm Platz ergriffen. Der Gedanke, daß etwas schiefgegangen sein könnte. Da wurde er ganz still und kletterte hinab in den Maschinenraum.

»Vielleicht sind sie abgestürzt . . .«, sagte er leise und wischte sich den Schweiß von der Stirn. Hier unten war es heiß, und Crecco schwitzte sehr leicht bei seinen zwei Zentnern. »Normal ist das doch nicht . . .«

»Nein, Boß.«

»Was nein?«

»Das ist nicht normal . . .«

»Was hältst du davon, wenn wir sie suchen gehen? Sie wollten die gerade Richtung fliegen. Los . . . wir dampfen ab!«

»Okay, Boß.«

Der Motor brummte auf, und das Boot schoß vorwärts, und sein starker Bugscheinwerfer wies ihm fast taghell den Weg in die Weite des Ozeans.

Am Heck wurde das Wasser zu weißer Gischt aufgewirbelt. In rasender Geschwindigkeit fraß das Boot Meile um Meile.

Über eine Stunde lang jagte Crecco so über den Atlantik. Er schien die Gefahr einer Entdeckung vergessen zu haben, denn mehrmals feuerte er sogar Leuchtkugeln ab. Der Gedanke, daß Menschen in Not sein könnten, ließ ihn nicht mehr auf seine eigene Sicherheit achten.

Doch dann sah er die Nutzlosigkeit seines Tuns ein. Der Atlantische Ozean war weit und tief. Keine Chance bestand, daß er in dieser Dunkelheit die Gesuchten finden würde. Falls sie wirklich abgestürzt waren und noch lebten.

Da winkte er ab, ließ die Jacht wenden und fuhr zur Küste zurück.

»Ich bin doch nicht verrückt«, brummte er. »Wenn sie abgesoffen sind, dann tut's mir leid. Aber es ist Bummelei, dann sollen sie sehen, wie sie da rauskommen. Ich habe meine Pflicht getan. Und die tausend Dollar kassiere ich auch!«

Als er in die Drei-Meilen-Zone kam, drosselte er den Motor und löschte alle Beleuchtungen. Er brauchte nichts zu sehen. Hier kannte er sich aus. Die wenigen Lichter, die von der Küste herüberblinkten, reichten ihm, um sich zu orientieren.

Schon glaubte er, alle gefährlichen Stellen passiert zu haben, da war seine Jacht plötzlich in grelles Licht getaucht. Als sich seine Augen an die Helligkeit gewöhnt hatten, stellte er fest, daß er sich im Lichtkegel von drei Polizeibooten befand.

»Hier ist die Küstenwache! Drehen Sie bei! Wir werden zu Ihnen an Bord kommen.«

Die Stimme kam durch ein Megaphon. Crecco tat wie ihm geheißen. Welch ein Glück, daß das Mädel jetzt nicht bei mir ist, dachte er dabei erleichtert. Sollen die Burschen doch kommen. Diesmal werden sie dem alten Jack nichts am Zeug flicken können.

Als Creccos Jacht längsseits eines der Polizeiboote lag, stiegen drei Beamte zu ihm über. Der Offizier wies sich durch seine Dienstmarke aus.

»Sie sind Jack Crecco?«

»Si.« Wenn eine Situation unangenehm wurde, verfiel Crecco gern wieder in seine italienische Muttersprache.

»Sie haben eine gewisse Susanne Braun an Bord?«

»Ich? Wen? Susanne Braun? Wer soll denn das sein?«

»Eine illegale Einwanderin. Eine Deutsche, die sich als blinder Passagier auf die ›Giesela Russ‹ geschmuggelt hat und die Sie in die Staaten bringen sollen.«

»Wie kommt ihr auf diese Schnapsidee?« Crecco gefiel sich plötzlich in seiner Rolle als unschuldig Verdächtigter. »Ich gondele da brav von einem Ausflug nach Hause . . .«

»Und weshalb haben Sie Ihre Lichter ausgeschaltet? Machen Sie uns doch nichts vor, Crecco. Wir wissen, daß

Sie sich auf Menschenschmuggel spezialisiert haben. Einige Male saßen Sie ja deswegen schon hinter Gittern – diesmal wird es für längere Zeit sein.«

»Mag ja sein, daß ich früher mal krumme Dinge gedreht habe. Aber das gibt euch noch lange nicht das Recht, mich jetzt zu verdächtigen. Ich werde mir das nicht gefallen lassen. Mein Anwalt ist Dr. Yenkins. Der wird euch zeigen, was es heißt, falsche Beschuldigungen vorzubringen. Na gut, ich habe vergessen die Lichter zu setzen – ist euch noch nie ein Fehler passiert?«

»Sind Sie einverstanden, daß wir das Schiff durchsuchen?«

Crecco versuchte sich blitzschnell zu erinnern, ob das Boot auch wirklich ›sauber‹ sei. Könnte nicht von einer der letzten Schmuggelfahrten noch etwas an Bord geblieben sein? Diesen Burschen würde ja schon das kleinste Beweisstück genügen, um daraus eine Anklage zu zimmern. Er kam zu dem Ergebnis, daß keine Gefahr bestünde.

»Meinetwegen suchen Sie. Aber daß Sie hinterher alles wieder schön in Ordnung bringen. Laßt mir ja nicht euren üblichen Saustall zurück. Da bin ich empfindlich.«

Crecco wich den drei Polizisten nicht von der Seite, während diese das Schiff im wahrsten Sinne des Wortes auf den Kopf stellten; und er beobachtete mit Vergnügen, daß sie immer ärgerlicher wurden, je mehr die Hoffnung schwand, Susanne doch auf dem Schiff zu finden.

Zuletzt wurde noch der Junge verhört. Doch der konnte gar nichts sagen. Er gab an, im Verlauf des gesamten ›Ausfluges‹ nur unter Deck im Maschinenraum gewesen zu sein.

Die Polizisten wollten es zwar nicht glauben, mußten sich aber der Realität beugen. Eine Susanne Braun befand sich nicht auf Creccos Schiff.

Der Offizier fühlte sich sogar zu einer Entschuldigung verpflichtet.

»Tut mir leid, Crecco, aber irgend so ein Denunziant

gab anonym einen Funkspruch durch. Danach sollte diese Braun bei Ihnen sein. Deshalb lagen wir seit Stunden auf der Lauer. Ja, wir sind wohl einer Ente aufgesessen. Vielleicht schmuggelt ein Dritter jetzt in aller Ruhe seine Fracht an Land, weil er mit seiner Information dafür gesorgt hat, daß die gesamte Küstenpolizei nach Ihnen sucht.«

»Sie machen es sich sehr leicht. Ich muß mir die Verdächtigungen und die Durchsuchung gefallen lassen, und Sie schieben das so locker auf einen schmierigen Denunzianten ab. Vielleicht solltet ihr mal Nachhilfeunterricht in Psychologie nehmen, damit ihr schneller erkennt, ob ein achtbarer Bürger oder ein Verbrecher vor euch steht. Und jetzt runter von meinem Schiff. So viel Seife gibt es gar nicht, die ich brauchen würde, um euren Geruch hier zu beseitigen. Hier stinkt's nämlich, seit ihr an Bord gekommen seid.«

Crecco machte innerlich Luftsprünge. Das tat seinem Gemütszustand gut. Einmal nur der Polizei gegenüber im Recht sein, das hatte er sich jahrelang gewünscht. Und nun war es eingetroffen. Er konnte diesen Hohlköpfen die Meinung geigen.

Er holte Luft, um weiter loszulegen, doch die drei hatten bereits die Jacht verlassen.

Seine gute Laune aber ließ sich Crecco dadurch nicht verderben.

»Los, Junge«, rief er durch die Luke. »Gib Dampf. Heute abend bist du eingeladen. Der alte Jack macht ein Faß auf. Der Chianti soll in Strömen fließen. Daß ich das noch erleben durfte. Die Bullen sind mit eingezogenem Schwanz von Deck gegangen, und Crecco stand mit weißer Weste da.«

Er ging zum Bug, stützte sich mit beiden Händen auf die Reling und brüllte jubelnd in Richtung Küste: »O sole mio . . .«

Doch plötzlich brach er jäh ab und murmelte: »Hoffentlich ist dem Flugzeug nichts passiert . . .«

22

Zu dieser Zeit hatte das Flugzeug bereits auf dem kleinen, verlassenen See in der Nähe von Skowhegan gewassert, nachdem es, stets niedrig fliegend, im Gebiet der Penob-scot Bay die Grenze zwischen dem Meer und dem amerikanischen Bundesstaat Maine ungesehen überwunden hatte.

Nun schaukelte es auf leichten Wellen. Ein kurzes Öffnen der Tür hatte gezeigt: draußen war es kalt, vom Osten her wehte ein scharfer Wind.

Schaudernd sahen Susanne und Frank aus einem Bordfenster hinaus in die unwirtliche Nacht.

Da leuchtete, offenbar am Ufer, ein starkes Lichtsignal auf – einmal kurz, einmal lang, dreimal kurz, zweimal lang.

»Wir haben es zielgenau geschafft.«

Dr. Yenkins war es, der seine Freude nicht zügeln konnte und deshalb diesen Satz aus dem Cockpit in den Passagierraum hineinschrie: »Susanne, Frank – dort drüben steht der Wagen. Jetzt kann euch nichts mehr passieren – Amerika muß mit euch leben.«

Frank wurde von diesem Glücksgefühl noch nicht sofort mitgerissen. »Und wie sollen wir zum Wagen kommen? Ziehst du vor, daß wir schwimmen, oder wandle ich wie einst Jesus mit Susanne über das Wasser?«

»Weder – noch.« Erneut zeigte sich, daß Dr. Yenkins an alles gedacht hatte. Unter einem der Sitze zog er ein mit Leinwand umwickeltes grobes Paket hervor. Schnell war der Inhalt enthüllt. Er erwies sich als ein zusammengelegtes Schlauchboot. Ein Handgriff des Rechtsanwaltes, und wie von Geisterhand geführt blies sich das Boot von selbst auf. Natürlich war versteckt eine Preßluftflasche angebracht, aber trotzdem sahen Susanne und Frank fasziniert zu, wie das Boot schnell Konturen gewann. Zwei Menschen hatten darin bequem Platz.

Dr. Yenkins stieß die Bordtür auf, kletterte hinaus und stellte sich auf einen der Schwimmer.

»Nur her mit dem Fährschiff«, rief er Frank leise zu.

Dieser schleppte das Schlauchboot zur Tür und ließ es dann ganz langsam hinuntergleiten. Draußen achtete Dr. Yenkins darauf, daß es nicht zu viel Wasser ins Innere bekam.

Als das Boot sicher auf dem See lag, gab der Anwalt das Zeichen zum Einsteigen. Zuerst hangelte sich Susanne von Bord in die Tiefe, oben gehalten von Frank, unten abgestützt von Dr. Yenkins. Es ging besser, als Susanne befürchtet hatte; im Turnen war sie noch nie ein As gewesen.

Kurz nachdem sie im Boot Platz genommen hatte, war auch Frank schon da. Er nahm die beiden Paddel in die Hände.

»Von dort drüben sind die Leuchtsignale gekommen.« Dr. Yenkins zeigte die Richtung mit der ausgestreckten Hand.

»Fahr in gerader Linie darauf zu. Der Fahrer heißt übrigens Bill, wird euch am Ufer erwarten und euch beim Aussteigen helfen. Verabschiedet euch nicht zu lange. Frank muß schnell zurückkommen. Jede Sekunde Warten kann die Entdeckung bringen. Und damit: Good bye in Cleveland, Susanne. Du bist in God's own Country.«

Frank legte sich in die Riemen. Susanne winkte Dr. Yenkins zu, dessen Silhouette sie im Licht der Bordtüre sah. Er gab den Gruß nicht zurück, denn er konnte das Mädchen nicht mehr sehen. Das Boot hatte, dank Franks kräftigen Paddelschlägen, schon so großen Abstand vom Flugzeug gewonnen, daß es von Bord aus gesehen bereits in der Dunkelheit verschwunden war.

Als die Bordtüre geschlossen wurde, verlor Frank den letzten Orientierungspunkt. Um das Boot herum war nur noch gespenstische Nacht. Susanne fror. Für einen kurzen Moment legte Frank die Paddel aus den Händen, kroch zu seiner Braut und nahm sie in den Arm. Zärtlich strich er ihr über das Haar.

»Wir werden es schaffen, Darling. Nur noch die Strecke

bis zum Ufer – dann liegen die Ängste und Anstrengungen hinter uns.«

Susanne nickte unter Tränen. Solange noch Dr. Yenkins in der Nähe gewesen war, hatte sie alle ihre Kraft zusammengenommen. Doch jetzt war es mit ihrer Beherrschung vorbei. Vor Frank durfte sie zeigen, wie ihr wirklich zumute war. Er verstand sie: »Weine dich aus. Hier sieht es niemand. Die Nacht ist barmherzig. Ich weiß ja, was du für mich auf dich genommen hast.«

Dann führte er die Paddel wieder in das Wasser und trieb das Boot noch schneller als vorher dem Ufer zu. Das Geräusch des verdrängten Wassers überdeckte Susannes Weinen.

Einige Zeit war es ihnen, als seien sie allein auf der Welt.

Als Frank endlich die Konturen des Ufers schärfer erkennen konnte, hatte er schon Blasen an den Händen. Aber er achtete nicht auf die Schmerzen. Susanne fror. An eine Decke hatte Yenkins nicht gedacht, durchfuhr es Frank, und fast empfand er es als Erleichterung, daß sich der sonst so umsichtige Freund einmal als nicht so ganz unfehlbar erwies.

Langsam gewannen am Ufer auch die Umrisse eines Menschen Gestalt. Dieser watete ihnen, durch hüfthohe Fischerstiefel geschützt, entgegen und zog das Boot mit dem Bug aufs Ufer, so daß Susanne und Frank trockenen Fußes aussteigen konnten.

»Ich bin Bill«, stellte sich der Helfer vor und ergriff Susannes Hand. »Dr. Yenkins hat mir erzählt, worum es geht und was Sie für Ihren Verlobten getan haben. Muß sagen, daß ich große Hochachtung vor Ihnen habe. Sie gehören in dieses Land. Durch Frauen, die eben solchen Mut hatten, ist es mit das geworden, was es heute ist. Sie gefallen mir, Miß Braun. Ich muß Sie umarmen.«

Und Bill drückte Susanne an seine breite Brust. Nur mit Mühe konnte sie noch Atem holen. Doch als er sie wieder losließ, hatte sie ihre Niedergeschlagenheit vergessen. Sie lächelte glücklich.

»Wenn Amerika mehr solche Männer aufzuweisen hat wie Sie, Bill, wird sich Frank aber sehr anstrengen müssen. Sie sind einer, dem sich jede Frau sofort bedingungslos anvertraut.«

»Das können Sie aber auch. Den Cop möchte ich sehen, der Sie aus meinem Auto herausholt. Aber jetzt steigen Sie ein; Sie müssen ja auf dem Wasser ganz schön gefroren haben.«

»Sofort, ich will mich nur noch von Frank verabschieden.« Bill verstand. Er drehte sich um und ging einige Schritte in Richtung Auto zurück.

»Wir wollen es kurz machen, Liebling«, meinte Susanne, als Frank sie in seine Arme nahm. »Wir sehen uns ja bald wieder, und dann sind wir für immer zusammen. Es bleibt noch so viel Zeit für Küsse . . .«

Doch Frank ließ sich nicht abwehren. Er küßte Susannes Gesicht – zuerst die Stirn, dann ihre Augen, die Nasenspitze und suchte zuletzt ihre Lippen. Sie öffneten sich, weich und verlangend. Es wurde ein langer, ebenso inniger wie leidenschaftlicher Kuß.

Susanne war es, die sich plötzlich losriß. »Du mußt zurück, Frank«, mahnte sie und führte ihn zum Boot.

Widerspruchslos stieg er ein.

Da stand auch schon Bill neben Susanne. Sie hatten ihn beide nicht kommen hören. Er schob das Boot ins Wasser und stieß es mit einem Fußtritt ab. Frank legte sich in die Riemen, und schon bald hatte ihn die Dunkelheit verschluckt.

Mit seiner starken Taschenlampe gab Bill Signale in Richtung des Flugzeuges. Sofort wurde an Bord ein kleines Positionslicht eingeschaltet.

»Damit Ihr Verlobter auch weiß, wohin er zu rudern hat«, erklärte Bill den Vorgang.

»Können wir warten, bis das Flugzeug startet?« fragte Susanne zaghaft.

»Aber sicher. Bloß nicht hier. Sonst holen Sie sich wirklich noch eine Erkältung, und ich kann statt einer hübschen Frau eine Grippekranke über das Land fahren. Also, kommen Sie.«

Sorgsam führte Bill seinen Schützling zum Wagen zurück und setzte das Mädchen in den Fond.

Er selbst blieb draußen.

So warteten sie, bis plötzlich draußen auf dem See die Motoren aufheulten und die Scheinwerfer eingeschaltet wurden. Sie sahen, wie das Flugzeug über den See raste und schließlich abhob. Bald waren nur noch die blinkenden Positionslichter zu sehen, das Motorengeräusch verklang in der Ferne.

»Die sind schneller in Cleveland als wir«, kommentierte Bill, als er sich hinter das Steuer setzte. »Aber wir sehen mehr von Amerika.«

Er drehte sich zu Susanne um. »Jetzt beginnt nämlich Ihre Fahrt ins Glück. Machen Sie es sich richtig gemütlich, da hinten. Sie können sich nach Belieben einrichten. Zwei Tage sind wir noch unterwegs. Aber Bill wird auch für Abwechslung sorgen.«

Lachend betätigte er den Anlasser und fuhr langsam an. Stumm saß Susanne im Fond, während der schwere Wagen die ersten 50 Meilen nach Cleveland schluckte. Die Fahrt ging durch die Nacht, vorbei an weiten Feldern, an verstreut liegenden Farmen und Bauernhöfen. Einmal kreuzten sie einen Feldweg, an dem ein Corral mit Hunderten von Kühen lag. Cowboys saßen dort um ein Lagerfeuer. Es war wie ein Film, romantisch und schön – allein die Gefahr, die mit dem einsamen Wagen durch die Nacht fuhr, war der Grund, daß Susanne nur zögernd aus dem Fenster schaute und den Zauber dieser Nacht nicht voll in sich aufnehmen konnte. Aus dem Autoradio, das Bill inzwischen eingeschaltet hatte, tönte leise Tanzmusik. Die Nachrichten, welche die Musik unterbrachen, brachten das übliche über Politik und Wirtschaft, Verbrechen und Privatklatsch. Schließlich schlief Susanne erschöpft ein. Sie träumte Cleveland entgegen und dem Wiedersehen mit Frank. Sie sah sich mit ihrem Mann in einem wunderschönen großen Haus. Zwei glückliche Menschen, die das Schicksal besiegt hatten. Die stärker waren als Widerstände. Deren Liebe den Sieg davontrug. Die nicht mehr von ihren Träumen leben wollten.

Denn eine der stärksten Kräfte des Menschen ist die Sehnsucht von Herz zu Herz.

23

Die ›Giesela Russ‹ wurde im New Yorker Hafen mit großem Aufgebot empfangen. Es war schließlich eines der ersten Schiffe unter deutscher Flagge, das nach der Kapitulation des Dritten Reichs wieder die Atlantik-Route befahren hatte.

Professor Krausz war der einzige der Passagiere, der das Ende der Feierlichkeiten nicht abwartete, sondern kurz nach dem Anlegen von Bord ging. Sein Gepäck beorderte er ins Regency-Hotel. Er selbst überquerte schnellen Schrittes den Kai und suchte in den Aufenthaltshallen nervös nach einer Telefonzelle.

Als er sie gefunden hatte, wählte er Cleveland 3 46 72 – die Nummer, die Dr. Yenkins ihm gegeben hatte.

»Hier Anwaltskanzlei Yenkins und Partner.«

»Professor Krausz. Ich spreche aus New York. Dr. Yenkins erwartet meinen Anruf.«

»Einen Augenblick bitte, Professor.«

Es knackte zweimal, dann war der Anwalt am Apparat.

»Na, auch angekommen, Professor? Sie haben sich ja mächtig Zeit gelassen! Wenn ich bedenke, wie lange ich schon wieder hier sitze.«

»Das heißt also, daß alles gut verlaufen ist?«

»Wenn Sie damit meinen, ob wir wohlbehalten angekommen sind – ja, dann ist alles gutgegangen.«

»Wollen Sie damit sagen, daß Sie für die Zukunft Befürchtungen haben?«

»Die hatte ich immer. Aber da ist noch etwas. Jack Crecco wurde innerhalb der Drei-Meilen-Zone aufgebracht. Die Polizei stellte sein Schiff auf den Kopf.«

»Um Gottes willen – sie fanden Susanne . . .«

»Beruhigen Sie sich, Professor. Susanne war nicht auf Creccos Schiff . . .«

»Aber Sie selbst erklärten mir doch diesen Plan . . .«

»Es war ein Ablenkungsmanöver. Und es hat funktioniert. Irgend jemand auf der ›Giesela Russ‹ hat unser Gespräch belauscht und der Polizei einen Tip gegeben. Aber er hat anscheinend so sehr auf meine Angaben vertraut, daß er die Kennzeichen des Wasserflugzeugs gar nicht beachtete. Jedenfalls konnten wir unbehelligt landen.«

»Und Susanne?«

»Die ist vor einer Stunde in Begleitung von Frank ebenfalls hier eingetroffen. Mehr als tausend Meilen Überlandfahrt liegen hinter den beiden. Na ja, Susanne hat auf diese Weise schon viel von Amerika gesehen.«

»Was werden Sie jetzt tun?«

»Vitamin B einsetzen. Nur durch Beziehungen können wir die Einwanderungserlaubnis für Susanne Braun erreichen.«

»Beziehungen habe ich auch einige zu bieten.« Professor Krausz lachte. »Wenn Sie und ich uns zusammentun, kann dem jungen Paar ja gar nichts mehr passieren.«

»Wollte Gott, ich hätte Ihren Optimismus, Professor. Aber dazu muß man wohl erst etwas älter werden.«

»Nicht älter – weiser«, lachte der Kunsthändler. »Und vor allem darf man kein Rechtsanwalt sein.«

Schmunzelnd legte Krausz auf. Das Gespräch hatte seine Stimmung sehr gehoben. Zufrieden ließ er sich ins Hotel fahren.

Sie haben es geschafft, dachte er zufrieden. Jetzt ist sie im Land, die tapfere, nette Susanne. Wir alle werden uns sehr um sie kümmern müssen, damit sie auch dableibt. Man kennt in Amerika DPs gegenüber keine Hemmungen, sondern schafft sie einfach mit Gewalt auf ein Schiff,

Richtung Europa. Illegale Einwanderung ist fast so schlimm wie Kidnapping!

Vom Hotel aus rief er seine Kunsthandlung an und erreichte dort noch seinen Sekretär, weil dieser in Abwesenheit des Chefs aus Sicherheitsgründen im Laden schlief, auf einem Biedermeiersofa zwischen einem großen Buddha aus dem 16. Jahrhundert und einer Totemsäule der Maori.

»Alles klar?« fragte er.

»Yes, Chef«, brummte der Sekretär.

»Ich werde erst übermorgen eintreffen«, sagte Krausz. »Und lassen Sie eines der Fremdenzimmer herrichten. Wir bekommen Besuch. Eine neue Assistentin.«

»Aus Old Germany?«

»Ja.«

»Okay.« Der Sekretär hängte ein und sagte zu sich: »Darf nicht vergessen, ihr Blumen auf den Nachttisch zu stellen . . .«

Dann legte er sich wieder hin und schlief weiter.

Professor Krausz hatte an diesem Abend noch sehr viel zu tun. Er rastete und erholte sich nicht von der Überfahrt, sondern getreu seinem Versprechen, Susanne zu helfen, wo er nur helfen konnte, meldete er ein Ferngespräch nach Washington an.

In Washington, in der 67. Street of Republique wohnte ein Mr. Fuller.

Henry Fuller.

Mr. Fuller war im State Department so etwas wie ein Staatssekretär. Er war vortragender Referent der Abteilung IIIb, der Abteilung für politische Europafragen, und galt als einer der besten Kenner der Washingtoner Regierungsverhältnisse. Sein Arm reichte weit. Er besaß Beziehungen zu allen führenden Persönlichkeiten, zählte viele Senatoren zu seinen persönlichen Freunden und kannte alle Minister. Seinen Einfluß verdankte er allerdings nicht seiner Stellung, sondern seinem Vater, der im Jahre 1910 auf die Idee gekommen war, aus Grapefruit Marmelade herzustellen und damit innerhalb eines Jahrzehntes den Sprung zum Marmeladenkönig der USA geschafft hatte. Mit ihrem heutigen Reichtum brauchte sich die Familie nicht hinter anderen Namen des amerikanischen Geldadels zu verstecken. Daß sein einziger Sohn Diplomat wurde, war dem alten Fuller eine bittere Pille gewesen, denn er hielt zuerst nicht viel von Politik. Aber als später, während des Zweiten Weltkrieges, weite Teile der US-Armee mit Fuller-Marmelade versorgt wurden, ein großes Werk des diplomatischen Sohnes, sah er endlich ein, daß Henry Fuller auch für die Company der richtige Mann am richtigen Platze war, und unterstützte plötzlich in jeder Weise seinen Ältesten, dessen Karriere natürlich dadurch zusätzliche entscheidende Impulse erhielt.

Professor Krausz wiederum war ein Freund des alten Fuller. Sohn Henry nannte ihn ›Onkel‹, und der Kunsthändler griff als guter Geschäftsmann gern auf diesen ›Onkel‹ zurück, wenn er Devisenpapiere für den Ankauf wertvoller Gegenstände in Europa benötigte.

Henry Fuller besorgte alles − nur als vortragender Referent der Europaabteilung war er eine Niete. Das aber nahm ihm keiner übel, denn die Geschäfte, die er nebenbei machte, waren wichtiger als alle Probleme, die in seinem Referat zu lösen oder zu bearbeiten gewesen wären.

Eben jener einflußreiche Henry Fuller wurde in dieser Nacht unsanft geweckt. Als das direkt auf der Höhe seines rechten Ohrs auf dem Nachttisch stehende Telefon läutete, zuckte der Diplomat aus einem guten Traum empor, griff schlaftrunken um sich, faßte den Hörer und schrie: »Hello?«

»Hier Onkel Krausz«, sagte der Kunsthändler. »Good morning, my boy!«

Henry Fuller fuhr empor, sah auf das Leuchtzifferblatt seiner Armbanduhr und ließ sich dann verärgert wieder auf das Bett zurückfallen.

Es gibt auch in dem englischen Sprachraum einen Ausdruck, der ebensowenig hoffähig ist wie eine vergleichbare Aufforderung in deutscher Sprache. Diese Einladung brüllte Henry Fuller in diesem Moment, gar nicht mehr Gentleman und Mitglied des Außenministeriums, durch das Telefon, als er sich davon überzeugt hatte, daß es keineswegs morgens, sondern spät in der Nacht war. Am anderen Ende – in New York – lachte Krausz sehr vergnügt und weit davon entfernt, sich beleidigt zu fühlen.

»Es ist dringend, Henry«, entschuldigte er sich. »Sonst würde ich deinen Schlaf bestimmt nicht unterbrechen. Kannst du folgen, oder bist du wieder betrunken?«

»Ich bin müde!« schrie Henry Fuller, aber er setzte sich im Bett auf und knipste das Licht an. Gähnend rieb er sich die Augen.

»Was ist denn nur los?«

»Ich habe aus Europa – aus Deutschland – ein Mädchen mitgebracht, ein gescheites Ding.«

»Und schön!«

»Auch schön!«

»Etwa jung?«

»Sehr jung.«

Krausz wußte, was nun kam.

Henry Fuller schüttelte den Kopf. »In deinem Alter, Onkel! Na, na! Ich hätte dir Klügeres zugetraut . . . «

»Dummheit, Henry!« lachte Krausz. »Es handelt sich um meine neue Assistentin.«

»So kann man es auch nennen, bestimmt.«

»Sie ist verlobt mit einem Ingenieur der Ohio Steel.«

»Ach!« Henry Fuller wurde vor Ärger vollends wach. »Und um mir von dem jungen Glück Mitteilung zu machen, klingelst du mich mitten in der Nacht aus dem Schlaf?«

»Aber Henry – ich brauche deine Beziehungen. Ich möchte den beiden helfen.«

»Soll ich ihnen etwa eine Hochzeitsprämie besorgen. Verdient der Herr Ingenieur wohl nicht so viel, um eine Frau ernähren zu können? Wie wäre es denn, wenn er da noch etwas mit der Familiengründung warten würde . . .«

»So laß doch mal die Alberei. Die Sache ist ernst. Das Mädchen hat nämlich – keine Einwanderungserlaubnis!«

»Hoppla! Und jetzt sitzt sie auf Ellis Island und ich soll sie dort rausholen, was?«

»Nein. Eben nicht! Sie ist bereits in Ohio!«

»Hör mal, Onkel.« Fuller wurde sachlich. »Dir hat die Süße nicht doch eventuell die Sinne geraubt? Wie kann das Mädchen denn in Ohio sein, wenn es keine Papiere hat? Das hat es noch nie gegeben.«

»Eben, Henry. Darum rufe ich ja auch an.« Professor Krausz' Stimme wurde eindringlich: »Freunde haben das Mädchen eingeschmuggelt. Frage mich nicht, auf welchen Wegen. Jetzt ist sie wohlbehalten da, und ich bestehe darauf, daß sie nicht mehr zurückgeschickt wird.«

Henry Fuller schob die Bettdecke zur Seite und raufte sich die Haare. Er war jetzt hellwach und hatte begriffen, daß der Anruf wirklich sehr wichtig war.

»Alter schützt vor Torheit nicht!« schrie er. »Wie kannst du alter Knabe dich in solche Abenteuer einlassen? Das wird niemals gutgehen. Niemals! Da kann auch ich nicht helfen! Niemand kann da helfen . . . es sei denn, Truman erklärt sie plötzlich zu seiner Tochter. Illegal ein Mädchen in die Staaten zu bringen! Das ist ja wie in besten Al Capone-Zeiten. Wer hat denn überhaupt solch eine verrückte Idee gehabt?«

»Einer unserer bekanntesten Anwälte – Dr. Yenkins.«

»Auch das noch!« stöhnte Fuller. »Das wird ein hundertprozentiger Politskandal! Das Mädchen muß sofort den Einwanderungsbehörden übergeben werden. Sie gehört auf Ellis Island.«

»Auf keinen Fall, Henry!« sagte Krausz nun unvermittelt sehr bestimmt und unnachgiebig. »Ist sie erst einmal dort, wird sie unweigerlich nach Europa abgeschoben . . .«

»Das Gefühl habe ich auch.«

»Aber Susanne bleibt hier, so wahr ich Krausz heiße!«

»Jetzt wird es dramatisch!« Henry Fuller hüpfte aus dem Bett und stampfte mit den nackten Füßen auf. »Wie stellst du dir das vor? Soll ich zum Minister gehen und sagen: Old Boy, da ist 'ne süße Kleine, die heißt Susanne, kommt aus Germany und wurde an unseren Polizisten und Soldaten vorbei ins Land geschmuggelt. Denn irgend so ein Kraut, dem ein amerikanisches Mädchen nicht gut genug ist, liebt sie und kann angeblich ohne sie nicht leben. Sage ›ja‹ dazu und gib ihr die Staatsbürgerschaft.«

»So ähnlich habe ich mir das gedacht, Henry!«

»Ich bin kein Zauberer, Onkel . . .«

»Du bist mehr – du hast alle Beziehungen.«

»Danke.«

»Oh, bitte. Dir als Fuller-Erben muß es doch möglich sein, die kleine Susanne hier zu lassen! Alles ist doch eine Frage des Geldes! Stell für sie eine Kaution von hunderttausend Dollar.«

»Ach, nein! Damit ein anderer Bursche mit der Puppe glücklich wird. Ich bin doch kein Idiot. Stell du doch die Kaution!«

»Wenn ich hunderttausend Dollar hätte, gerne und sofort! Aber ich habe sie nicht. Ich habe sie nur in Sachwerten . . . und die nimmt keiner.«

Henry Fuller fing an nachzudenken.

»Hast du eigentlich schon mit Papa gesprochen?«

»Nein. Aber ich werde es noch tun und ihm berichten, wie unbeholfen sein Sohn geworden ist . . .«

»Ach nee . . .«

»Ja, das werde ich! Und dann bekomme ich die hunderttausend von deinem Vater, und du kannst in die Röhre gucken!«

Henry Fuller wurde hellhörig. Er umfaßte den Hörer fester und beugte sich vor.

»Wieso Röhre?« fragte er. »Das klingt ja so, als ob bei der Sache etwas herauskäme.«

»Allerdings«, antwortete Krausz. »Daß Susanne in den Staaten bleiben kann, ist mir einiges wert. Ich habe in Deutschland eingekauft und dabei auch günstig eine Boccaccio-Erstausgabe aus dem Jahre 1476 erstanden. Es war eine einmalige Okkasion. Ich bin bereit, auf das große Geschäft zu verzichten. Derjenige, der es schafft, für Susanne die Einwanderungserlaubnis zu erwirken, erhält diese bibliophile Kostbarkeit zu meinen Selbstkosten ohne Aufschlag.«

Damit hängte Professor Krausz ein. Vergnügt rieb er sich die Hände. Er wußte ja, mit welcher Leidenschaft Henry Fuller Erstausgaben der erotischen Literatur sammelte. Susanne allein hätte diesen hartgesottenen Burschen vielleicht kaltgelassen. Aber Susanne in Verbindung mit Boccaccio . . . das mußte eine Reaktion auslösen.

Henry Fuller saß wie erstarrt auf seinem Bett und schüttelte den Hörer. »Abgehängt«, sagte er leise. »Ein Boccaccio – dieser Schuft von einem Onkel. Mich so zu erpressen . . .«

In der Nacht noch schrieb Henry Fuller einen Scheck über hunderttausend Dollar aus, zahlbar an Herrn Professor Krausz, Kunsthändler und Antiquar, Cleveland.

Und da er nicht schlafen konnte, begann er zu trinken. Dadurch wiederum kam er zu spät ins Ministerium. Aber das fiel nicht auf – er hatte einen guten Stellvertreter, der zwei Gehälter bezog: eins vom Staat und eins von der Familie Fuller. Und dafür kann man schon etwas tun.

24

In der Praxis von Dr. Yenkins saß Frank dem Anwalt gegenüber.

»Wie geht es Susanne?«

»Danke. Sie versucht, sich durch den Fernseher ein Bild

von Amerika zu verschaffen. Du hast ihr ja verboten, einen Fuß vor die Tür zu setzen.«

»Ich werde ihr noch mehr verbieten. Sie darf nicht länger bei dir wohnen. Denn wenn man erst einmal weiß, daß wir in der Sache drinhängen, wird man sie sehr schnell aufstöbern, und dann geht es ab nach Ellis Island.«

»Hast du schlechte Nachrichten?« fragte Frank besorgt.

»Wie man es nimmt. Irgendein Übereifriger hat anscheinend unsere Zwischenlandung auf dem See in Maine bemerkt und seine Beobachtungen der Polizei mitgeteilt. Und da in der gleichen Nacht die Sache mit Crecco passierte, kombiniert man natürlich nun in der Einwanderungsbehörde. Glücklicherweise haben sie aber keine präzisen Angaben.«

»Glaubst du, daß ernsthafte Gefahr für Susanne besteht?«

»Im Moment noch nicht. Wenn doch, würde ich es als erster erfahren. Ich verfüge da über gewisse Querverbindungen. Du kannst auch sagen, eine Hand wäscht die andere. Aber unabhängig davon muß jede Spur zwischen uns und Susanne verwischt werden. Ich lasse sie über den Erie-See bringen. In Ontario besitzt meine Schwester eine Farm. Dort kann sie vorerst ungefährdet bleiben, gleichzeitig ihre Sprachkenntnisse vervollkommnen.«

Wenngleich Frank auch die Aussicht auf die neuerliche Trennung sehr schmerzte, so mußte er doch die Gründe des Freundes anerkennen. Dr. Yenkins hatte recht. Die Möglichkeit einer vorzeitigen Entdeckung Susannes war zu groß. Wer konnte garantieren, daß nicht auch einer der Passagiere der ›Giesela Russ‹ plaudern würde? Zwar wußte keiner, was wirklich geschehen war – aber das Flugzeug hatte jeder neben dem Dampfer wassern gesehen.

Und ob jeder die offizielle Auskunft von Kapitän Brake glaubte, daß ein Verliebter es nicht länger ausgehalten und deshalb seine Braut vom Schiff weg an den Traualtar geholt hätte? Eine einzige Andeutung genügte und schon würde ihr Täuschungsmanöver wie ein Kartenhaus zusammenfallen.

Ja, Susanne mußte weg. Langsam erhob sich Frank, um seiner Braut die unangenehme Nachricht zu überbringen.

Bereits am nächsten Morgen begab sich Henry Fuller mißmutig und unausgeschlafen zum Sekretär des Präsidenten der Vereinigten Staaten von Amerika. Er hatte mit Mr. Prower die Yale-University besucht, und das verbindet fürs Leben. Vor allem brachte es den Vorteil, daß sich Henry Fuller nicht umständlich anmelden lassen mußte.

Gordon Prower saß fast verborgen hinter einem dicken Aktenstapel hinter seinem Schreibtisch, als Henry Fuller eintrat und ohne Umschweife zur Sache kam.

»Good morning, Gordon! Was kostet es, wenn man einen Menschen ohne Paß und Erlaubnis in die Staaten schleust?«

»Fünf Monate«, erwiderte Prower gelassen.

»Hast du Luftveränderung nötig? Oder was hat sonst deine Fantasie so ungewöhnlich angeregt? Es könnte ja möglich sein, daß ich an so einem Menschenschmuggel beteiligt bin.«

»Hoppla!« Der Secretary sah Fuller groß an. »Mein Lieber, das ist kein dummer Scherz mehr! Ist das wahr?«

»Vielleicht, Gordon.«

»Red keinen Blödsinn, Henry! Ja oder nein?«

»Keins von beiden, aber es wäre ja immerhin möglich. Was könnte man da für den Illegalen tun?«

»Ihn sofort nach Ellis Island bringen, ihn vor ein Gericht stellen, ihn seine Strafe absitzen lassen und ihn dann in seine Heimat zurückschicken.«

»Eine andere Antwort habe ich von dir auch nicht erwartet.«

Henry Fuller konnte es sich leisten, so zu sprechen. »Ich hätte mich auch gewundert, bei dir mal nur den Anflug von Mitgefühl festzustellen. Ich will aber eine präzise

Auskunft: Was kann man tun – theoretisch –, um dem illegal Eingewanderten – ebenfalls rein theoretisch – die nötigen Papiere zu verschaffen, damit er – noch mal ausschließlich theoretisch – hierbleiben kann.«

»Nichts!«

»Du hast keinen Einfluß, Gordon?«

»Ich werde einen Teufel tun!« Der Secretary stand auf und kam auf Fuller zu. »Umsonst redest du doch nicht um den heißen Brei herum, Henry. Was ist los? Willst du jemanden decken? Das wird gefährlich für dich, auch wenn du Henry Fuller heißt und viele Millionen Dollar schwer bist.«

»Du immer mit deinem Geld.« Fuller winkte ab; er setzte sich auf die Tischkante und entnahm seinem goldenen Zigarettenetui eine lange türkische Zigarette. Er bot Prower auch eine an, aber dieser lehnte ab.

»Ich bin ein Menschenfreund, Gordon. Ich kann keine hübsche junge Dame leiden sehen.«

»Was soll nun wieder dieser Unsinn?«

Fuller hob resignierend die Schultern. »Gordon, du enttäuschst mich. Du bist wirklich nur ein trockener Beamter. Angenommen – der illegal Eingewanderte ist gar kein Mann, sondern ein besonders hübsches Mädchen. So ein richtiges Sweetheart.«

»Blödsinn!«

»Aber mit Methode! Angenommen: ein hübsches Girl will in die USA, um sich hier mit ihrem Verlobten, der schon fast ein Jahr herüben ist und eine gute Stellung hat, endlich zu verheiraten. Aber die Behörden – Beamte wie du, Gordon – verhinderten das die ganze Zeit, weil die Quoten erfüllt waren und so ein Irrsinn mehr. Nun hat sich die Puppe selbst aufgemacht, hat sich durchgeschlagen und ist nun – auf welchen Wegen auch immer – in den Armen ihres Boys gelandet. Was nun?«

Prower winkte ab. »Du liest zu viele schlechte Romane«, sagte er abwehrend. »So etwas gibt es nicht.« Plötzlich stutzte er, sah den Studienkameraden groß an und trat näher. »Henry, du Höllenhund, ist das wirklich wahr?«

»Vielleicht, Gordon!«

»Dein ›vielleicht‹ bringt mich noch um den Verstand!« Der Secretary rannte hin und her. »Wir müssen das sofort der Einwanderungsbehörde melden!«

»Einen Dreck müssen wir!« sagte Fuller grob. »Ich habe nicht gesagt, daß es so war – ich sprach rein theoretisch und wollte auch nur rein theoretisch von dir wissen, was man zur Hilfe tun kann. Kann man das Mädchen, bis ihr ein Gericht endlich die Einbürgerung zuspricht, gegen eine Kaution von hunderttausend Dollar auf freien Fuß lassen?«

»Vielleicht. Hunderttausend Dollar sind eine Sicherheit.«

»Danke. Also ja!«

»Wenn deine ›vielleicht‹ auch ›ja‹ heißen.«

»Vielleicht.«

»Mach, daß du an die frische Luft kommst, Henry«, sagte Gordon Prower. Seine Drohung wurde durch seine vergnügte Miene aufgehoben. »In diesen Räumen ist noch keine Gewalttat geschehen – die an dir wäre die erste.«

Fuller ging zur Tür, wandte sich dort aber noch einmal um.

»Bitte?«

»Noch eine Frage, Mr. Secretary. Wo muß man die Kaution hinterlegen, und wer ist der Chef des ganzen Einwanderungsblödsinns?«

»Du kennst doch Birth vom Department of the Interior. Er kann dir sicher weiterhelfen.« Prower sah Fuller forschend an: »Henry – also ist es doch wahr?«

»Theoretisch, Gordon. Vielleicht.«

Als er wieder in seinem Büro angekommen war, ließ sich Fuller sofort mit Birth verbinden. Er hatte Glück, denn der Vielbeschäftigte war erreichbar.

»Tag, Birth. Hier ist Fuller.«

»Wir brauchen keine Marmelade!« antwortete Birth sofort. Fuller lachte über den Scherz und nahm es als Zeichen, daß Birth gut gelaunt war.

»Ich möchte Ihnen diesmal das Leben mit einhunderttausend Dollar versüßen«, parierte Fuller kurz entschlossen.

»So?« Birth' Stimme klang verwundert. »Und was wollen Sie dafür haben? Ohne Absicht geben Sie keinen Cent, Fuller.«

»Wie gut Sie mich kennen, Sir.« Fuller lachte. »Ich möchte einen Menschen kaufen.«

»Wie originell.«

»Nicht wahr? Und Sie werden jubeln, wenn ich Ihnen sage, daß es ein ganz entzückendes Girl ist!«

»Gratuliere.« Birth war stur. »Schönen Gruß an den zukünftigen Großpapa.«

»Sie Witzbold. Das Mädchen ist aus Old Germany und hat keine Einreiseerlaubnis. Und ihr Verlobter grämt sich tot. Da ist sie hopphopp zu uns rüber, ohne Papiere eingesickert. Nun sitzt sie da und hat Angst.«

»Das will ich aber auch hoffen. Die hat sie auch zu haben. Denn wenn wir sie erwischen, geht es ihr schlecht!«

»Sie sind ebenso fantasielos wie mein Chef, Birth. Und auf mein Angebot sind Sie auch nicht eingegangen. Hunderttausend Dollar für das Mädchen.«

»Birth, was denken Sie von mir?« schnaufte Birth erregt. »Ich bin unbestechlich.«

»Wer redet denn von Bestechung. Ich will die hunderttausend Dollar als Kaution stellen, damit sie vorerst so lange im Lande und auf freiem Fuß bleiben kann, bis von Ihnen die offizielle Genehmigung da ist.«

»Das geht nicht! Das Mädchen – und wenn es so hübsch ist wie die Hayworth – muß nach Ellis Island.«

»Und warum?«

»Weil es die Gesetze so bestimmen!«

Fuller kratzte sich am Kopf und atmete laut in die Sprechmuschel.

»Birth, ich bin sehr enttäuscht über die amerikanischen Gesetze. Einen Gangster, der siebzehn Menschen umgelegt hat, läßt man gegen Kaution frei, aber ein unschuldiges Mädchen, das nur dem Rufe ihres Herzens gehorchte, das sperrt man ein!«

»Sie werden ja poetisch«, lachte Birth. »Wie denken Sie sich das überhaupt? Hat denn der Bräutigam die amerikanische Staatsbürgerschaft?«

»Nein, noch nicht. Er ist auch Deutscher. Ingenieur bei der Ohio Steel Company!«

»Sieh an. Da wird mich wahrscheinlich der alte McCray ebenfalls belämmern. Auch das noch! Kampf mit der Schwerindustrie! Fuller, das Leben wird immer schwerer.«

Birth machte eine Pause – er schien nachzudenken. Gespannt wartete Fuller auf das Ergebnis. Die Höhe der Kaution mußte doch den Ausschlag geben. Er sollte sich nicht getäuscht haben.

»Wir wollen es versuchen, Fuller. Hunderttausend Dollar sind eine anständige Summe! Wer zahlt sie denn? Sie?«

»Nein und ja. Ich lege sie aus – bezahlen und um die Kaution einkommen wird ein enger Bekannter von mir.«

»Wer ist denn das nun wieder?« stöhnte Birth entsetzt.

»Professor Krausz, Amerikas Kunstpapst!«

»Der hängt auch dazwischen?«

»Der vor allem. Der hat Susanne doch mitgebracht!«

Am anderen Ende der Leitung röchelte Birth ergriffen.

»Das wird ein netter Skandal«, meinte er. »Fuller, Professor Krausz, McCray und jetzt ich. Hören Sie mal – braucht Ihr Vater für seine Marmeladen noch einen guten Vertreter für den Mittelwesten?«

Lachend hängte Fuller ein und rieb sich vergnügt die Hände. Diese Miß Braun schien gerettet zu sein. Jetzt müßte Krausz nur die hunderttausend Dollar abliefern, dann würde man bald eine schöne Hochzeit bei der Ohio Steel feiern können. Wenn es dabei gelang, in der Kantine der Company noch die Fuller-Marmelade einzuführen – die Ohio Steel beschäftigte 23 000 Arbeiter –, dann war die Sache auch noch ein schönes Geschäft.

Denn Henry Fuller dachte bei allem, was er tat, an Zahlen.

Mit diesem Tag begann der Behördenapparat zu arbeiten.

Wie von Birth vorausgesehen, hatte auch McCray angerufen und dabei erfahren, daß die Marmeladen-Konkurrenz schon hunderttausend Dollar zur Verfügung gestellt hatte, um Frank Barrons Braut auszulösen. Mit einem zufriedenen Grinsen hatte das der dicke McCray zur Kenntnis genommen und sich dann seinen verliebten Ingenieur kommen lassen.

»Hören Sie mal, junger Mann«, sagte er und bot ihm eine seiner dicken und schweren Zigarren an, die man, ohne umzufallen, nur nach einem guten Essen rauchen konnte. »Man hat mir aus dem Betriebsbüro berichtet, daß Sie dabei sind, meine ganze Stahlproduktion langsam umzustellen. Wie denken Sie sich das eigentlich – gefällt Ihnen unser Stahlgewinnungssystem nicht mehr?«

Frank Barron wurde ein wenig rot – er hatte diese Frage schon längst erwartet, denn seit einem halben Jahr war er dabei, alle Produktionsstätten umzubauen und vor allem in der Stahlveredelungsabteilung völlig neue Öfen und Schleuderwerke aufzustellen. Er hatte dazu die Genehmigung der Geschäftsleitung erhalten, aber Mr. McCray, der zu dieser Zeit gerade Europa besichtigte, nicht persönlich verständigen können. So kam ihm jetzt die Frage des obersten Bosses nicht ungelegen. Er nickte und schnitt sich die dicke Zigarre ab.

»Ich habe in Abteilung III Versuche mit einer neuen Veredelungsbirne gemacht«, sagte er. »Es hat sich gezeigt, daß wir eine viel bessere Stahlart erreichen! Ein Stahl, der $^3/_5$ mehr Zerreißfähigkeit besitzt als alle anderen bekannten Sorten.«

»Das ist ja sehr schön, Mr. Barron.«

»Wir sind noch in der Erprobung, Sir. Wenn es mir gelingt, den Stahl so schlackenfrei zu bekommen, wie ich es errechnet habe, wird unsere Produktion um 150% besser sein als die der Konkurrenz. Und das mit dem an sich minderwertigen Eisen, das wir hier gewinnen.«

»Hm«, machte McCray. Und plötzlich sagte er: »Wann heiraten Sie?«

»Wenn meine Braut ihre Einwanderungserlaubnis erhalten hat.«

»Das wird bald sein.«

»Vier Wochen ist sie jetzt in den Staaten – und noch immer streiten sich die Beamten um die Zuständigkeit.«

»Was würden Sie sagen –«, McCray machte eine kurze Pause und sah den Ringen seines Zigarrenqualms nach, »– wenn ich Sie aus der Ohio Steel entlasse?«

Frank Barron blieb stumm – er starrte McCray an und schluckte nur einmal verzweifelt auf. Vorbei, dachte er bloß. Wenn ich hier rausfliege, kann ich zurück nach Deutschland. Dann war alles umsonst – denn was soll ich in Amerika als ein entlassener, unfähiger Ingenieur? Er sah McCray groß an und zuckte dann mit den Schultern.

»Ich würde nichts sagen und gehen, Sir.«

»Dann gehen Sie.« McCray sagte es gemütlich und jovial, so als sei es ein Witz.

Frank merkte plötzlich, daß ihm der Schweiß auf der Stirn stand. »Soll das heißen, daß ich entlassen bin, Sir?«

»Ja, Mr. Barron.«

»Ich verstehe.« Frank legte die angerauchte Zigarre auf den Rand des großen Aschenbechers und wandte sich ab. Aber die Stimme McCrays hielt ihn zurück.

»Nehmen Sie Ihre Zigarre ruhig mit. Sie ist nicht vergiftet. Und knallen tut sie auch nicht!« Gehorsam kam Frank zurück, er schwankte ein wenig, riß sich aber zusammen, um nicht McCray seine Gefühle zu verraten. Er nahm die Zigarre zwischen die Finger, drehte sich um und wollte gerade das Büro verlassen, als ihn die Stimme McCrays erneut herumriß.

»Kennen Sie New York, Mr. Barron?«

»Flüchtig, Sir.«

»In der Nähe New Yorks, in Newark, haben die Ohio Steel-Werke eine Zweigfirma, die Newark Steel Corporation.«

»Ich habe davon gehört.« Frank Barron sah McCray verstört an. Er ist ein Sadist, dachte er. Er weidet sich an meinem Kummer – und was jetzt kommt, ist bestimmt wieder eine Gemeinheit.

McCray nickte schwerfällig.

»Newark Steel ist ein verkommener Laden, Mr. Barron. Und dabei könnte das Werk seiner Lage und Anlage nach ein Musterbetrieb werden, ein Werk, das besser ist als das Stammhaus. Ich habe ausgerechnet, daß wir dort einen Jahresumsatz von 340 Millionen Dollar haben könnten! Was halten Sie davon?«

»Was soll ich sagen, Sir. Ich kenne das Werk nicht.« Frank wandte sich ab. »Kann ich jetzt gehen, Sir?«

»Ja, das dürfen Sie. Gehen Sie hinunter in das Personalbüro, und lassen Sie sich eine Fahrkarte nach Newark geben. Außerdem liegt dort Ihre Ernennungsurkunde zum Direktor der Newark Steel Corporation! Sie müssen sofort abfliegen, Mr. Barron.«

Frank glaubte nicht recht zu hören. Durfte er seinen Ohren trauen? Trieb der Boß jetzt solche Späße mit ihm? Er wollte McCray fragen, aber der schwere Mann hatte sich erstaunlich schnell hiner seinem Schreibtisch erhoben und schrie ihn jetzt an: »Raus! Ich will Sie nicht mehr sehen! Und damit Sie eins wissen, Mr. Barron: Die große Direktorenvilla in Newark gehört Ihnen und Ihrer zukünftigen Frau allein! Vorausgesetzt, Sie heiraten das Mädchen, das Sie egoistisch in unser Land gelockt haben!«

»Sir!« stammelte Frank. Er spürte, wie seine Augen feucht wurden. McCray lief rot an und zeigte auf die Tür.

»Verschwinden Sie!« schrie er. »Oder ich nehme alles zurück, was ich gesagt habe.«

Frank Barron eilte aus dem Zimmer. Aber draußen auf dem Flur mußte er sich an die Wand lehnen. Alles um ihn herum schien sich plötzlich zu drehen.

Newark, dachte er. Direktor eines Stahlwerkes. Eine Villa für Susanne und mich . . .

Die Welt ist plötzlich offen – das Leben ist frei und herrlich.

Als er in sein Büro kam, wunderte er sich, daß ihn seine Sekretärin erstaunt anstarrte und schnell den Raum verließ.

Er spürte nicht, daß in seinen Augenwinkeln Freudentränen standen . . .

25

Nachdem die Kaution akzeptiert worden war, schien es Dr. Yenkins nicht mehr nötig, Susanne weiterhin in Ontario zu verstecken. Sie durfte also nach Cleveland zurückkehren und begann sofort mit ihrer Arbeit im Geschäft von Professor Krausz. Da sie sich inzwischen auch ohne Schwierigkeiten auf amerikanisch verständigen konnte, wurde sie dem Kunsthändler rasch eine wertvolle Assistentin.

»Lieben Sie Mr. Barron eigentlich immer noch?« fragte der Professor eines Abends, als Susanne gerade die Ladentür abgeschlossen hatte.

»Was soll die Frage, Professor?« gab Susanne vergnügt zurück. »Wollen Sie mir einen Antrag machen?«

»Wo denken Sie hin, ich will Sie doch nicht an so einen alten Kerl wie mich binden. Aber ich denke mit Schrecken daran, daß jetzt bald Ihre Einwanderungsbewilligung kommt. Dann heiraten Sie Frank Barron – und ich sitze wie ein verlassener Liebhaber ohne Assistentin da.«

Susannes Miene verdüsterte sich: »Machen Sie sich keine Hoffnung, Professor. Ich werde wohl noch lange

Ihre Assistentin bleiben. Die Ämter lassen sich Zeit. Und Frank wird mich als alte Schachtel zum Altar führen müssen.«

Dazu sollte es nicht kommen. Denn zwei Wochen später, seit vier Monaten war sie dann insgesamt in den Vereinigten Staaten, traf ein an Susanne adressierter, dicker Brief ein. Absender: Das Department of the Interior.

Professor Krausz sah das Kuvert lange an, ehe er es an Susanne weitergab. Sie zögerte und sah den alten Kunsthändler an.

»Ich habe Angst«, sagte sie leise.

»Man wird Ihnen nicht den Kopf abreißen. Machen Sie das Kuvert nur mutig auf.«

Sie tat es, entfaltete den Inhalt und sah, daß er aus vielen Blättern mit vielen Stempeln darauf bestand. Professor Krausz sah ihr über die Schultern und suchte nur nach einem einzigen Satz. Als er ihn gefunden hatte, jubelte er laut auf.

»Susanne!« Seine Stimme war nicht nur erregt, sie brach schier vor Freude. »Sie können bleiben! Wir haben es erreicht! Ihre Einwanderung ist nachträglich durch eine persönliche Verfügung des Ministers legalisiert worden! Susanne!«

Er legte den Arm um das Mädchen, das noch gar nicht so recht den Sinn der Worte erfaßt hatte und noch immer angstvoll auf das Papier starrte: »Amerika liegt zu Ihren Füßen!«

Da war es, als sei das Eis gebrochen — aufschluchzend warf sich Susanne dem alten Kunsthändler an die Brust und weinte haltlos. Alle Aufregung, alle Erwartung, alle Hoffnung auf das Glück befreiten sich in diesem Weinen. Professor Krausz ließ sie gewähren, er umfaßte ihre Schulter und fühlte, wie auch ihn das Glücksgefühl übermannte.

»Ich muß sofort Frank anrufen!« rief Susanne, als sich ihre Rührung über den freudigen Schreck gelegt hatte und sie auch die Glückwünsche aller ihrer Kollegen entgegengenommen hatte. Newark war zuerst belegt. Susanne wählte ungeduldig ein zweites Mal. Sie wurde mit Franks Sekretariat verbunden. Die Sekretärin erklärte, daß der Direktor im Betrieb und deshalb nicht erreichbar sei. »Dann holen Sie ihn. Er muß mich sofort zurückrufen – es ist wichtig, ungeheuer wichtig.«

Die Sekretärin versprach, die Nachricht ohne Verzögerung an Mr. Barron weiterleiten zu lassen.

Doch es dauerte trotzdem eine Viertelstunde – Susanne erschien es wie eine Ewigkeit –, bis sich Frank meldete. Seine Stimme klang besorgt, er schien gerannt zu sein.

»Susanne«, rief er durch den Apparat. »Ist etwas? Ist etwas geschehen? Was soll ich denn? Nun sprich doch, Susanne!«

Als sie seine Stimme hörte, schnürte ihr die Freude die Kehle zu, und sie brachte kein Wort mehr heraus. Sie würgte, als habe sie sich verschluckt. Dann endlich sagte sie schwach:

»Frank – Frank – wir können heiraten!«

Drüben in Newark war es still, ganz still. Es war, als habe Frank der Schlag getroffen.

Angstvoll lauschte Susanne auf ein Geräusch – endlich, es hatte unerträglich lange gedauert, fragte er: »Du hast Nachricht, Susanne?«

»Ja, Frank. Soeben ist der Brief gekommen! Ich gelte als richtige Einwanderin. Der Innenminister selbst hat es verfügt. Nun ist alles, alles gut.«

»Ich fliege sofort zu dir«, rief Frank. »Heute abend wird gefeiert. Lade alle Freunde ein . . .« Dann machte es ›knack‹ im Apparat – er hatte eingehängt.

Professor Krausz half Susanne bei den Vorbereitungen. Er bestellte beim besten Feinkostgeschäft der Stadt ein opulentes kaltes Büfett und sorgte auch dafür, daß genügend Champagner auf Eis stand.

Aber auch ohne diese Köstlichkeiten wäre es ein Fest

geworden, das Susanne und Frank nie in ihrem Leben vergessen sollten. Denn alle waren herbeigeeilt, die mitgeholfen hatten, Susanne nach Amerika zu schmuggeln. Sogar Jack Crecco war dabei – allerdings mehr aus Zufall, denn er war aus persönlichen Gründen, ohne von dieser Feier zu wissen, nach Cleveland gekommen. Ihn plagten Sorgen, die er Dr. Yenkins vortragen wollte.

Eigentlich fehlte nur Kapitän Brake. Ihn hatte die Nachricht von Susannes Einbürgerung auf hoher See erreicht, und er hatte mit einem Telegramm gratuliert.

Den Flug nach Cleveland hatte sich Henry Fuller nicht nehmen lassen. Er wollte bei dieser Gelegenheit gleich seine Boccaccio-Erstausgabe in Empfang nehmen. Natürlich ließ er sich als den eigentlichen Helden des Tages feiern. Als den Mann, der es möglich gemacht hatte, die Behörden zu besiegen. Dr. Yenkins wurde zum ideenreichen und genialen ›Schmuggler‹ hochgelobt.

Der Champagner mußte ständig nachgeschenkt werden, so viele Toasts wurden ausgebracht.

Einer der Anwesenden freute sich besonders, auch wenn er sich mehr im Hintergrund hielt. Es war Mr. Salomon Fenter, einer der größten Verleger New Yorks. Er hatte rechtzeitig die Rechte erworben und konnte nun die Geschichte Susanne Brauns als Buch in alle Welt bringen, als ein Beispiel vom Sieg der Herzen über die herzlosen Paragraphen. Mr. Fenter war überzeugt, daß diese abenteuerliche Love-Story in aller Welt ein Bestseller werden mußte.

Jack Crecco saß mit Dr. Yenkins in einer Ecke des Raumes. Der Italiener hatte den Anwalt mit sorgenvollem Gesicht um dieses Gespräch gebeten.

»Es ist aus«, sagte er trüb. »Doc, mich haben sie jetzt. Man hat meine geheime Einfahrt entdeckt. Ich kann einpacken.«

»Das ist sehr schlimm, Jack«, nickte Yenkins. »Und was willst du nun tun?«

Crecco starrte auf das Muster des Teppichs und zuckte

mit den Schultern. »Für einen anständigen Gangster bin ich zu alt! Außerdem kann ich das Knallen nicht mehr vertragen – ich bekomme langsam Nerven, und das ist schlecht! Ich habe mir gedacht, ich mache irgendeinen Handel auf.«

»Schwarzhandel?«

»Vielleicht! Oder 'ne gutgehende Hehlerei.«

»Du bist unverbesserlich!« Dr. Yenkins lächelte. »Wie ist es denn, Crecco, wenn du mal eine anständige Arbeit annimmst?«

Crecco verzog sein Gesicht in die Länge. »Anständige Arbeit«, brummte er. »Wie soll ich an eine anständige Arbeit kommen?«

Dr. Yenkins klopfte ihm auf die Schulter, schob ihm eine halbvolle Flasche Whisky hin und begab sich zu Frank, der mit Susanne Hand in Hand in der großen Runde saß.

»Kann ich dich einen Augenblick sprechen?« bat er Frank. Dieser stand sofort auf und folgte dem Freund. »Etwas passiert?«

»Nicht direkt. Aber ich brauche jetzt deine Hilfe.«

»Heute kannst du alles von mir haben, nur Susanne nicht«, meinte Frank übermütig.

»Also gut: ich brauche eine Stellung in den Newark-Werken.«

»Du?« Frank riß die Augen auf. »Du willst deine Praxis aufgeben?«

»Eine Stellung für Crecco brauche ich.«

»Für den Italiener?«

»Er ist in Not. Die Polizei hat seinen Laden geschlossen. Aber nicht nur deshalb: er hat sein bisheriges Leben satt. Gib ihm eine Chance.«

»Wenn ich kann, gern.« Frank sah zu Crecco hinüber, der an seinem Tisch saß und ein Glas Whisky nach dem anderen in sich hineingoß. »Ich könnte für das Verwaltungsgebäude einen handfesten und treuen Portier gebrauchen. Einen Mann, der für mich durchs Feuer geht!«

»Das ist Crecco.« Yenkins erhob sich. »Kann ich ihm sagen, daß es klar ist? Portier bei der Newark?«

»Ja.«

Schnell entfernte sich Dr. Yenkins.

Von da ab waren an diesem Abend nicht allein Susanne und Frank die glücklichen Menschen. Jack Crecco war in seiner Freude nicht zu bändigen. Er tanzte und trank, er machte Susanne ungelenke Komplimente und benahm sich ausgelassen wie ein Kind, dem man endlich das seit langem gewünschte Spielzeug geschenkt hatte.

26

Drei Wochen später war der große Augenblick gekommen. In der kürzlich bezogenen Villa in Newark stand Susanne Braun vor dem großen Spiegelschrank im neu eingerichteten Schlafzimmer und drehte sich nach allen Seiten.

Ein langes Kleid aus weißer Seide umschloß ihre schlanke Figur, ein langer, duftiger Tüllschleier umkränzte die Haare, fiel über die Schultern hinab und entfaltete sich am Boden zu einer wehenden Schleppe. Auf dem Frisiertisch, in einem Saffian-Lederkasten, lag ein schlichter kleiner Myrtenkranz.

Die Schneiderin kniete vor ihr, steckte noch einige Falten ab, drapierte und nähte mit flinken Fingern.

»Sie sehen entzückend aus«, sagte sie, als sich Susanne vom Spiegel abwandte und hinaus in den Garten blickte, wo vor dem Tor die lange, mit weißen Nelken geschmückte Autokolonne wartete, mit der sie und Frank zur Kirche fahren sollten.

Durch das offene große Fenster wehte ein milder Frühlingswind. Es war ja inzwischen März geworden. Schon trugen die Bäume das erste zarte Grün.

Es klopfte. Langsam öffnete sich die Tür.

Frank trat ins Zimmer und nahm stumm den Anblick der weißseidenen Frau in sich auf. Er war von dieser Stunde ergriffen, von der Stunde, die ihnen das Leben zu zweit endgültig eröffnete. Dr. Yenkins, der Frank gefolgt war, schloß leise die Tür und entfernte sich schnell.

Auch die Schneiderin nickte kurz und verließ das Zimmer.

Allein standen sich Susanne und Frank gegenüber – der Wind, der durch das Fenster kam, spielte mit dem langen Schleier.

»Dieses Bild wird sich für immer in mein Herz eingraben«, sagte Frank leise. »Es ist wie ein Märchen – mein Lebensmärchen.«

Er trat näher und umfing seine Braut. Alles Glück der Erde lag in dieser Umarmung. Er wollte Susanne stürmisch küssen, aber sie bog den Kopf zurück und lächelte.

»Nicht so eilig!« flüsterte sie. »Du zerdrückst ja meinen Schleier, Liebling.«

Da ließ er sie los, nahm den Myrtenkranz aus dem Kästchen und setzte ihn ihr vorsichtig auf die vom Schleier bedeckten Locken.

Und während er den Kranz ganz leicht andrückte, beugte er sich vor und küßte ihre Augen – ganz zart – wie ein Hauch – und da sie spürte, wie ihr vor Glück die Tränen in die Augen traten, kniff sie die Lippen zusammen und sagte mit stockender Stimme:

»Frank, deine Frackschleife sitzt schief, komm.«

Und sie band sie neu, während draußen die lange Autokolonne zu hupen begann und Dr. Yenkins an die Tür klopfte.

»Ich habe noch eine Überraschung für dich«, sagte Frank. Er reichte ihr den Arm, um sie hinunterzuführen.

»Unsere Hochzeitsreise wird uns sehr weit wegführen. Wir fahren nach Deutschland.«

Susanne sah ihren Frank strahlend und dankbar an. »Aber nur, wenn du Plätze auf der ›Giesela Russ‹ buchst«, entgegnete sie dann lächelnd.

»Schon geschehen, mein Herz. Hier sind die Tickets. Übermorgen geht es los, und diesmal brauchst du dich nicht zu verstecken.«

Dr. Yenkins fand an diesem Tag, daß die beiden das glücklichste Paar gewesen seien, das er bei einer Trauung gesehen habe.

Und Dr. Yenkins war ein welterfahrener Mann.